U0944604

闻笙 著

下册

青岛出版社
QINGDAO PUBLISHING HOUSE

## 第十一章
# 旧情难却

顾新橙回到公司时已是中午十二点，员工们正端着饭盒聚在一处吃午饭。

“哟，老板，又去逛街啦？”关吉正狼吞虎咽地啃一只鸡腿。

“我发现咱们顾总的衣品真不错，”销售员小高打趣道，“上次那条裙子也好看。”

顾新橙无视了这句夸奖：“上午有点儿别的事儿，来迟了。”

“顾总现在研二是吧，是不是要写毕业论文啊？”

顾新橙点头，笑了一下，没有解释。

她从昨晚到现在没吃什么东西，所以打算点一份外卖。

她一边看手机一边琢磨，毕业论文真的要开始准备了，拖到下学期恐怕没那么多时间打磨论文。

唉，她还得硬着头皮去找周教授啊。

接下来的这段时间里，顾新橙工作日忙事业，休息日忙论文，

好像一只滴溜溜的陀螺一样停不下来。

在学期结束之前，她终于将毕业论文的选题方向确定了——人工智能在金融领域的应用。

出于某种鸵鸟心态，她没有去办公室找周教授，而是在微信上将选题发了过去。两个人上次的对话还停留在两三个月以前。

她期待他的指点，又有点儿担心。隔天晚上周教授给了她回复，指导意见还挺多，但没有提其他话题。

上次她跑的那家小区物业传来好消息，对方不光从致成科技采购摄像头，还将设计安防监控系统的重任也委托给了他们。

这是一单大生意，也是一项挑战。

季成然和技术团队没日没夜地做项目，顾新橙则负责公司管理和商业策划。

自从他们成为合伙人，两个人一直分工明确，在各自擅长的领域内开展工作。如有必要，大家也会互相沟通讨论。顾新橙很喜欢致成科技的创业氛围。

然而某一天，意想不到的事情发生了。

季成然和陶斌因为项目中的一个技术问题产生了分歧，季成然想用方案 A，而陶斌却想用方案 B。

“你这里用这套逻辑，以后出了 bug，修都不好修。”陶斌说。

“这套逻辑没有问题，简单易行。你搞得那么复杂，后期容易出 bug。”季成然道。

双方各执一词，谁也不肯相让。

陶斌和季成然当年是一块儿在宿舍里玩游戏的好室友，可谓无话不说。

两个人一直是以同学关系相处，而不是上下级，所以说起话来毫不避讳。

顾新橙来公司后，还是第一次遇见这种情况。

她没法儿做出比他们更专业的判断。但是她知道，团队之间必须避免这种交锋，减少工作摩擦。

她劝说道：“你们俩都别吵，平心静气地谈。”

“跟他讲一下午了，他就是听不进去。”

“你怎么不听听我的想法？”

顾新橙拉了下季成然的胳膊，示意他跟她去会议室一趟。

会议室的门一关上，顾新橙这才说话：“别在办公室里吵架。幸亏现在办公室里没别人，万一让其他员工看见，影响不好。”

季成然没吭声。他往会议桌旁一坐，眼睛盯着白板上的记录看，然后说：“我是老板，他的语气过火了。”

原来他计较的是陶斌的态度。

“你和陶斌是同学，你应该知道他没有恶意。”

“过去是同学，在公司里不能这样，”季成然振振有词，“如果他在别的公司干活儿，也敢这么和上级说话吗？”

这个问题把顾新橙问住了。陶斌这人一直兢兢业业，性格也不张扬，若是在其他大公司，恐怕是最默默无闻的员工，怎么会和老板吵架？

可是公司才成立不到一年，季成然就要和跟他出来创业的同学分清楚上下级关系，是否有点儿心急呢？

闹到最后，季成然做出妥协，采用了陶斌的方案。

可事后他跟顾新橙说，必须得扣掉陶斌这个月的一部分奖金，这样才能树立老板的威严。

顾新橙觉得这样稍有不妥。可季成然发话了，她也只能照办。

她猜想，陶斌要是知道季成然因为这件事扣他的奖金，会挺心寒的吧？

月中发工资的前一天，顾新橙把陶斌约出去吃饭。

她在饭桌上委婉且含蓄地表达了这件事，陶斌果然有些愤愤不平。

她说：“季总对你没有恶意，只是公事公办。如果不这样，以后员工都和老板吵架，那公司就没法儿管理了。”

在她的一番劝导下，陶斌总算接受了。

他对顾新橙说：“你也别把季成然想得太好。他这人权力心有点儿重，上大学的时候就这样。”

顾新橙以为陶斌说的是一时的气话，连忙说："这话你私底下跟我说说也就罢了，千万别跟其他人说。"

这件事总算在顾新橙的调和下解决了。

陶斌依旧为公司全心全意地干活儿，只是话比以前少了。

在季成然的带领下，技术团队仅用了一个月就圆满完成了这个项目，甲方非常满意。

这意味着致成科技的业务能力再度升上一个台阶。公司由软件领域开拓到相关硬件领域，并且有了一套较为完整的AI安防产品。

自从酒店一别后，顾新橙没有再去升幂资本找傅棠舟汇报工作。

不是她刻意避着傅棠舟，而是于修告诉她，傅棠舟近期出差非常频繁常常不在北京。

于是她每个月整理两份PPT报告，从微信上发给傅棠舟。

有一次晚上八点，她把报告发过去后，手机界面一直停留在聊天对话框上。

她去浴室洗澡，回来之后发现傅棠舟那边的状态一直是"对方输入中"。她以为他会给出很多指导意见，便耐心地等。

她等了十分钟。他只发了一个"嗯"过来，并没有其他的话。

前几次他一个字都没跟她说，这次倒是有了进步。

顾新橙想起之前去升幂资本找他当面汇报的时候，他的大道理一串接一串，俨然是她的人生导师一样。

这下……她说他七天憋出六个字都是抬举他。

到了第二天早晨七点，傅棠舟发来了一条消息。

傅棠舟：上次幸海的事情，怎么样了？

顾新橙洗漱完毕才看到这条消息，他七点钟就开始工作了？

顾新橙：我们公司的技术部和幸海那边聊过，正在出方案。

傅棠舟又回了一个"嗯"，没有再问她。

年前最后一次汇报工作的日子到了，傅棠舟人在北京，可是顾新橙过不去。

学院组织准毕业生开会，要求本人务必到场，否则会影响毕业。

顾新橙提前一天把材料交给季成然，托他过去给傅棠舟汇报工作。

“你那些报表我看不懂啊。”

“我写给你，你照着说就行。傅总看得懂。”

第二天季成然亲自往升幂资本跑了一趟。

走进总裁办公室时，他看到傅棠舟正襟危坐，双手交叠着放在桌面上，颇有一种严阵以待的架势。

傅棠舟穿得挺正式，袖口一尘不染，连领带都打得一丝不苟。在看到季成然的那一刻，他的神色有一丝微妙的波动。

季成然打了个招呼：“傅总，您好。”

傅棠舟微微颔首，貌似无意地问了一句：“顾新橙呢？”

“学校要开会，她来不了，所以让我过来。”

傅棠舟以一种审视的目光打量了季成然几秒，然后说：“开始吧。”

整个汇报过程也就十分钟左右。最近致成的业务越发成熟，并不需要投资人忧心。

顾新橙的工作开展得不错，她渐渐摸到了窍门。

傅棠舟听季成然汇报完毕，一个问题都没多问，就示意季成然可以离开了。

季成然出门的时候，总觉得哪里有些奇怪。

一个十分钟左右的简短汇报，顾新橙有必要每次都亲自跑一趟吗？

她说这是投资方的要求，必须满足。可是从他们公司到国贸坐地铁来回要两个多小时，值得她浪费那么长时间当面来做一个简短的汇报吗？

季成然离开前找人问了去洗手间的路。

他刚走过一个拐角，手机就振了一下，有人发来了消息。他停在原地给人家回复，刚刚他问路的人似乎在和同事闲聊。

“那男的是哪个公司的啊？”

“好像是致成科技的。”

“每次不都是那个女的过来吗？她长得还挺漂亮的。”

“我早就觉得奇怪了。他们公司也就拿了五百万投资吧，还得派人亲自来和傅总汇报工作？”

“傅总平时那么忙，这个公司特别有价值吗？”

“五百万，不至于吧？唉，我不知道，傅总的心思你上哪儿猜去？”

季成然听到这些人的话，发现他刚刚的怀疑不是没有道理。

连升幂资本内部的员工也认为她没必要亲自和傅总汇报工作，所以究竟是怎么一回事儿呢？

季成然回完消息后往卫生间走，路上遇见了于修，打了个招呼：“于秘书。”

于修平淡地叫了一声“季总”，便和季成然擦肩而过了，态度不冷也不热。

季成然想起他和顾新橙第一次来升幂资本时，于修一眼就认出了顾新橙，还叫她“顾小姐”。

这个称呼不像是在叫一个对手公司的实习生，于修更像是在表达一种尊重。

顾新橙值得傅棠舟身边的首席总秘书这般毕恭毕敬吗？

年前公司的另一件大事是筹办年会。这是致成科技创立的第一年，他们能在AI行业站稳脚跟、崭露头角，令人欣喜。

聚餐时难免要喝酒庆祝，顾新橙只拿了饮料，季成然问：“你不和大家喝点儿吗？”

她摇摇头：“我不能喝。”

季成然：“上次幸海的许总跟我提起你，说你酒量不错。你这会儿谦虚什么？”

顾新橙：“……”

她就喝过一次酒，还醉得不省人事，结果就落了这么个“美名”。

她想到这儿，心忽然像是被电了一下。

许浩瀚和季成然提过她喝酒的事情，那有没有提过傅棠舟替她

挡酒的事情呢?

那天饭桌上的笑声她记忆犹新，那种羞耻感像是再度袭来，令她头皮发麻。

她从来没有和身边的任何人提过她和傅棠舟过去的关系，如果被知道了……别人会怎么想呢?

顾新橙："我上次喝完才知道自己不能喝的。"

季成然没再劝她喝，也没提其他事儿。她松了一口气。

年会结束后，顾新橙收拾行李回家。

顾承望照例来机场接她，她足足有一年半的时间没有见到父母了。

之前在美国交换，她为了节约来回机票的钱没有回过家。回国以后，她迅速投入到工作中，也无暇抽空回家看看。

这次她见到爸爸，他好像老了不少。小时候她一直觉得爸爸很高大，现在她踩着高跟鞋走在爸爸的身边，都能看清爸爸头上的白发了。

"你在北京工作忙不忙啊?"顾承望问。

女儿离开身边，他能问的话题似乎少了很多。他只能笼统地问一问工作、学习、生活，更细致的话题也找不出了。

"还行。"顾新橙说。

其实还挺忙的，但人在异乡，她早已学会报喜不报忧——鸡毛蒜皮的小事让父母牵肠挂肚，不合适。

"你啊，也不能光想着工作，自己的终身大事也得上点儿心。"顾承望教训她，"趁着年轻，把对象找好。女孩年纪大了不好找啊，你的学历高，更难找。"

顾承望说这话不是歧视大龄高学历女性，而是为女儿操心。做父亲的当然希望自己的女儿嫁个如意郎君，而不是被男人挑挑拣拣。

"知道了。"顾新橙态度有些敷衍。

她过完年也就二十三岁，怎么就变成大龄剩女了?

他们到家以后，秦雪岚替她收拾行李，看看有没有什么衣服

要洗。

顾新橙住在学校宿舍，秋冬外套洗起来多多少少不太方便。

“哎呀，你买的这叫什么衣服？”

“怎么了？”

“这也太薄了，你不冷啊？”

“妈，北京有暖气，我真不冷。”

“等你到我们这年纪就知道了，老寒腿等着你呢。”

“妈，你能不能说点儿好听的？”

大年三十的夜晚，一家三口围坐在客厅里看春晚。

顾新橙剥着砂糖橘看着小品，却笑不出来。春晚怎么一年比一年没意思了？

她的爸妈比她忙，两口子戴着花镜琢磨着怎么用微信回复别人的拜年消息。

他们琢磨来琢磨去，还得让顾新橙帮忙：“唉，老喽。年轻人玩的这些，我们都不会了。”

顾新橙放下橘子，挨个儿替他们群发消息。中老年人对于拜年消息的执着令她费解。

忙完之后，她继续吃橘子。她的手机里也不停地跳出拜年消息，大多是生意伙伴和公司员工发来的。

她默默叹了一口气。看来她也得和她爸妈一样用互发拜年消息的方式维护人际关系。

她是成年人了，不能跟小孩一样任性了。

顾新橙想写一段特别的祝福语，写来写去，觉得自己的文学素养早已喂了狗，还不如网上复制粘贴来得好。

她从网上找来一条短信模板，俗套是俗套了点儿，可大家发的都很俗套。这只是一个形式，心意到了就成。

她给通信录里需要联系的人全发了这条短信，然而她的手指在滑到傅棠舟的头像时顿住了。

那天她对他说的话是否真的斩断了两人之间的私人关系呢？

现在她的内心很平静。她没有高兴，也没有失落。

像他这样的人刀枪不入、油盐不进，她指望几句话就能伤害到他，那也太天真了。

所以两个人很久没联系，应该只是因为他年前很忙。

傅棠舟是致成科技的投资人，她过年给他发短信问候是商务礼仪。

可她要是把模板短信发过去，有点儿怪。

顾新橙将粘贴好的短信一个字一个字全删了，思考着该给他发什么，感谢他的投资和帮助？算了吧。最终她只写了最朴素的一句话：傅总，新春快乐！

最短的一句祝福却是唯一一句她用手打的。

她继续给其他人粘贴消息。她把消息全都发完，这才开始消灭未读信息。

她不看那些回复，因为大家都是在和她客套，红点儿往边上一滑，就消失了。

这时，傅棠舟的消息到了。

他回得很短，预览里写着“新年快乐”，连个标点符号都没有。

顾新橙望着那句话，手指僵了一下，不敢去点。

几秒后，她滑掉了那个红点儿，将手机屏幕按灭。

顾新橙去年没在家过年，于是今年多请了几天假，打算好好陪陪家人。

这一整年她几乎没有闲下来的时刻，又是学习又是工作。这是一个难得的悠闲的长假。

有高中同学约她出去聚会。几年未见，大家的面孔早已没有了稚气，成熟不少，更有甚者已经结婚了。

顾新橙的一个女同学大学一毕业就和男朋友领了证，这会儿孩子都半岁了。

她把孩子带了过来，一群人围在一块儿逗着孩子。孩子也不怕人，笑得咯咯的。

看着同龄人的孩子，顾新橙感慨万千。

原来他们的年纪真不小了……

“顾新橙，你现在有对象没？”

“没有。”

“哎呀，你替她操什么心？”

“就是就是，人家是女神，还缺人追呀？”

高中时大家就爱聚在一块儿讨论学校里的帅哥，现在的话题绕来绕去也躲不开这些。

聚会结束后，顾新橙发现于修晚间给她发了一条微信。

初八在上海有一个企业管理者培训会，为期两天。升幂资本分给致成科技两个名额，她得尽快上报与会人员名单。

顾新橙回了一句“收到”，心想于修还真是尽职尽责，大过年的都不忘工作。

她将这条消息转发到公司群里。大家经过一番讨论，决定让顾新橙和关吉去。

这个时间点的车票难买，而他俩一个在无锡一个在南通，去上海都很方便。

初八一早，熹微的阳光照着小区里几枝零星的梅花。

顾新橙带着简便的行李出发，乘高铁前往上海。

车窗外，冬小麦好似碧绿的豆腐块，几捧稀疏的白雪点缀于其上。

她到达虹桥高铁站时，关吉已经到了。他姥姥家在上海，所以他很熟悉这里。

两个人一同前往培训会所在的酒店。这酒店靠近世博会园区，从房间的窗户里就能看见绿树掩映间的红色的中国馆。

培训从今天下午开始，到明天下午结束。顾新橙看了培训的课程名称，这次培训对企业管理有很高的实用价值，值得学习。

这个培训会上来了一百多号人，全都是处于成长期的创业公司的管理者。大家抱着同样的目的前来——上课听讲，下课交际。

大家凑在一起聊天时，话题主要围绕着去哪儿找下一轮融资。

她掐指一算，致成科技拿到首轮投资已经半年多了，按照公司的融资计划，今年三月就要启动下一轮了。

在场有几个公司也拿了升幂资本的投资，下一轮升幂会不会继续跟投对他们而言是一个未知数，所以得提前做好其他准备。

上了两天课，顾新橙加了不少微信，也写了密密麻麻的笔记。

关吉不自在地挠挠头说："老板，你太认真了。"

他也写了笔记，只不过和顾新橙一比相形见绌。

第二天下午，于修那边有新消息。

傅棠舟人在上海，打算请升幂资本的投资伙伴吃一顿晚餐。这场饭局顾新橙肯定得去。

关吉听说了消息后非常兴奋。他说："我没见过咱们的投资人，这两天听人家说，傅总长得一表人才。"

顾新橙无语。关吉明明是个男的，怎么还贪图起男色了？

餐厅在酒店一层，她和关吉一同赴宴。他们进包间时，其他公司的人已经到得差不多了，傅棠舟尚未现身。

两个人一落座，就听见旁人在闲聊。

"你们见过傅总没？"

"没有，升幂投我们公司两轮，我都没见过傅总。"

"我也没有。"

"我见过，上次我去升幂找投资经理，正好碰见了。"

"你的运气真不错。我去过好多次，一次也没见上。"

"见不见也没影响，傅总那么忙，估计也记不得我。"

关吉甚感蹊跷。顾总明明经常见傅总啊，一个月要当面向傅总汇报两次工作。

想到这里，关吉不禁高兴起来。一定是因为傅总非常看好致成科技的发展，所以才如此重视他们。

正当大家讨论得沸沸扬扬时，傅棠舟到了。他一出现，全场噤声。他从容不迫地走进包间，步履之间带了一阵风。

大家虽然保持沉默，但是一直在用眼神交流，全程最淡定的人无疑就是顾新橙。

他在主位坐定后，目光在桌边扫视一圈，最终落到了桌子正中央的两瓶白酒上。

“把酒撤了，今晚不喝酒。”他一发话，服务员麻利地撤下酒瓶，换上橙汁。

少了酒，这饭局就没那么正式了，更像是闲话家常的场子。

服务员开始起菜。大家都在等傅棠舟发言，之后才敢动筷子。

傅棠舟的态度很随和，他说：“大家上两天课都累了，今晚给大家改善伙食，不用拘束。”

大家一听，都笑了，可谁也不敢当真。

投资人请吃饭，就像老板请喝茶一样，谁敢相信这是单纯来改善伙食的呢？他多多少少会带点儿别的目的。

傅棠舟率先动了一筷子，之后大家纷纷下筷。

顾新橙夹了一点儿苦菊放进碗里。这种蔬菜配着蜂蜜吃，又清爽又甘甜。

大家吃了几分钟，傅棠舟也没说更多的话。有人按捺不住，和他攀谈：“傅总，听说年后政策风向要变……”

国家下一道命令，多少企业主就会彻夜难眠，这些问题自然牵动着每个管理者的心。

傅棠舟停下筷子，镇定自若道：“上头的事儿谁也干预不了，做好分内的事儿就成。”

又有人来问别的，拐着弯向他打听各种消息。傅棠舟像打太极一样推回去，说的话别人要咂摸好几遍才能品出点儿意思来。

别的公司的人个个儿上赶着去傅棠舟的面前“刷脸”，只有顾新橙雷打不动地吃着饭。

关吉替她着急，小声提醒：“老板，咱们不问点儿问题吗？”

“问什么？”

“问什么都行啊，给投资人留下好印象最关键。”

有句话叫皇帝不急太监急，关吉真是为公司的发展操碎了心。

“不用，有问题我会及时和他沟通。”顾新橙说得很坦然。其实她已经很久没和傅棠舟说过话了。

她继续夹菜，思绪却逐渐飘远了。她想起那天在酒店的事情，那些话说得好像有点儿重了。

等气消了，她仔细想想，挡酒这件事傅棠舟做得有失偏颇，可他也是出于好意。

他最不该做的是和她毫不避讳地睡在一张床上。可她不想揪着这件事和他吵，只能怪他给她挡酒。

饭桌上，傅棠舟和其他人一直在聊，顾新橙只支着耳朵听着。一顿饭快吃完了，她也没和他讲一句话。

“老板，我说你可真是佛系少女啊。”关吉叹了一口气。

明明白天在课间时，顾总和人交际一点儿也不怯场，怎么到了真正该交际的时候却像个哑巴一样只顾着吃饭？看来她是真饿了。

八点了，傅棠舟还没有离开的意思。他不走，别人也不敢走，顾新橙更不能擅作主张提前离场。

就在这时，她的微信来了消息。

傅棠舟：吃完饭有事找你，留一下。

她抬眼看向傅棠舟的方向，他刚把手机搁到桌上。

饭局进行到八点半，傅棠舟抬臂看了眼腕表：“时候不早了，都回去休息吧。”

大家陆续离场，只有顾新橙和关吉没走。她没让关吉离开，生怕傅棠舟要和她谈私事。

傅棠舟对于关吉的存在并不在意。

他简单明了地说：“明天我要去无锡考察一家科技公司的工厂，你跟我一起过去。”

关吉问：“我也去吗？”

顾新橙：“你也一起过去。”

这场公事邀约她没理由推辞，有其他人在场，总不会太尴尬。

傅棠舟交代说：“明天八点，酒店门口等我。”

顾新橙嗯了一声。

关吉看着傅棠舟潇洒离去的背影，若有所思地说：“老板，我现在终于懂了。”

“你懂什么了？”

“投资人很看好咱们公司，好机会都给咱们留着呢。”

“……”

第二天，晨光熹微。

顾新橙起了个大早，然后洗澡、化妆、换衣服。

对着镜子涂口红时，她恍然想起两年前傅棠舟过生日那一天，她从无锡赶回北京的那天早上也做了同样的事儿。

想到这儿，她扯了一张纸将浓重的口红一点点擦去，露出自然的唇色。

这样看起来更合适，不会显得她太刻意。

吃完早餐，她和关吉往酒店门口走。

傅棠舟到得挺早，比约定时间提前了十分钟。开车的人是于修，傅棠舟坐在后座上。

关吉识相地去副驾驶座就座，把后面的黄金位置留给顾新橙。

顾新橙上了车：“傅总，早上好。”

“你吃过早饭了吗？”

“嗯。”

他不再多说，让于修开车。

从上海到无锡，车程两小时左右，不长也不短。

这个时间点高速公路有点儿小堵，但一路还算通畅，没有耽搁太久。

起初车内异常安静，无人说话。顾新橙看着窗外飞速而过的麦田，突然发觉这种安静似乎更容易显得反常。

于是她浅浅地吸了一口气，主动开口：“我们要去哪家公司？”

她看向傅棠舟。他的坐姿很端正，合身的衬衫被熨烫得平整，连褶皱都极少。

他的两条长腿被安置在不宽不窄的车厢内，手搭在膝上，顺滑的西裤贴着大腿的轮廓，裤脚自然下垂。

窗外的天光在他俊朗的侧脸边缘勾勒出一条银色光线，他轻启

薄唇：“易思智造，这家公司的办公地址在北京，有工厂在无锡。”

“我们是去参观他们的工厂？”

“嗯，他们目前主要做的是无人车这一块儿。”

易思智造和致成科技的业务暂时没有重叠，顾新橙松了一口气。

她想问傅棠舟是不是有兴趣投资易思智造，可一想到这是投资人的私人决策，与她无关，立刻打消了这个念头。

她要是打听，就越轨了。

傅棠舟说话的姿态较为放松，顾新橙也不像最开始那般拘谨了。她问：“像易思智造这样的大企业，以后会有拓展其他业务的打算吗？”

她的马尾辫的发梢卷得像柔软的花苞，浅茶色的眼眸里闪烁着细碎的光——这话既是求知，又是刺探。

“人工智能各领域的本质是类似的，”傅棠舟不紧不慢地说，“只要把一块儿业务做到业内的顶尖水平，以后想横向拓宽并不是难事儿。”

“我们公司以后可以往这方面拓展吗？”

“拓展的前提是在自己的领域内做到最好，你们公司将来真做大了，不是不可以。”傅棠舟目光不经意间落到她的唇瓣上。她今天没擦口红，可唇色依旧很漂亮，像早春初绽的樱花。

他们谈论着目前人工智能行业各个领域的发展前景，傅棠舟站得高看得远，某些高屋建瓴的想法倒是启迪了顾新橙。

她不得不承认，在工作这件事上有傅棠舟为她拨云见雾地指导，她可能比同龄人要少走不少弯路。

不论他是为了公事还是出于私心，她都是受益的那一个。

“你做的主要是管理，技术这一块儿交给技术团队就可以，不用操心过多。”

“那应该带我们公司的技术团队过来考察工厂。”

傅棠舟挑了下眉，揶揄道：“那你现在打电话让他们过来？”

“算了，还是由我转达吧。”

关吉听着这两个人的对话，越发放心了。

难怪老板在饭桌上一句话不说，这悄悄话呀，得关起门来说——人家和投资人的交情好着呢。

上午十点，一行人到达目的地。

易思智造的工厂是新落成的，规模不小，上个月才举行了下线启动仪式。

这里拥有全球为数不多的L4级无人驾驶智造生产线，年产预计三万辆左右。

下车之后，顾新橙望着工厂绵延的红色外墙，心生艳羡。

厂区内的柏油马路宽阔又平整，白色的无人快递车在路上跑来跑去，甚是有趣。

工厂负责人热情地接待了他们，带领他们在厂区内四处参观。

这间工厂气势恢宏，车间异常明亮，地面像镜子一样能映出人影。流水线上工人不多，很多活儿由机器完成，技术工程师进行总控。

易思智造是搞人工智能的企业，不需要太多低熟练度的工人。

根据工厂负责人的介绍，顾新橙了解到，易思智造创办于十年前，他们积累了多年物流行业智能硬件制造的经验。

随着技术的更新换代，他们融合了车规级产品化的能力，又借助了车联网的力量，最终打造出了目前的无人车产品。

顾新橙看着车间里井井有条的流水线，心想，人家做了十年才做成这样的规模，致成科技有朝一日要是能做到这样就好了。

羡慕之余，她又有点儿小失落。

她的梦想很远大，现实很残酷。创业初期那会儿，顾新橙虽然干劲儿十足，却也难免担忧——万一公司真倒闭了该怎么办?

现在致成科技做了一年，刚有点儿成绩，她还来不及得意，就被潜在对手的强大实力所震撼住了。

一家企业屹立十年不倒是多么困难。

傅棠舟插着兜站在她的身旁，貌似无意地问了一句：“你觉得他们的工厂挺好？”

顾新橙点了点头。

“好好努力，将来你也会拥有这些。”傅棠舟的语气里带着一种由内而外的自信。

这些东西在他看来似乎不是难事儿。

他们参观完工厂时已是正午十二点。负责人要请他们吃饭，被傅棠舟婉拒。

上车以后，顾新橙以为今天的行程已经结束，正打算问傅棠舟是否要启程回去。

谁知他却问：“你们这儿有什么好吃的？”

顾新橙：“嗯？”

“我难得过来一趟，你不请我吃饭吗？”

关吉憋了一上午，这会儿终于能插上话了。他说：“老板，你是东道主，得热情点儿。”

顾新橙心想，刚刚人家请他他不去，这会儿却要来蹭她的饭。

“市中心有家西餐厅还不错。”那里档次高，请投资人吃饭也不寒碜。

“西餐哪儿都能吃，有没有特色菜？”傅棠舟对西餐提不起兴趣，“就是你们本地人平时会吃的。”

顾新橙想了想，犹豫道：“中午吃小笼包不合适吧？”

傅棠舟却不在意：“就这个吧。”

大中午还真有餐厅卖小笼包。这里的小笼包皮薄肉多，汤汁浓郁。顾新橙夹了一只小笼包，蘸点儿香醋，咬开面皮，顿时肉香四溢。

傅棠舟问：“你以前经常吃这个吗？”

顾新橙答：“还好，一般都是家里做饭，要么我就是去学校吃食堂。”

言下之意，她也不是天天吃小笼包，就像北京人也不是天天吃烤鸭。

这是她第一次请傅棠舟吃饭，没想到竟然这么朴素——这家店的人均消费不超过五十。傅棠舟以前带她出入人均五千的餐厅时，眼

睛都不眨一下。

若是换成别的投资人，八成会嫌弃她招待不周，可傅棠舟……吃得还挺有兴致。

隔壁桌有一对本地的小情侣。女生抱怨这抱怨那，对她的男朋友有挑不完的刺儿。

男生老老实实地吃着饭，吃到一半，实在受不了，就跟她吵了起来。

还好他们没有动手，也没有甩脸子，只是坐着拌几句嘴，间或骂上几句本地人耳熟能详的方言。

他俩不尴尬，顾新橙倒是在一旁替他们尴尬起来。

她想早知道就换个高档点儿的地方请傅棠舟吃饭了，这下让他围观了一场鸡飞狗跳的好戏，也不知他作何感想。

傅棠舟放下筷子，瞥了一眼这对小情侣，没有吭声。

直到这两人走了，他才说："你们这儿的人说话挺好听。"

顾新橙被这句评价惊得目瞪口呆，根本不敢告诉他这对小情侣刚刚说了什么。

江南这边的方言被称作吴侬软语，哪怕是骂人的话，在外地人听来都很温柔。恐怕他以为那两个人是在谈情说爱。

关吉憋着笑。他虽然不能完全听懂无锡方言，但比起一无所知的傅棠舟，还是能领会到核心意思。

顾新橙见关吉的表情不对，皱眉瞪他一眼，意思是千万别告诉傅棠舟这件事，不能破坏傅棠舟心目中的本地人的良好形象。

一行四人吃完午餐，关吉发言："老板，傅总难得来无锡一趟，你带他到处逛逛呗，展示一下咱们江南的大好风光。"

原本计划吃完饭就打道回府的顾新橙甚是无奈。她怀疑公司出了个卧底，他怎么净帮着傅棠舟说话？

可话都说到这份儿上了，她只得说："当然得逛，傅总您想去哪儿？"

于修提醒道："傅总以前没来过无锡。"

关吉："无锡值得一去的地方很多，最有名的肯定要数太湖了。"

顾新橙："现在这个天气去太湖太冷了，不如去灵山看大佛吧。"

关吉一拍脑门："哦，对。灵山大佛，这可是国家5A级景点，必须得去。"

两个人同时看向傅棠舟，等他做决定。

傅棠舟静静地看着顾新橙，眼眸比太湖水还要温柔几分。他问："你以前在哪个学校读书？"

顾新橙眨了下眼，不懂他的意思。

"听说你们这儿的教育质量不错，"傅棠舟说得一本正经，"我想去看看这里的学校。"

于修适时地帮腔说："傅总有投资学校的打算。"

顾新橙："……"

看不出来，他竟然还有当教育家的梦想。

顾新橙稍有犹豫："我是 × 中的，现在应该还没开学吧？"

傅棠舟淡淡地说道："没事儿，随便看看。"

于修在车载导航里输入 × 中的名字，车子随即驶向 × 中所在的那条路。

她很久没有回学校看过了。这条道路两旁的小商店换了不知几茬儿。她好不容易看见一两家眼熟的店面，都跟见到老朋友一样亲切。

顾新橙靠在软椅椅背上，偷偷看傅棠舟。只见他端坐在车内，视线看向车窗外。

道路两旁是光秃秃的树和纵横交错的电线，电线杆上贴着各色小广告，小商店门可罗雀。

这幅城市画卷没有太多浓墨重彩，也没有北京那么繁华绚丽。

可她生在这里，长在这里，这是她生命的一部分。江南的婉约秀丽早已刻进了她的骨子里。

她过的是和傅棠舟完全不同的另一种生活。

以前他们在一块儿时，顾新橙的心底会有一种自卑感。

这种自卑来源于两个人的差距，也来源于他捉摸不定的心意。

她像是迷途的少女，日日夜夜捕风捉影，追逐着一段缥缈而无望的爱恋。

现在，当他们一同走过她熟悉的街道时，顾新橙忽然觉得很踏实。

车内放着悠扬婉转的音乐，她仔细一听，原来是陈奕迅的《好久不见》。

她逐渐在歌声中回溯记忆，像是在脑中翻着一卷卷书页。

她想到曾经看过的一句话。

一个人喜欢另一个人，会想去她住过的城市，走她走过的路，看她看过的天。

所以，傅棠舟这一次来无锡，想看的究竟是什么呢?

车子拐过最后一个十字路口，× 中经典的红墙白砖建筑徐徐展现。

校门口的保安大叔不让停车，他们只能下车登记后再进学校。于修要去附近找停车点；有个客户临时有事找关吉，关吉得和人家打电话交涉。

保安大叔问顾新橙：“你来找哪个老师啊？”

高中校园相对封闭，闲杂人等不能进。顾新橙扫了一眼当值老师的名单，发现了她的高中班主任艾老师的名字。

保安大叔给艾老师打了个电话，这才放行。

今天气温很低，天空湛蓝，无云也无风。

冬日的阳光温和地照着道路两旁的香樟树。校园里一片空空荡荡，一个人影都没有。

这个时间点，全校只有高三一个年级在上课。距离高考只有一百天左右了，大家正在全力以赴做最后的冲刺。

高三教学楼那里偶尔传来一阵琅琅的读书声。下午正是酣眠的好时机，老师会用这种方式让学生保持清醒。

“这里的教学质量不如北京的好学校。那边师资好，生源好，课业负担也没这么重。”顾新橙说，“我们这里的学生都很辛苦，朝五晚九，周六日还得来学校上自习。”

最开始，她也觉得不公平。生在高考地狱模式的大省，寒窗苦读十二载，她终于考上了心仪的大学，可同学里竟然有孟令冬这样毫不费力就考进来的人。

后来她才发现，这种学生的父母非富即贵，在北京都混得有模有样。

上一代人好不容易拼搏出头，给下一代提供良好的教育环境，无可厚非。

在校园中，同是学生的身份往往会模糊家庭出身的概念，一到社会上，差距立见。

人生的确是一场长跑比赛，可每个人的起跑点都不一样。她必须比那些人更努力，才有可能实现弯道超车。

而傅棠舟……是出生在终点线上的人。别人终其一生能和他坐在一块儿喝上一杯咖啡，已实属难得。

“北京学生放学回家都得补课，光靠在学校的那点儿学习时间，不够。”傅棠舟说。

“那你以前补过课吗？”顾新橙发问。

“以前家里给我请过家教。”

顾新橙蹙了下眉，想象不出他老老实实待在家里跟着家教念书的画面。家教恐怕是镇不住他的。

果然，傅棠舟勾了一下唇，又说：“家教被我气跑了好几个。”

她问：“怎么回事儿？”

他惬意地将双手交叠在脑后，回忆起那段遥远的时光，云淡风轻地说：“没怎么回事儿啊。我们开了那么高的工资，哪儿有轻轻松松赚钱的道理？”

顾新橙：“……”

这意思是他得让这些家教经受点儿人生坎坷呗？

“你以前成绩怎么样？”顾新橙又问。

“就那样呗。”他轻笑，并不多说。

顾新橙忽然觉得这个问题有点儿没意义，都是进社会的人了，扯上学时的成绩有什么用呢？

她读书是为了学知识学本领，将来在社会上谋生。可对于傅棠舟来说，读书更多的是为了装点门面。

这时，下课铃声响了，课间只有短短十分钟。

穿着羽绒服的学生三三两两地走出教室，活动范围并不大。

同学们去趟洗手间、打杯热水、靠着走廊放放风……还有一部分学生选择趴在座位上补眠。

顾新橙上高三时每天只睡六七个小时，所以非常珍惜课间打盹儿的时间。

两个人路过教学楼下的光荣榜，橱窗里挂着学霸的照片，下面还有学霸的醒世名言。

傅棠舟不禁放慢脚步，多看了两眼。

顾新橙莫名觉得羞耻，虽然那上面早就没有她的照片了，可她以前也是榜上的常客。

他仿佛穿透了几年的时光隔空在看她。

傅棠舟："你以前也会在这儿贴照片吗？"

顾新橙："我不想贴，学校让贴的。"

通常的情况是，江司辰第一，她第二。

傅棠舟轻轻扬了下嘴角。他对这个光荣榜似乎有无尽的兴趣。

他用手指点了其中一个学生，评价道："这个学生挺有商业头脑。"

顾新橙一看，顿时无语。其他人写的都是"好好学习，天天向上"之类的话，而这个学生写的是"广告位招租"，简直是学霸中的一股清流。

说到光荣榜，顾新橙还有一段不得不提的往事。

她和江司辰的名次一直靠在一块儿，照片也一直放在一处。那时候顾新橙偷偷暗恋江司辰，学习上一刻不敢懈怠，生怕自己考得差配不上他。

有一次学校教务处做了一个新背景板，两个人的照片背后正好有一颗大爱心。

这颗爱心让顾新橙又羞又窘，仿佛在将她的少女心事翻开来给

全校所有人参观。

每次路过这个光荣榜，她都像是被公开处刑，头皮一阵发麻。

后来江司辰跟她表白了。她再看到这个光荣榜时，心里就甜得不像话。

时至今日，江司辰对她而言早已成为过去。她不再爱他，可不代表那段回忆不是甜蜜的。

这就是她对前男友的感觉，无爱也无恨。

而现在，陪她回学校的这位也是她的前男友。两个人过去的甜蜜曾让她真切地感到幸福，哪怕只是短暂的一瞬间。

只不过，再次相遇后她对傅棠舟的感情复杂了很多。

他们走过光荣榜，一路向北，碰上一位女老师。她正往教学楼后的办公楼走，胳膊底下夹着水杯，手里拿了一沓卷子。

顾新橙叫了一声："艾老师。"

"哎呀，我刚还说你怎么来学校了？"艾老师推了下眼镜，笑眯眯地看着顾新橙，"好几年不见，你已经成大姑娘了。"

艾老师看到傅棠舟，在脑海中搜寻片刻，并不记得这张面孔，于是问："这是……"

顾新橙说："我的朋友。"

她化繁为简的介绍省去了很多不必要的麻烦。

谁知艾老师又问："男朋友啊？"

顾新橙否认："普通朋友。"

傅棠舟的眸光从二人身上扫过。他没有多做解释，似乎认同了这个身份。

"你现在还在北京呢？"

"嗯，马上要毕业了。"

艾老师打量着自己的得意门生，不禁感慨："你现在越来越漂亮，越来越自信了。"

自信？这一点老师是怎么看出来的呢？老师这是在夸她吗？

"前段时间江司辰也回学校了，"艾老师忽然提到他，"他直博了。"

顾新橙从别人的口中再听见江司辰的名字时，只觉得像是在说一位老友。

江司辰当年得了数学竞赛的金牌，被保送 B 大。他不愿意转专业学别的，以后打算做科研工作者，肯定得读博。

当年他俩的事儿老师们没干预过，因为他们都是懂事的好学生。可惜的是，他们最后没能走到一起。

一段有始有终的恋情太难得了。大部分人走着走着就散了，初恋更是如此。

傅棠舟的神色微妙，这个名字对顾新橙来说是一个特殊的存在。

她掩饰得很好。可他了解她的“微表情”，一眼就能看出来。

这时，有个学生跑了过来：“艾老师，张老师找你。”

顾新橙连忙说：“艾老师，您要是忙的话，我们就不打扰了。”

“那你和朋友随便转转，我还得改作业呢。”艾老师跟顾新橙道别，不忘抱怨一句，“这群学生啊，是我带过最差劲的一届，唉！”

顾新橙弯起嘴角，忽然一笑。

艾老师走后，傅棠舟问她：“笑什么？”

“她以前也总说我们那届是她带过的最差劲儿的学生。”

“巧了，我的老师也说过这话。”

“……”

同一个世界，同一个老师。

“其实我们那届一点儿也不差劲，”顾新橙说，“高考我们班出了两个全省前十，还不算——”

还不算被保送的学神江司辰。

“你高考考了多少分？”

“四百二十三分。”

“你怎么上的 A 大？”

“我们省满分才四百八十分。”

顾新橙不知和别人解释过多少次。她不是偏远地区的考生，这个分数可是地狱高考模式下的全省理科前十。

她和傅棠舟认识这么久，竟然第一次聊这个话题。

傅棠舟轻笑，揶揄道："那A大和B大有没有为了抢你打起来？"

顾新橙的脑子里忽然有了画面——A大和B大的招生组的组长在打架，而她在旁边劝说道："你们不要再为我打架了。"

她觉得有些好笑，又有些羞耻。

"A大先打电话过来的，说专业随便选，"顾新橙一本正经地说，"B大的电话迟了一步，所以我就去A大了。"

"你还挺抢手啊。"傅棠舟似叹非叹地评价了一句。

二人一路走走停停，来到了教学楼后面的景观园。

这儿有一处不大不小的池塘。两个人踏上小木桥，桥板嘎吱作响，惊动了池底的锦鲤。

池塘里浮着一层极薄的冰，冰面已经破碎，呈现出不规则的形状。

顾新橙以前经常和同桌来喂鱼。这些锦鲤什么都吃，她最常喂的是雪饼。

小卖部在不远处，正在开门营业，她去买了一袋雪饼。

她拎着袋子往回走时，看见傅棠舟靠在木桥边。他的胳膊肘杵在栏杆上，长腿交叠着，目光懒散地停在池塘边生出绿意的柳树上。

他说让顾新橙陪他来转转，实际上更像是他陪顾新橙回母校看看。

顾新橙拆开一小袋雪饼，咬了一口，又甜又脆。雪饼上留下一个月牙般的咬痕。

这种小零食她从小吃到大。她最爱白色糖霜的滋味。

她掰了一小块儿，用手指碾碎了丢进池塘里。

一条红色的锦鲤摆着尾巴游过来，鱼身上浮，嘴巴一张，吞了下去。

桥下逐渐聚集了五颜六色的锦鲤。它们游来游去，在等待下一次机会。

"你这么喂鱼？"傅棠舟说。

"不这么喂，那怎么喂？"顾新橙问。

傅棠舟将小袋中的另一块儿雪饼拿了出来："像这样喂。"

这块儿雪饼被他整个儿丢了出去，在空中飞行了好一会儿，划出一道优美的抛物线，稳稳地落到了池塘正中央的水面上，好似倒映在水里的一轮皎洁的月影。

顾新橙惊讶："这……鱼吃不下吧？"

傅棠舟嘴角扬起一抹浅笑："看好了。"

一条离群的锦鲤发现了雪饼。它拼命去吃，却将它越推越远。

很快，其他锦鲤跟鲨鱼闻着血腥味一样浩浩荡荡地游来。鱼群围着雪饼，你一口我一口地疯狂地撕咬。水面上翻起白色的水花。

体形大的鱼占上风，小鱼基本没有下嘴的机会。

短短一分钟，这块儿雪饼就被分食得干干净净，连残渣都不剩。鱼群再度散去，寻找下一个目标。

这像一种变相的饥饿游戏，刺激着顾新橙的眼球。

她没想到，素日里悠闲自在的锦鲤竟也有如此凶悍的一面。

自然界的法则向来如此，弱肉强食。人为饲养的方式让锦鲤看上去变得温驯，却抹杀不了这种夺食的天性。

"这样快多了。"傅棠舟侧过身看她，眼底有一抹冷厉的光。

一阵冷风卷过他的西服下摆。他迎风而立，衣袂翩翩。

不知为何，他喂个鱼都能喂出一种高高在上的姿态来。

他仿佛睥睨天下的帝王，施舍一点儿小恩小惠，然后隔岸观火，冷眼看着厮杀不止的众生相。

顾新橙垂下眼，压下一阵莫名的心悸。她对另外一件事很好奇，于是问："你怎么能扔那么远？"

雪饼很轻，从这儿到池塘中央的距离不近，能丢出那么远确实需要点儿技巧。

傅棠舟问她："你玩过飞盘吗？"

顾新橙摇头。

他从她怀中的袋子里又拿了一小袋雪饼，拆开。他说："我教你？"

"不用。"她对学扔飞盘没有太大兴致。

傅棠舟没再坚持，飞快地把这两块儿雪饼扔了出去。

鱼群再度陷入疯狂，池塘的最后一点儿浮冰都被搅碎了——看来他以前没少玩这种游戏。

他若有所思地看着池面上的碎冰问：“你们冬天溜冰吗？”

“在商场里溜过旱冰。”

“我爷爷以前住在什刹海附近，小的时候一到冬天，我就会在那儿溜冰。”

他说的是溜冰这件事，却在不经意间提到了他的爷爷。这是他第一次在她的面前提起他的家人。

“你直接在湖面上溜吗？”

“嗯，”傅棠舟用手指比画了一下，“冬天什刹海结的冰有这么厚。”

这种冬季项目是北方的孩子才能体验的，而南方的孩子没法儿想象。

“现在什刹海还能溜冰吗？”顾新橙问。

“现在不行，天回暖了，想去的话得等明年了。”傅棠舟说，“你想去？”

“我只是随便问问。”

傅棠舟大她六岁。在她的眼里，他成熟且强大。

她认识他时，他已经二十六岁了。她从不知道他小时候的模样。小男孩或多或少都有些调皮吧，她猜测。

两个人走下小木桥，向操场的方向走去。脚步声惊到了怕人的流浪猫，它一溜烟儿地钻进了灌木丛里。

操场上的红旗在猎猎寒风中飘扬，旗杆的影子直溜溜地横在水泥地面上。

每逢星期一，学校就会召集全体学生在操场上开晨会。

高中三年很辛苦，却也是顾新橙目标最明确的三年。

考上心仪的大学之后，她反而变得迷茫起来。

多年的夙愿成真，一时之间失去了下一个目标。她像一只迷航的小舟，漫无目的地在大海上漂流，为爱情而彷徨，为未来而彷徨。

还好，她现在驶回了正常的航道。

椭圆形塑胶跑道中央的草坪上覆了一层白色薄膜，仿佛落了一大片雪。两个人沿着跑道边走边聊。

“你怎么会有投资学校的打算？”

“你听没听过一句话？”

“什么？”

“再苦不能苦孩子，再穷不能穷教育。”

“……”

听是听过，可她不认为傅棠舟会有这样的情怀。

聊到投资，傅棠舟说：“你们公司下一轮的融资计划是三月启动？”

“按计划是这样。”顾新橙踢走跑道上的一块儿小石子。

“数额想好了吗？”

“百分之十左右吧，具体融资额得看评估结果。”

顾新橙心里有一个期望值，一千五百万。要达成这个目标，意味着公司的估值要有一亿五千万。

她目前占百分之二十五的股份，纵使股权被稀释，也至少能占三千万左右。

她忽然觉得讽刺。谁能猜到身家三千万的她连三万存款都没有呢？

“低于一千五百万就得多掂量。”傅棠舟淡淡地说道。他的想法和顾新橙不谋而合。

“嗯，我心里有数。”顾新橙说。

融资这个名词似乎总和诈骗脱不了干系。各大 PE/VC 机构搞私募投资，更像是在玩一种击鼓传花的游戏。

好多创业公司的卖点就是一个概念，等到这个概念被市场戳破了华丽的外衣，膨胀的泡沫便会迅速破灭。

这种公司一般活到 B 轮 C 轮就会爆雷。所以投资机构会争取在

高位退出，找到“接盘侠”，然后坐收渔利。

这个游戏如果能玩到公司上市那一天，“接盘侠”就是全体股民——当然，这很困难。真能做上市的公司多多少少还是有两把刷子的。

如果创业者抱着捞一笔的心态来做公司，那么公司很难有长远发展。

顾新橙不那么想。她想要做一个真正有价值的创业公司。

致成科技的人工智能不是一个概念，更不是公司给投资人画的大饼。他们要把人工智能应用到实处去，改善人类的生活方式。

顾新橙之所以选择这条创业道路，是因为她相信人工智能会让这个世界变得更美好。

× 中占地面积不小，实打实地逛完一圈得要一两个小时。

不知不觉间，两个人重新回到了校门口。

傅棠舟给于修发了消息，五分钟后，于修把车开到了校门口。

关吉降下车窗：“老板，这就逛完啦？”

“嗯，也没什么可逛的。”

傅棠舟单手拉开后车门，示意顾新橙先上。

于修瞥了一眼后视镜里的人影：“傅总，今天回上海吗？”

傅棠舟将车门关上：“不了。”

“那我现在给您订酒店。”

“嗯。”

“顾总有什么建议吗？您是本地人，应该比较了解。”于修对订酒店这种事轻车熟路，这个问题显得有些多此一举。

“酒店……”顾新橙有点儿蒙，“我真不了解。”

“也对，本地人平时都住家里。”

“有几家五星级酒店，可以挑一挑……”顾新橙忽然想起什么，补充道，“哦，有一家凯悦。”

傅棠舟听见这话，轻抬眉梢。

于修明知故问：“傅总，这家可以吗？”

傅棠舟微微颔首，转过头去看窗外的景致，嘴角不经意间扯了

一下。

她还记得他的喜好。

关吉："老板，我也住那儿吗？"

顾新橙："公司对差旅费有明文规定，酒店报销上限是三百。"

言下之意，关吉要是愿意多掏钱补上凯悦的房费，她也不会拦着。

傅棠舟揶揄："这么勤俭持家？"

顾新橙叹息："没办法，穷。"

他的眼底有一抹戏谑的神色，他说："你这是在跟我要钱？"

顾新橙顿时脸红，跟投资人要钱也不是这么要的啊……

于修发动汽车，然后问："傅总，先去酒店还是哪儿？"

傅棠舟说："先把她送回家。"

他在人前很少叫顾新橙的名字，往往用"她"来代指。

于修会意："顾总，您家住哪儿？"

顾新橙报了某条路的名字，并没有说小区地址。于修在导航里输入几个字，声音甜美的女生开始导航。

周遭街道的景致不停地变换着，一栋栋白色的楼宇飞速后退着，傅棠舟的眼神里有一抹难得的柔情。

顾新橙惴惴不安。她从没想过有朝一日傅棠舟会亲自送她回家——回的是她父母所在的那个"家"。

有一丝微妙，她却也说不上哪儿有什么不合适。

车窗外的天空被玻璃阻隔，蒙上一层极淡的茶褐色。

顾新橙看着前方路况，在心中默数还有几个红绿灯就能到家。

终于，车子拐过最后一个路口，她出声道："就在这儿停吧。"

这是这座城市里最朴实无华的一条街道，临近傍晚，夕阳将天空晕染成浅浅的橘红色。

晚点铺的老板开始生火、忙碌，门口的蒸屉被架得老高，滚滚白雾向上蒸腾着。

靠马路的那一侧不能下车。傅棠舟将他那一侧的车门打开，先下了车，顾新橙紧随其后。

"路上小心。"傅棠舟说。

顾新橙点点头，脚刚迈上马路牙子，手腕忽然被攥住。

一辆电动车呼啸着从路边飞过，她尚没有反应过来，傅棠舟已将她用力往后一拽，护在了身后。

她整个人被笼罩在他高大的身影里，手腕上有一股温暖的感觉，鼻尖有一丝清淡的雪松冷香，清凉、和缓，又令人心安。

那辆电动车溜得比兔子还快，这会儿已经一溜烟没了踪影，那人生怕开奔驰的车主会找他麻烦似的。

"谢谢。"顾新橙惊魂甫定地抚了下胸口，下意识地看向车身，那里有一道不深不浅的划痕，"要不要报警？"

傅棠舟看都没有看一眼，便说："不用。"

关吉降下车窗，瞧见这道划痕，心疼极了。

他说："找保险公司吧，应该可以赔。"

傅棠舟似乎并不把这种小事放在心上，只是对顾新橙说："记得看路。"

顾新橙嗯了一声。

她垂下眼，心想自己不是不看路，而是那辆电动车开得毫无章法。

两个人道别后，傅棠舟重新坐回车内。

于修说："一会儿我找家4S店。"

傅棠舟没应声，默许了他的建议。

交通事故的认定流程很烦琐，傅棠舟懒得浪费时间。

于修了解傅棠舟的行事风格。对他而言，时间比金钱更宝贵，他不论是报警还是找保险公司，都是在浪费时间。

于修没有着急开车，而是用食指悄无声息地敲打着方向盘，观察着车窗外那道纤瘦曼妙的身影。

他瞥了一眼后视镜，果不其然，傅棠舟也在看那个方向——顾新橙离开的方向。

顾新橙拎着包在路边慢悠悠地走着，过膝靴的鞋跟嗒嗒地踩在路砖上。

她轻轻揉了一下细白的手腕，那里还有一道红痕，是傅棠舟刚刚攥出来的。

经过之前的那次争吵后，两个人冷静了一段时间。

她也在反思自己。如果那天晚上替她挡酒的人不是傅棠舟，而是另外一个男人，她也会像这般反应过度吗？

答案是否定的。恰恰因为是傅棠舟，才戳到了她的反骨。

她想和他撇清关系，可是能撇得清吗？

他有私心，难道她就一点儿没有吗？

正当她思虑万千时，有人叫她的小名：“橙橙。”

她回头一看，是顾承望。

“爸，你怎么在这儿？”

“我下班回家。”

“你怎么不开车？”

“早晚走走路，锻炼锻炼身体，还能省点儿油钱。”

父女俩肩并肩向前走，路过一家晚点铺时，顾承望停下脚步说：“你妈让我捎几个花卷。”

老板扯下方便袋：“要什么口味的？”

“给我拿三个咸的三个甜的。”

“哎，好的。”

老板麻利地装袋。顾新橙扫了餐车上的二维码，付了六块钱。

顾承望接过袋子，继续往小区的方向走。

他貌似无意地问：“刚刚送你回来的人是谁啊？”

顾新橙啊了一声，解释说：“是我们公司的投资人，他正好来无锡考察项目。”

顾承望没再多问，而是叮嘱道：“你下次走路要小心点儿，那么大人了，还让人操心。”

顾新橙：“……”

刚刚那一幕，爸爸看见了吗？不然他为什么要提醒她走路小心呢？

她岔开话题：“爸，今晚咱们吃什么？”

“你妈在家煮了皮蛋粥。”

“我最喜欢喝皮蛋粥了，好久没喝了。”

父女俩其乐融融地说着话。他们的身影逆着光线渐行渐远，最终隐没在人潮里。

傅棠舟收回目光，于修踩下油门，几个人离开了这条街道。

这个春节假期短暂又漫长。

临行前，秦雪岚给顾新橙装了满满一行李箱的东西。

她把行李箱一提，这也太沉了。想到要把这个行李箱从机场运回学校，她一阵窒息。

可是她没法儿拒绝妈妈沉甸甸的爱意，这趟离家，估计得等明年才能回来了。

顾承望开车送她去机场，一路上没少嘱咐她这个那个。俗话说，儿行千里母担忧，放到他们这儿就是女行千里父担忧。

这是顾新橙独自在外生活的第六个年头儿。她依旧是父母最放不下的牵挂。

抵达北京后，顾新橙迅速忙碌起来。

过年在家没事的时候，她把毕业论文大纲捋了捋，还约了周教授当面指导。

周教授看了她的大纲，态度平和地说：“你这个选题挺新颖。正好你又在做这一块儿，懂的可能比我还多。”

他的指导更偏重于写作思路和结构。

他带了顾新橙两年，她在这方面的成长是惊人的。她很适合做学术，这也是当初他不愿让她去创业的原因之一。

周教授在她的纸上写下密密麻麻的备注。盖上笔帽之后，他问：“你那公司最近怎么样了？”

“还好。”顾新橙没有多说。

她觉得这只是一句平常的问候，周教授不会真的关注这些

事情。

“既然选择去创业，脑子就灵活点儿。”周教授说，“能利用的人脉资源就利用起来，不能像搞学术那样死板。”

这话听上去有些耳熟，顾新橙恍然想起，之前傅棠舟也说过类似的话。

她这个人，真的很死板吗？

周教授说的能利用的人脉资源……即使是前男友也没关系吗？

“创业最怕走弯路。你还没毕业，不要用学生思维去局限自己。”周教授将钢笔放回了笔筒。

“我知道，”顾新橙说，“谢谢周教授指点。”

“行了，我还有事儿要忙。”

“那我不打扰了。”

出门之后，顾新橙长舒了一口气。周教授对她的态度似乎没有她想象中那样糟糕。

傅棠舟曾说过，人都是有私心的。

讲道理，如果不读博，那她和周教授就没有公事上的牵扯了。

那周教授今天指点的几句话又算什么呢？

她恍然意识到，这也是某种私心，教授对自己学生的私心。

周教授对她从来不乏私心。

他一向不是真正的公私分明，好机会都给她留着。

她一直极力在说服自己将公事和私情分开，这样真的好吗？顾新橙迷惑了。

她忽然想到游戏里某个人物的台词，世界既不黑也不白，而是一道精致的灰。

傅棠舟会成为那道灰色吗？

致成科技的下一轮融资在三月初正式启动。经过一系列的评估，募资金额最终被定在了“百分之十，一千五百万”。

多家风投机构向致成科技抛来橄榄枝，最具实力的还要数升幂资本和隆鑫资本。

这两家机构都能给出致成科技的募资金额，其他机构多多少少有点儿讨价还价的意思。

晚上九点，公司的其他员工下班走了，只有顾新橙和季成然留在会议室里。

顾新橙将几家风投机构的方案放在一起对比，问季成然的想法。

“我先听听你的想法。”季成然说。

“我的想法很简单，公司之前拿的就是升幂资本的投资，这一轮他们愿意跟投，是一个好消息。”

“你的意思是，还选升幂？”

“之前升幂给我们提供了不少帮助。我们合作得很愉快，继续接受他们的投资没什么不好。”

“这轮再给升幂百分之十的股份，就到百分之二十五了。这个比例有点儿高了。”

季成然的想法让顾新橙愣怔了几秒。

投资机构一般都保持中立态度，不干预公司事务，这一点她以前就和季成然提过。

他为什么忽然想到了股权分配的问题？

“其他机构也开了同样的价码，为什么不考虑考虑别家？”季成然将手指落在了隆鑫的资料上，“如果投资机构能给公司提供助力，多一家不是更好吗？”

上一轮融资时，隆鑫放了致成科技的鸽子，她不懂为何季成然还会对隆鑫感兴趣。

她压下心底的疑惑，解释说：“隆鑫和升幂这两家公司是风投行业的竞争对手，同时引入两家的投资会带来摩擦。这些事情我们控制不了，所以最好不要考虑隆鑫。”

“你之前说，投资机构的目的是赚钱，不是管理公司。既然这样，为什么会引起摩擦？”

季成然的提问听上去很诚恳，也许他真不懂风投圈的某些不成文的规定。

他的话说得有道理，又没什么道理。

两个敌人坐在同一个餐桌旁吃饭，虽然各吃各的菜，但是餐桌上的气氛肯定会如电光石火一般。

更何况，不干预公司事务不代表不会在其他方面施加影响，到时候两家明争暗斗，倒霉的是公司。

顾新橙耐着性子给季成然分析利弊。他静静地听着，始终注视着她的脸。

“这就是我的想法，升幂是我们这一轮最好的选择。”顾新橙说完最后一句话，等他发表意见。

季成然用指尖叩了下桌面，声音压低了几分：“我有个问题想问问你。”

“什么问题？”顾新橙问。

“你和升幂的傅总是不是有交情？”

他选择了“交情”这个词，而不是别的。

可他的意思很明显——顾新橙和傅棠舟之间有着某种男女私情。

## 第十二章
# 波澜再起

话题扯到了私人感情上，顾新橙失语。

她不知道季成然从何处得到了这样的消息，可这世上没有不漏风的墙。

之前她没有和他透露过她和傅棠舟的关系，是因为觉得没必要将私人感情卷入公司事务中。

现在合伙人主动提出了这个问题，她没有办法再回避。

“我和傅总……”顾新橙顿了一下，心一横，将这件事说了出来，“分手很久了。”

季成然微讶。他没想到他们之前竟然有一段过往。原本他以为顾新橙是在工作中和傅棠舟产生了什么火花，现在看来……前任男女朋友见面，完全装成陌生人挺困难的。

男人、女人对待前任女朋友、男朋友的态度是不同的。

女人一般都是直接把前任男朋友送进回收站，再也不见。

而男人通常会把前任女朋友分门别类地装进文件夹，偶尔想起

的时候就想翻阅一番——他们总觉得那还是自己的女人。

顾新橙怕季成然多想，于是说："我现在和他没有感情纠葛，我的建议是本着对公司负责的态度提出的。"

利弊得失，她给季成然分析得很清楚。升幂资本是一个值得信任的合作伙伴，在这件事上她没有掺杂任何私心。

季成然向顾新橙表示歉意："无意冒犯。"

他的想法顾新橙也能理解。如果升幂资本这轮再拿下百分之十，他担心顾新橙会和傅棠舟联合起来，把他这个公司创始人架空。

创业初期，大家谈的更多的是情怀。

可公司走到现在这一步，一旦涉及利益和控制权，即使是合伙人之间也难免产生矛盾。

防人之心不可无，以前也不是没有过这样的例子——公司做大了，创始人出局了。

"我在这方面确实没你懂得多，还得多靠你指点。"季成然笑着说，"听你的，这轮还是拿升幂资本的投资。以后的事情以后再说。"

他对她的意见表示了尊重，礼貌性地将这个话题带了过去。

顾新橙点了点头，没有多说。如果误会能解除，再好不过。

她相信季成然不会四处宣扬她和傅棠舟的旧事，否则也不会憋到今天才问出这种话。

两个人走出写字楼。初春的北京夜凉如水。

一轮冷月高悬于天际，将清辉洒向大地。

"忙到现在，饿了吧？"季成然说，"我请你吃夜宵，附近有家新开的拉面馆，味道还不错。"

顾新橙婉拒："我就不去了，宿舍有门禁。"

季成然在地铁站门口和她道别："明天见。"

晚班地铁上人流稀少，把手随着地铁的前行而摇晃着。

顾新橙坐在空荡荡的车厢里，玻璃将她孤单的身影映得格外清晰。

她看着玻璃上纵横交错的北京地铁路线图出神。

地铁里，人们的衣着光鲜亮丽，大家却不约而同地选择乘地铁出行。

一辆代步车不过十几二十万。也不是买不起车，只不过你得摇到车牌号，得在小区有车位——这背后的隐形成本太大了。

顾新橙想到了傅棠舟。他不知有多少辆车，其中某辆车的车牌号最不显眼，是“FTZ218”。

可真正了解他的人都知道，这是他的姓名缩写加生日。

声音机械的女生冷冰冰地报着站名。顾新橙麻木地从座椅上站起来，准备下车。

她蓦地一哂。有些事情明明和他无关，为什么她总是在心里拐几个弯想到他呢？

致成科技这一轮融资的速度比上一轮更快。路走宽了，也就好走了。

然而，升幂资本和致成科技的投资条款却迟迟没有谈拢。

这是顾新橙第三次为了这件事来升幂资本了，前两次是姜经理和她谈，这次是傅棠舟亲自和她面谈。

他们争论的焦点并非投资额，而是另一项股权制度——致成科技希望升幂资本只担当投资人的角色，所以想设立同股不同权的制度。

这是季成然提出的想法。可见他并没有彻底打消疑虑。

顾新橙想到之前陶斌提醒她的话，季成然这人权力心有点儿重。

不过，他防患于未然这点无可厚非。

在这一点上，顾新橙和季成然是站在同一条战线上的。

现在致成科技只接受升幂资本的投资，不代表将来不会引入其他投资机构的资金。

公司股权会随着一轮轮的融资被逐步稀释。创始团队为了保证自身的权益，必须提前做好万全的准备。

当初公司拿第一轮融资时，顾新橙也想过这个问题。

升幂资本向来没有干预公司事务的传统，而且他们处于买方市场的位置，致成科技实力不足，没法儿提这种要求。

“分红、股权回购和售让，这些都可以保障，条款里也写得很清楚。”顾新橙向傅棠舟解释。

“你应当了解我这个人。”傅棠舟说。

他说不会干涉公司的管理就不会干涉。他在商场上身经百战，什么事情都见识过，只不过，这种诉求……还真没答应过。

很多创业公司的创始人拿下了几轮投资，便会膨胀得看不清现实。

他们以为自己真的值那么多钱，实际上是投资人捧出来的。真把投资人惹恼了，一撤资，公司就会像一个破了洞的沙袋一样原形毕露。

投资人不是天使，既然出了钱，就该得到应有的权益。

投资机构也不是任人宰割的傻子，给公司投了两千万，结果到了开会的时候，连说句话的权利都没有?

万一创始人是个傻 ×，把两千万挥霍一空，他们上哪儿说理去?

顾新橙知道傅棠舟在这方面的为人。他经验丰富，真想做什么事儿来干预公司，也是为公司好。

然而，有时候对公司而言是好事，对创始人而言却未必是好事——比如说，将管理层大换血，让自己信任的人上马。

这种矛盾从公司制、代理人制度横空出世的那一天起就从未消失过。

在这个世界上，没有任何一个人会和另一个人的利益完全一致。

纵然是父母和子女、丈夫和妻子，都不能完全捆绑，更何况投资人与被投资人?

“谁给你们的底气讨价还价？”傅棠舟咄咄逼人。

“傅总，致成科技从去年成立做到现在的规模，是管理层和员工共同努力的结果，也得益于您的帮助。”顾新橙说，“这一轮融资，我们出于对升幂资本的信任，选择继续合作。”

顾新橙把傅棠舟以前夸致成的话拿出来说服他：“升幂资本投资致成，也是看中了致成的技术和管理团队。我们公司的能力您也看在眼里，这一点您大可放心。”

傅棠舟盯着她，语气严厉，说道：“这是你的主意还是季成然的主意？”

融资的事情一直是顾新橙在做。她之前从未和升幂资本提出过这项要求。

“这是我们共同的想法。”顾新橙说。

她窥测不出他的想法，但知道他并不会百分之百地相信她的话。

她默默叹息。从什么时候开始，她也学会了这一套，见人说人话，见鬼说鬼话？

“顾新橙，记得我之前和你说过的话吗？”傅棠舟提醒，“不要太信任一个人，尤其是跟你有利益往来的人。”

“记得。”

“记得就好，”傅棠舟俯瞰落地窗外层叠的高楼，“我会让他们再起草一份投资协议。”

言下之意，他答应了顾新橙提的要求。她能让他做出退让，实属难得。

“傅总，致成以后还得请您多多指教。”顾新橙说。

“合作愉快。”傅棠舟冲她伸出手来。

顾新橙大大方方地同他握了一下手：“合作愉快。”

一大一小两只手握在一处。傅棠舟的手宽厚又温暖，顾新橙的手纤细又白皙。

这一握，他们握了有十来秒。见他没有收手的意思，她主动将手抽了回来。

傅棠舟将手插回兜里。她收拾东西准备离开时，他忽然叫住她：“顾新橙。”

她的脚步顿了一下，她回首看他。

傅棠舟对她说了一声：“生日快乐。”

他的语气不温不火，她品不出更多的情绪。

顾新橙勾唇笑了一下：“谢谢。”

今天是她的生日，今早起床时她才注意到。

女人一旦过了二十岁，每年的生日便不再是庆典。她反倒希望这只是一个最稀松平常的日子。

“我给你准备了礼物。”傅棠舟指了指沙发上的一个礼品袋。

她进门时就看见了那个袋子，没想到是给她准备的。

顾新橙受宠若惊。她有点儿不敢拿，怕太贵重。

傅棠舟莞尔：“送你几本书，回去好好读读。”

她这才将礼品袋拿过来，打开一看，里面果然是书，大多和企业管理有关。

顾新橙：“谢谢，您费心了。”

这生日礼物还真是让人没法儿拒绝。

顾新橙下了电梯，手机振了一下。

关吉：老板，公司出了点儿事儿，你快回来看看。

顾新橙：什么事儿？

关吉：微信上说不清，你回来就知道了。

她再问，竟然没了消息。

现在是下午五点，她一刻都不敢耽搁，紧赶慢赶地回到了公司。

她走进熟悉的走廊，其他公司灯火通明，唯有致成科技连灯都没开。

难道公司出了什么事儿，被相关部门查封了？

她提心吊胆地跑到公司门口，推开玻璃门，摸到顶灯开关，室内登时大亮。

“Happy Birthday（生日快乐）！”公司员工整齐的欢呼声让她整个人定住了。

嘭的一声，五颜六色的彩带飘到了她头上。顾新橙扯了下头发——这是他们给她准备的生日惊喜吗？

室内被气球和彩带装饰一新，正中央的办公桌上摆了一只红丝绒蛋糕，白巧克力片上写了一句话：“To 顾新橙：十八岁生日快乐！”

不知是谁置办的蛋糕，把女人的心思摸得一清二楚。谁不想永远当十八岁的少女呢？

关吉拿来一个纸帽王冠，吆喝着给顾新橙戴上：“来来来，让寿星先许个愿！”

她被喜气洋洋的人群推到了蛋糕旁边，季成然用打火机点燃两

根蜡烛，一个“1”，一个“8”，正好凑成“18”。

他把蜡烛插到蛋糕上，有人把灯关了，蜡烛微弱的光芒映到顾新橙的脸上。

顾新橙闭上眼睛，合掌许愿。大家在她耳边唱起《生日快乐》歌。

一曲终了，顾新橙睁开眼睛，一口气吹灭了蜡烛。

灯又亮了，室内一片欢声笑语：“这是季总的主意。下午你一走，他就让大家张罗起来，说要给你一个惊喜。”

“快切蛋糕吧。”季成然将塑料刀递过来。

顾新橙切着蛋糕，一人一块儿，谁也不落下。

季成然想表达对她的歉意。她照单全收，并向他传递出和平友好的信号。身为成年人，没有随心所欲的权利。

她现在明白了，即使是合伙人，也不能完全信任——只要存在利益纠纷，就会有猜忌。

季成然这个人没有她想象的那么简单。有实力有魄力的人，城府都很深。

“今天谢谢大家了，尤其是季总。”顾新橙端着蛋糕向大家表达谢意，“升幂资本的下一轮融资也谈妥了。今天咱们不加班，吃完蛋糕，我请大家去吃火锅。”

“老板英明！”员工们欢呼。

顾新橙和季成然对视一眼，默契地微笑着。这是他们两个人都想看到的画面。

这场庆祝活动在公司附近的一家火锅店举行。天南海北的中国人都爱吃火锅，这简直是聚会的不二之选。

餐桌上热热闹闹，大家涮着火锅喝着凉茶，每个人脸上都洋溢着喜悦的笑容。

今天他们除了庆祝顾新橙的生日，更重要的是庆祝致成科技拿下一千五百万的投资额。

这笔钱对小公司来说简直是天文数字，多到难以想象。

季成然说：“我们公司搬进孵化基地已经一年了，我打算换一个写字楼。”

这个小小的办公室像鱼缸一样，已经容不下致成科技这条大鱼了。

“搬家搬家！早就想搬家了！”

“咱们去国贸好不好？”

“醒醒，国贸租金多贵啊。”

顾新橙今天的胃口还不错。她不知不觉吃了不少，到最后竟有点儿撑了。

吃完火锅，她想乘地铁回去，却发现已经错过了末班车，于是打了一辆出租车回学校。

她回到宿舍，周围一片冷冷清清，方才的喧闹浮华好似一个短暂的梦境。

室友已经拉上床帘睡觉了。她轻手轻脚地坐到椅子上，将包搁在桌上。

她把傅棠舟送她的生日礼物拿出来，手指抚着封面上浮起的凸字。

她翻开其中一本书，没想到扉页上竟然还有他的签字。

新橙，生日快乐

傅棠舟

这熟悉的字体刺痛了她的眼睛。

她往后翻动书页，发现这书是旧的——傅棠舟曾经看过，甚至还写了批注。

她一页一页地看着，竟渐渐入了迷。

在这宁静的生日夜，他用另一种方式陪伴了她。

季成然将办公地址挪到了中关村另外一栋更高档的写字楼里。

公司的面积比之前扩张了十余倍，顾新橙和季成然也有了独立的办公室。

致成开始了新一轮的招兵买马，除了技术人员外，人事、行政、财务等岗位陆续补齐，大大减轻了顾新橙日常的工作压力。

全体员工齐上阵，打扫卫生、搬运设备、收拾东西。

顾新橙踩着高跟鞋走在公司里，来来回回地欣赏着新办公室，试图将这里打造得更加完美。

她在备忘录里写着笔记，这里要买几盆绿植，那里要添点儿办公用品。

公司入门处有一块干净得过分的白墙，显得有点儿空。她观察了一阵，然后说："这里适合挂一幅大的装饰画。"

"我也这么觉得，"季成然表示赞同，"有机会买一幅。"

他们这个买画的机会来得挺快。不久后，北京某艺术协会和AI行业协会就要合作举办以"AI·艺术"为主题的慈善义卖活动。

这场活动邀请了众多青年艺术家和人工智能公司参与，致成科技也收到了邀请函。

受邀参加活动的单位或个人需要提供与主题相关的展品。

白天，这些展品将被匿名展示；晚上，活动负责人会对这些展品进行拍卖。拍卖所得的全部善款将被捐赠给西部某些贫困小学，用于购买美术用品和计算机。

季成然和陶斌研究了很久，最终利用一串数学公式在电脑里绘制出了一幅抽象画。

程序员也是有浪漫细胞的，这画有一种奇特的美感。

慈善活动举办当天，顾新橙和季成然一同前往会场。季成然没有穿平日里常穿的程序员专属格子衫，而是换上了一身黑色的西服。

顾新橙也特地梳妆打扮一番，换上了上次买来的真丝裙。

季成然神采奕奕，顾新橙风姿绰约。两个人走在一起像是情侣。

到了会场门口，他们遇到了一个熟人，傅棠舟。

他今天的装束和平日里无差别。可品貌摆在这儿，他随便穿什么都显得气质卓然。他没有带女伴，只有于修陪在旁边。

两个人主动打招呼："傅总。"

傅棠舟目光飞快地在二人身上扫过，不冷不热地说了一句："挺巧。"

顾新橙今天像一只漂亮的小孔雀，身上穿的还是上次他在商场给她挑的那条裙子。

只不过，季成然这次和她一块儿过来。两个人站在一起，有些扎眼。

大家顺理成章地一起看展。展厅的布置有一种后现代主义的情调，简洁的白墙和不规则的图样装饰带给人一种激烈的视觉冲击。

“傅总平时经常看展吧？”季成然不会冷落这位独自前来的投资人，话题尽量围绕着傅棠舟进行。

“不多。”傅棠舟说。

“我也很少看，工作忙啊。”季成然道。

大家的工作都很忙，哪有空天天琴棋书画诗酒花呢？

他们真要看展，也是因为有公务在身，比如说今天。

顾新橙全程话不多。她和季成然坦承过自己与傅棠舟曾经的关系，三个人走在一起多少有点儿奇怪。

她看展看得挺认真，目不转睛地欣赏着，似乎很懂门道。

季成然打趣：“还是顾总有情调，心思都在画展上。”

顾新橙笑着摇头：“我很少看展，想长点儿见识。”

“A 大美院每年的毕业展你看吗？”

“也不是年年都去看。”

两个人的对话傅棠舟竟插不进嘴，于是他问：“你今年六月份就毕业了吧？”

顾新橙嗯了一声。

“当学生挺好，真工作了就没那么自在了。”

“还好。”

这时，一幅又大又精美的画吸引了顾新橙的注意力。

整幅画是立体的，用金属零件和电路板拼接成大脑的图案，很有创意。

“这个挺好看，”顾新橙说，“适合挂在咱们公司的墙上。”

季成然端详一番：“这幅画应该挺贵的。”

整个展厅数它最显眼，看上的人恐怕不少。

季成然的目光从画上移开。他注意到不远处是星创科技的陈总，这位陈总前段时间刚和致成有过来往。

他轻轻碰了下顾新橙，示意过去打个招呼。顾新橙会意，两个人向陈总走过去。

展厅里的其他人见了傅棠舟，纷纷前来搭讪。傅棠舟一边和人说话，一边用眼角余光觑着顾新橙。

她在和其他老总谈笑风生，在交际场内左右逢源，并不怯场。

谁能知道，几个月前她还在为卖不出去摄像头而苦恼，现在却摇身一变，成了社交达人？

她成长得很快，逐渐开始接受这个商业世界的规则。这令他很放心。

顾新橙二十岁时，他喜欢她的漂亮和单纯。三年过去了，她还是很漂亮，却称不上单纯了。

可她对他仍然有吸引力，这种魅力是一种积淀，也是一般小女孩的身上没有的。

“傅总，你也过来了。”一个男声将傅棠舟的思绪拉了回来。

傅棠舟抬眼一瞧，眼前是个三十岁出头儿的男人。这人傅棠舟认识，名叫邵岑，是龙程集团的负责人之一。

邵岑今天带了个女伴。她打扮得明媚又娇艳，脸上带着矜持的笑容。

傅棠舟在脑中搜寻片刻，终于想起了这个女人的名字，窦婕。

他和邵岑简短地握了一下手，邵岑介绍说：“我表妹，窦婕。”

“窦小姐，你好。”傅棠舟和她打了个招呼。窦婕想和他握手，可傅棠舟已经把手收了回去。

傅棠舟对窦婕这个女人连个眼神都懒得给。

他对窦婕本没有偏见，可谁让沈毓清经常在他的耳边唠叨她的名字，直接把他对窦婕的好感度刷到了零分以下。

上次窦叔叔过寿，他没去。他要出差，哪有空参加这种无聊的“相亲”活动？

窦婕适时地将手收了回去，避免了尴尬。她说：“棠舟哥，好巧啊。”

“哦？你俩认识？”邵岑笑道，“那我刚刚的介绍不是显得生分了吗？”

傅棠舟客套地一笑，并不搭腔。

他见过带各种女人来出席商业活动的，没见过带表妹来的。

邵岑这是司马昭之心，路人皆知。

“这展馆也有她的一份功劳在。”

“协会的人找我帮忙，我正好有空，就帮忙设计了。”窦婕的态度很谦虚，眼神却不住地观察着傅棠舟。

傅棠舟的表情很淡定，然后他附和地夸了一句：“展馆挺好看。”

“棠舟哥有没有送展品过来？”

“有一件。”

“哪件？”窦婕向他打听。

“我不清楚。”这种小事轮不到他上心。

“我也送了一件过来。”窦婕说。

“邵总送了吗？”傅棠舟不动声色地将话题带回到邵岑的身上。

“送了，”邵岑说，“秘书弄的。”

傅棠舟开始和邵岑聊生意上的事儿。窦婕插不上嘴，却保持着名媛的良好仪态。

她注意到傅棠舟身边没有女伴，这着实令她松了口气。之前她听说过某些风言风语，以为傅棠舟避着她是因为别的女人。现在看来，似乎并不是这样。

“你们在天津港的那个项目批了吗？”

“现在政策收紧，难说。”邵岑说，“现在这些项目都不好做，公司也在物色别的项目。”

“对龙程来说，不成问题。”

“傅总说笑了。”

傅棠舟和邵岑聊了几句，他高贵的气度和沉稳的谈吐越发让窦婕心生欢喜。

若论出身，傅棠舟的家世在圈里是一等一的好。更难得的是他仪表堂堂，事业也做得风生水起。

谁不爱强大又自信的男人呢？窦婕也一样。

他们聊到一半，又有人来寒暄。傅棠舟和那些人侃侃而谈，很快就走远了，而窦婕的目光还追随着他。

邵岑：“看呆了？”

窦婕不置可否。

“非闹着要跟我过来，这下满意了？”

“下次请你吃饭。”

“你哥我是缺这一顿饭的人吗？”

“哎呀，你好烦。”

两个人绕过一道墙，一幅巨型画作展现在眼前。

“这就是我送的画。”

“晚上我给你捧场。”

邵岑说的捧场，是花高价拍下这幅画。在慈善义卖活动中，买得最多的人和卖得最贵的人最受关注。

这场展览上没有什么贵重的藏品，竞品的价格全凭大家自己掂量。搞搞慈善，又能避税又能落个好名声，何乐而不为？

然而，这事儿轮不到顾新橙来考虑。

致成科技虽然初具规模，但是离扭亏为盈还差得远。在这种慈善晚宴上，她的身份更像是填场的人。

富人做慈善也得有人来见证，不是吗？

她和季成然的位置被安排得挺靠后，圆桌上的花瓶里插了几枝百合。

椅子上贴了名牌，上面写着“顾新橙”三个字。

她坐下之后，四下看了看。大厅内济济一堂，傅棠舟坐在最前方正中央的圆桌旁。

她偷偷丈量着他和她之间的距离，他们隔了六七张桌子。

季成然身旁是另一家 AI 创业公司的老总，姓徐。

“听说你们致成刚拿下 A 轮，可喜可贺啊。”徐总说，“能被升幂资本看好，将来的路好走多了。”

“徐总，你们公司马上都要进入 B 轮了，这才叫厉害。”季成然说。

“现在竞争激烈，冒头的公司很多，拿下 B 轮也不能高枕无

忧啊。”徐总的目光移到顾新橙的身上，他说，“我早就听说你们致成的顾总不简单，今天一见，果然啊。”

顾新橙很谦虚：“哪里的话。”

徐总夸道：“不光有能力，长得也漂亮。”

顾新橙微微一笑，端起杯子抿了一口水。

慈善晚宴，顾名思义，既要做慈善也要吃饭。

服务员开始上菜，顾新橙夹了一小颗樱桃放入口中。这不是樱桃，是鹅肝。

到了七点，慈善晚宴正式拉开帷幕。

观众席的灯光稍暗，主持人拿着话筒上台，聚光灯打在舞台上。

主持人说了一番开场词后，进入正题，第一件展品是一个创意玻璃摆件，底价五千。

第一个举牌的人是 18 号，报价八千。

顾新橙看了一眼，这 18 号果然坐在前排。她对这件展品没什么兴趣，只捧着茶杯观望。

又有两个人举牌，这个摆件最终的成交额是一万五。

一块玻璃能卖出一万五，送展的人该知足了。

顾新橙想到致成科技送展的那幅画，能卖到三千她就很欣慰了。

不知是什么样的运气，主办方把他们的画放在了第二个拍卖的位置，她连忙将茶杯放下。

主持人介绍了这幅画的创作灵感：“这幅画是数学与艺术的完美结合，是人工智能与人类智慧的完美协作。”

这话是顾新橙写的，有点儿自抬身价的嫌疑。

今天在展厅里时，她特地观察了一下，没几个人对他们的画感兴趣。

当然，有些公司更不要脸，送来的展品竟是公司的智能产品——致成科技还是太实诚了，没抓住这个打广告的机会。

她前段时间回母校的时候，光荣榜上有一句某学生的名言，“广告位招租”。

难怪傅棠舟夸人家有商业头脑，她还真是死脑筋。

至于这幅画的底价，顾新橙只写了一千。毕竟只是一件打印品，写得太高不合适。

同桌的徐总举了牌，叫价三千——这是刚刚季成然拜托的。两家公司相互捧个场，不要搞得太难看就成。

谁知前排又有人举牌了。

“3 号，你的报价是多少？”主持人问。

顾新橙循声望去，这才发现 3 号是傅棠舟。

他直接说：“加个零。”报价方式简单粗暴。

这个价格超出了所有人的想象，没有人跟他。

“三万一次！三万两次！三万三次！”主持人落下小锤，“成交！”

徐总笑着说：“哎呀，早知道你们的投资人会捧场，我就不掺和了。”

季成然看了顾新橙一眼，眼神里有几分猜测。她连忙说：“我没提过。”

傅棠舟为什么要买这幅画，真的是因为喜欢吗？

顾新橙的疑虑很快被打消了，她发现傅棠舟这个“C 位”不是白坐的。全场展示了十件展品，他一人拍走了三件——显然他想当今晚买得最多的人。

舞台上，灯光倏然一亮。一件重磅展品亮相了，是顾新橙今天看上的那幅画。

主持人说：“底价五万，开始竞价。”

8 号率先举了牌子，直接抬到了十万。紧接着 10 号举牌，又加价五万。

顾新橙原本还想着能不能把它买回去，现在彻底打消了念头。

价格迅速涨到了五十万，这是目前为止价格最高的一件展品。此时 3 号举牌，加价到八十万。这个价格震惊全场。

顾新橙看见傅棠舟握着号码牌，胸有成竹。这一刻，她生出感慨，有钱真好。

几番竞价之后，最终傅棠舟以一百二十万的竞拍价将这幅画收入囊中。

窦婕在隔壁桌志得意满。原本邵岑想买下这幅画，谁知傅棠舟会竞价？这摆明了是在讨好她。

人们都说看男人要看他的行动，不要看他说话。傅棠舟虽然表面上对她冷淡，实际上……

邵岑看出了表妹的心思："这下开心了？"

窦婕抿唇一笑。

然而，她不知道的是，拍下这幅画之后，傅棠舟第一时间就嘱咐于修："送给致成科技。"

于修问："用什么名义送？"

傅棠舟思忖两秒："给他们的乔迁贺礼。"

拍卖会结束后，就到了社交时间。大家四处走动，与人攀谈。

傅棠舟站在原地没有动，同其他人说着话，半条胳膊随意地搭在椅背上。

有人特地来感谢他刚刚帮忙捧场。

傅棠舟拍走了致成科技的画，于情于理，顾新橙都应当向他道一声谢。于是她端了一杯香槟酒去找他。

他正在和某位老总交谈。觥筹交错之间，他用余光瞥见顾新橙往他这个方向过来了。

他抿了一口葡萄酒，飞快地结束了当前的话题。

这位老总离开之后，顾新橙走上前去，打了个招呼："傅总。"

她想和傅棠舟碰杯，他却把自己的酒杯挪远了。

顾新橙愣了一下，忽然想到在去年那场酒局里，自己曾醉得不省人事。

那个时候她还跟他说以后不会再喝酒了。

现在，她又端着酒杯了。

真到了社交场上，她哪有不喝酒的道理？

只是吃过一次亏后，她已经学会控制自己的度，不会让自己喝多了。

顾新橙解释："只是香槟，没事的。"

周围人声鼎沸，异常嘈杂。

她说话的声音本就不大，这下彻底被淹没了。

傅棠舟蹙了下眉头："你说什么？"

顾新橙放大声音："我喝香槟，没关系的。"

他轻抿薄唇，一本正经道："听不清，你靠近点儿。"

顾新橙："……"

她的声音真的那么小吗？

傅棠舟适时地躬下腰，凑过来配合她。

璀璨耀眼的灯光之下，她能看清他根根分明的睫毛。

傅棠舟靠得太近了，他的气息混着一阵清凉的薄荷香轻轻拂过她的面庞。

顾新橙的心跳加速了几秒。

她用手轻轻拢着嘴巴，做小喇叭状，在他的耳边大声说："我喝香槟不会醉的。"

傅棠舟轻笑一声，抬起头来对她说："你说得太大声了。"

他的眼底有几分揶揄的神色。顾新橙愣怔一秒，这才发现中了他的套——他听得见，是故意的。

她敛容收息，试图用正常的语气和他说话："谢谢傅总今天给我们公司捧场。"

"你们公司的展品是哪个？"

"……"

好吧，合着来这一趟是她自讨没趣了。

这时，晚宴主办方的工作人员走了过来，毕恭毕敬地说："傅总，您拍下的东西都放在展厅了。"

傅棠舟嗯了一声，然后问顾新橙："一起去看看吗？"

"我就不去了。"

傅棠舟放下酒杯，对工作人员说："带我过去。"

工作人员殷勤地将他迎走了。

顾新橙呆愣在原地，莫名地脸红耳燥。

刚刚那叫怎么回事儿啊？

这一幕落入窦婕的眼帘。她扬起一抹轻蔑又自信的笑容，心想，看来这个女人也是个没眼色的。

慈善晚宴上，傅棠舟以全场最高价拍下了窦婕的画，这在无形之中给了她无尽的底气。

窦婕打量着那个女人，长得挺漂亮，只可惜……

她拿起酒杯，绕开三三两两聚在一起的人群，踩着高跟鞋摇曳生姿地走过去，摆出一副正宫娘娘的姿态来。

“你好，”窦婕向顾新橙伸出酒杯，“认识一下？”

顾新橙抬眸，见这女人锦衣华服，好似一朵人间富贵花。基于社交场上的基本礼仪，她露出笑容，与对方碰杯，说了一句：“你好。”

窦婕夹了一张名片递给她。这名片设计得简洁大方，纸质却非同一般。名片正中央只写了名字，没有任何头衔。

这和商场上惯用的名片不同，只有身份极为尊贵的人才会自信到连头衔都不写。

顾新橙以前见过傅棠舟的名片，和这张名片有异曲同工之处。

她接过这张名片，当场愣住，不是因为来人的身份如何特别，而是因为这人的名字，窦婕。

她见过这个名字。两年前，她和傅棠舟分手前的那一晚，她在他的手机上看见了窦婕的名字。

窦婕见顾新橙看名片看愣了，以为顾新橙没见过世面，于是她眯着眼笑笑，好心地自我介绍：“我是窦婕。”

顾新橙将名片收好，然后取出自己的名片递了过去：“我叫顾新橙。”

窦婕接过名片看了一眼，唇边扯出一丝笑，然后将名片随意地搁到桌面上。

她不过是小公司的负责人罢了，竟也妄图攀高枝？

窦婕佯装无意地问：“你坐哪儿啊？刚刚晚宴的时候，我都没注意到你。”

顾新橙无意遮掩：“我坐在后面。”

一前一后，云泥之别。

“我刚刚见你和棠舟哥在说话，”窦婕问，“你认识他吗？”

她这声“棠舟哥”叫得异常亲热。

“傅总是我们公司的投资人。”顾新橙说。

窦婕抿了一口酒，笑着说：“哦，难怪我没听他提起过。”

傅棠舟做的是风投，一年不知道要投多少项目，窦婕并未生疑。可她向顾新橙透露出一个信号——她和傅棠舟很熟，熟到可以聊很多话题。

“你们公司是做什么的啊？”

“视觉识别。”

“这个前景怎样？”窦婕不太懂，只能从浅显的日常话题切入，“我看现在市面上的手机都从指纹识别改成面部识别了。”

“嗯，面部识别我们公司也在做，暂时还没应用到手机上。”

窦婕见顾新橙一板一眼地回答问题，不禁觉得好笑，谁真想和她探讨这些了？

看来这女人真对自己的身份没点儿数儿。

“我一直很羡慕你们这些自己开公司的，哪像我，之前在法国学了几年艺术，回国以后只能在北京开家艺术馆打发打发时间。”窦婕看似在自怨自艾，实则明目张胆地在和顾新橙炫耀自己的家世。

顾新橙还挺给她面子，附和着说：“学艺术挺好的，轻松又自在。”

“你是学什么的啊？”

“金融。”

“难怪你能和棠舟哥聊到一块儿去，他也是搞这个的。”

话题再度回到了傅棠舟的身上。顾新橙浅浅一笑，没再说话。

“我常听我家里人说，现在市场行情不好，小企业融资可不容易，你们公司当时是怎么找上棠舟哥的？”

“我们走的是正常的融资渠道，程序很多。”

“哦，这样啊。”窦婕似笑非笑地说，“顾小姐长得那么漂亮，也得这么麻烦啊？”

这一番话含沙射影，刺得顾新橙不太舒坦。同为女人，窦婕为何要对职场女性抱有那么大的猜忌和怀疑呢?

纵使顾新橙和傅棠舟有过旧情，在拿投资这件事上，她也绝没利用过这种关系。

无缘无故被不怀好意的人泼上一盆脏水，这换了谁都不能忍。

“窦小姐和傅总很熟，想必也很了解他的为人，他这个人向来公事公办，圈里人都很清楚。”顾新橙笑着说，“傅总的眼光是圈内公认的，也就是窦小姐和傅总关系好，才能说这种话。要是换了其他人这么说，傅总恐怕会不高兴。”

窦婕愣了几秒，喃喃道：“是吗？”

“窦小姐，我还有事，就先失陪了。”顾新橙说完最后一句话，端着酒杯优雅地离开了。

她款款而行，在场的男性纷纷为她让出一条路，眼神还时不时往她的身上瞥——顾新橙对男人的吸引力可见一斑。

窦婕捏着酒杯，杯中的香槟酒在轻轻晃动。伸手不打笑脸人，她在克制自己。

然而，下一秒她就克制不住了。

她看见傅棠舟就站在离她几步远的位置，冷冷的眼神像是淬了霜雪一般。

“棠舟哥……”窦婕心虚地叫了一声，声音软得跟什么似的，颇有几分撒娇的意思。

傅棠舟走上前来：“窦小姐，我不是你哥。”

窦婕顿时摸不着头脑了。她眨了眨眼，问道：“什么意思？”

“这个称呼，适可而止。”傅棠舟提醒道，“还有，我和你不熟，这里都是有头有脸的人，你别坏了我的名声。”

窦婕本打算和傅棠舟攀谈两句，感谢他以高价买下她的画，缓和一下沉重的氛围以及她的尴尬。

可傅棠舟都这么说了，她哪里还敢多说一个字？她立刻识相地走了。

对，她也是有头有脸的人，哪能受得了被人指着鼻子骂呢?

傅棠舟望着窦婕离去的背影，忽地冷嗤一声，将红酒一饮而尽。

刚刚她俩聊到一半时，他就回来了。

窦婕咄咄逼人。他看不下去，想帮顾新橙。谁知顾新橙一点儿都不露怯，当场把窦婕怼得哑口无言。

顾新橙真的长大了。即使他不在她的身边，她也能保护好自己了。

他甚是欣慰，在一旁喝酒看戏，直到顾新橙离开后才现身。

这时，于修走过来说："那幅画已经送给顾小姐了。"

他说的是"顾小姐"，而不是"致成科技"。他是傅棠舟肚子里的蛔虫，把老板的心思摸得一清二楚。

傅棠舟嗯了一声："方总约的几点？"

于修看了一眼时间："九点一刻。"

傅棠舟微微颔首："走吧。"

顾新橙和季成然被工作人员引到展厅："这是傅总送给致成科技的乔迁贺礼。"

巨幅画作被悬挂在展厅里。两人顿足，仰头观看——这正是顾新橙看中的那一幅。

傅棠舟这位投资人在送礼这件事上倒是格外大方。

季成然："回去挂到公司的墙上？"

顾新橙："这是送给公司的，当然挂在公司的墙上了。"

季成然见她的反应挺正常，便没再多说，只是提醒了一句："记得跟傅总道谢。"

这时，窦婕和一个女伴走了过来。

"这是你送来的画？"女伴打趣道，"不知是谁买来博美人一笑啊？"

窦婕抿唇一笑。刚刚和傅棠舟的不愉快立刻被她抛到脑后——她很享受同伴的吹捧。

顾新橙闻言，身子一僵。

嗬，这居然是她的画？

季成然并不知晓顾新橙和窦婕之间的过节。出于礼节，他向窦婕道谢，盛赞一番。

顾新橙冲窦婕点头微笑一下，算是打过招呼了，然后就和季成然一同离开了。

窦婕得知这画被赠给了致成科技，倏然间攥紧手。

她回想起方才顾新橙和傅棠舟亲昵的模样。以傅棠舟的性格，他要是讨厌顾新橙，怎么会给她的公司送那么贵重的礼物?

女人的直觉告诉她，傅棠舟和顾新橙之间存在某种猫儿腻。

她一想到傅棠舟拿她的画去讨好别的女人，面色顿时苍白如纸。

女伴问："你怎么了？"

窦婕强作镇定地说："没事，我们走吧。"

晚宴散场后，顾新橙一个人乘坐地铁回学校宿舍。

一路上，顾新橙的心态不再像在人前那样淡定。

这礼物是他送给公司的，除了有点儿贵重，没有任何可以被指摘的地方。

她不是傻子。傅棠舟一而再，再而三地同她示好，两个人之间剪不断理还乱的关系令她迷惘。

顾新橙在地铁上编辑了一条微信，删改好几次，左思右想都不太满意，索性决定明天再跟傅棠舟道谢。

她将手机揣进包里，快步走出地铁站。她走进校门时，一对小情侣正在校园的路灯下卿卿我我。

又到了春暖花开的时节。夜色掩映下，白玉兰羞答答地藏在绿叶之间，唯余一阵缥缈的清香。

顾新橙回到宿舍，卸了妆后去浴室洗澡。洗漱完毕，她拿毛巾擦掉头发上的水，又用吹风机一缕缕地吹着头发。

鬈发打理起来是有点儿麻烦……她这么想着，包里的手机突然响了。

她手忙脚乱地放下吹风机，去摸手机，拿起来一看，是傅棠舟

打来的电话。

她看了一眼身旁的室友，决定出去接这个电话。

顾新橙悄悄掩上门，向走廊深处走去：“喂，傅总。”

电话那头是傅棠舟熟悉的嗓音：“到宿舍了？”

顾新橙嗯了一声。

“我也刚到家。”那头有开锁的提示音，这个声音她很熟悉——他现在还住在银泰中心。

“你们公司这个摄像头不错，”傅棠舟评价了一句，“装在家门口，我往这儿一站，门自动就开了。”

顾新橙说：“这个功能是挺方便，很多用户都夸过。”

“礼物收到了？”他指的是今晚送给她的那幅画。

“收到了，”顾新橙说，“不过这礼物太贵重了，我们公司收受不起。”

傅棠舟悠悠地说：“你应该了解我。”

当初林云飞的酒吧开张，他送了一架三角斯坦威，价格和这幅画不相上下。

对他而言，一出手百八十万是很正常的事情。可这不代表他送这么贵重的礼物给前女友的公司是一件很正常的事情。

顾新橙走进宿舍楼的安全通道。这儿灯光幽暗，一个人影都没有。

“谢谢傅总。”

“怎么谢我？”

顾新橙一时之间没了头绪。她问：“您想让我怎么谢？”

兴许是因为他今晚喝了红酒，嗓音也变得浑厚起来。他问道：“你不知道？”

顾新橙靠着安全通道的门，仰头看向头顶那颗发出昏暗光线的灯泡。

她想到窦婕今晚说的那些话，下意识地抗拒着他传递来的信号。她说：“以后我和公司全体员工会努力工作，回报您对我们公司的厚爱。”

她这话像是一堵厚实的墙，隔绝了一切暧昧。

傅棠舟沉默几秒，忽然说：“那个女人叫窦婕，我跟她没有任何关系，别多想。”

顾新橙恍惚想起两三年前他也是那么对她说的。

别多想。

顾新橙一字一顿地说：“傅总，您没有义务和我解释这些。”

以前也许是她想多了，可现在她根本懒得想。

他和窦婕是什么关系，跟她没有关系。

顾新橙拾级而上。那头安静了很久，她正打算看看手机信号是否通畅。

这时，傅棠舟开口说：“我只是想告诉你而已，没别的意思。”

顾新橙：“……”

他这话说得真有意思，没别的意思是什么意思呢？

长久的岑寂之后，顾新橙决定跳过这个话题。她说：“总之，谢谢您的贺礼。”

傅棠舟问：“你喜欢吗？”

顾新橙的语气很平静：“喜欢。”

“你喜欢就好。”傅棠舟不再多言，说完这句话便挂断了电话。

顾新橙听着忙音，倏然间心乱如麻。

不知不觉间，她顺着安全通道的阶梯走到了楼层间的平台处。

她推开窗户，一阵清凉的晚风吹拂过她的发梢。

一轮皎洁的明月挂在苍穹之上，她伸出手去。

月色，触手可及。

升幂资本给致成科技追加了一千五百万的投资额，这笔钱分三次入账，每次五百万。

拿下新一轮的投资，公司上下干劲儿十足，业绩蒸蒸日上。

幸海优鲜的无人超市即将上线，作为技术支持方的致成科技受邀前往无人超市参观。傅棠舟作为投资人也在受邀之列。

这家生鲜无人超市位于某个社区门口，面积挺大。

这里没有售货员，也没有收银员，顾客需要自行挑选商品并结账。

顾新橙走到水果摊前，拿起一个清香的橙子，放在鼻尖上轻嗅。

她一抬头，看到四面八方都是AI摄像头。

这些摄像头会记录消费者行为，在后台自动统计超市的各项数据。

傅棠舟走到她的身边，拾起一个橙子掂量着：“想吃橙子？”

顾新橙连忙放下橙子：“不是。”

幸海的许总哈哈大笑，然后大方地说：“想吃随便吃。”

顾新橙笑了笑：“这不行，摄像头会报警的。”

她再次看向周围密密麻麻的摄像头，置身于这样的环境之下，仿佛被无数双眼睛注视着。

她忽然有点儿喘不过气来——她今天莫名地感到不安，总觉得会发生什么事情。

考察完毕之后，顾新橙便上了车。

傅棠舟和许总还有别的话要说，她得等着和傅棠舟一起走。

她闲来无事，于是拿出手机，靠着软座开始看行业新闻——当老板，时时刻刻得紧盯行业动态。

顾新橙正在看手机时，傅棠舟上车了。

她主动叫了一声：“傅总。”

傅棠舟坐定之后说：“手给我。”

顾新橙愣了一秒：“什么？”

“手。”他重复了一遍。

“哦。”她懵懵懂懂地将手伸了过去。

她的掌心忽然一凉。

傅棠舟变戏法似的在她的手心里放了一个橙子。

她不知所措地望着这个橙子：“哪儿来的？”

傅棠舟的语气很慵懒：“偷来的。”

顾新橙甚是无语，也知道他是在逗她，便把这个橙子放进包里，继续看手机。

有一条新闻吸引了她的注意力——某人工智能公司涉嫌非法抓取用户数据。

这条新闻写得颇有小报风格。

住在北京某社区的邱女士近日购入了某人工智能公司生产的安防摄像头，该公司号称这款摄像头有看家护院、远程监控、人形检测的功能。用了这款摄像头之后，邱女士很满意。

然而，两天前邱女士在网上偶然间看到了自己脸部的照片，意识到自己的人脸数据被泄露了。

该条新闻甚至还配了记者采访的视频。

邱女士信誓旦旦地称，就是这个安防摄像头在背地里搞鬼："人脸信息都能被泄露，用户隐私肯定也没法儿保障。"

记者在第一时间联系了该公司，对方在电话里是这样说的："公司做人脸识别要抓取人脸数据，我们不会泄露用户的人脸信息，这不关我们的事儿。"

记者还想问什么，对方已经挂断了电话。

截至目前，该事件仍未得到妥善解决。

顾新橙看完这条视频，认定视频内打码的摄像头就是致成科技的产品，而那个回应记者的员工就是关吉。

这件事情为什么她一点儿都没听说呢？

顾新橙的脸色越发凝重起来。她打开微博，竟然在热搜榜上看见了这条新闻，实时排名四十多位，大有往上爬的趋势。

这是一条无关紧要的新闻，怎么会引起这么多网友的关注呢？

原来这个邱女士讲话的口音特别逗，惹得网友捧腹大笑，纷纷转载。

这对致成科技而言绝非好事，网友这种无意识的传播行为扩大了这条新闻的负面影响。

如果让消费者或者合作的经销商看到，无疑会对致成的全产品线造成重创。

"怎么了？"傅棠舟的问话将顾新橙从思绪中抽离出来。

"这条新闻……"顾新橙凑近他，把手机拿给他看。两个人不经意间挨到了一起。

傅棠舟花一分钟时间看完了这条新闻，顾新橙说："这是栽赃

诬陷。”

“这事儿很常见。”他的反应比她淡定很多。

“很常见吗？”她疑惑了。

“公司有点儿起色，肯定要惹上麻烦事儿。”傅棠舟说，“做这个的不止你们一家，谁也不想看你们一家独霸市场。”

顾新橙心想，致成科技也没独霸市场吧？这个市场里有几家做得比致成规模还大，怎么没见它们被人黑呢？

“你打算怎么处理？”傅棠舟问。

“现在网络传播速度很快，必须尽快澄清。”顾新橙说。

“怎么澄清？”

“我们公司从来没有泄露过用户的数据。”

“你这么说和你们公司那个员工的说辞有区别吗？”

“可这不是我们的错，或许是其他渠道……”

“搞清楚对方攻击你们的地方在哪儿，怀疑你们泄露数据是一方面，”傅棠舟四两拨千斤地替她分析，“另一方面在于回应态度不好。”

顾新橙学的是金融，对于公关这一块，说她是个“小白”也不为过。她虚心地听他继续讲：“公众看的是你们的态度，回应得太强硬可能会造成舆论反弹。”

顾新橙想了几种回应方式：“我得回公司和他们商量一下。”

“嗯，”傅棠舟对司机说，“去致成科技。”

车子一路开到了致成科技所在的写字楼，顾新橙下车后匆匆忙忙地跑上楼。

一进公司，她就看见了墙上挂着的巨幅画作——季成然已经让工人给装好了。

她无暇欣赏，踩着高跟鞋风风火火地进了季成然的办公室。

“季总，有个新闻说……”

顾新橙尚未说完，季成然便说：“我已经让公关公司去删帖了。”

显然，公司里的人注意到了这条新闻。季成然的行动很迅速，他甚至没有和她商量过。

“删帖？删得了吗？网友要是发现我们删了帖，肯定会觉得我们心虚。”

“这条新闻应该是对家捏造的，他们想攻击我们。”

“我不赞同删帖。我们现在应该出一份公关稿，把事情解释清楚。”

两个人在这件事的处理方式上产生了分歧，季成然的手腕比较强硬，而顾新橙则更想用柔和的方式。

此时，销售部的小高来找他们：“季总，顾总，刚刚经销商那边说要取消我们的订单。”

“多大的订单？”顾新橙问。

“两万个摄像头。”小高说。

“现在不删帖，再发酵发酵订单都得黄。”季成然说，“我们不是对网友负责，而是对客户负责。”

几十万的损失摆在眼前，顾新橙放弃了争执，想找其他方式补救。

她出了门，正好遇上关吉。

关吉说：“老板，那个电话我不是故意的。”

顾新橙：“怎么回事儿？”

“那个记者一直给我打电话。我解释了好几遍，他还打。最后我的语气急了点儿，他们就拿这个做文章。”

这条新闻果然有猫儿腻，真有人在搞他们。

顾新橙：“你跟我去找邱女士。”

致成的产品面向的是广大消费者市场，即使是网络上无关的路人，也是潜在消费者。

致成得摆出姿态，让大家看到诚意。如果邱女士真是致成科技的产品的用户，他们上门赔礼道歉或许能扭转一下形势——即使顾新橙认为这件事不是致成的错。

下楼后，顾新橙发现傅棠舟的车竟然还停在楼下。

“傅总，您怎么没走？”

“处理完了吗？”

“还没有，我打算去找新闻里提到的邱女士，看看究竟怎么回

事儿。”

傅棠舟盯着她看了一阵子：“你很闲吗？”

顾新橙连忙说：“我不闲啊……”

“这种事情让员工去做就行，你的公关稿呢？”

“……”

“上来。”

顾新橙愣了：“上来干吗？”

傅棠舟瞥她一眼：“教你写稿子。”

“老板，我自己去吧，您忙您的。”关吉一溜烟地跑了。

顾新橙重新坐回车里，傅棠舟正色道：“一件事一件事地来，不要一着急就把主次弄混了。”

她忽然想起季成然的话：“季总说他在找人删帖。”

傅棠舟不置可否。

“删帖能行吗？”顾新橙问。

“必要的时候，也不是不可以。”傅棠舟说。

“这不是扬汤止沸吗？”顾新橙不解。

“对方发帖带节奏，躲在暗处，”傅棠舟说，“你们在明处，很容易被针对。”

傅棠舟把平板电脑递给她，看样子真要指导她写公关稿了。

顾新橙打开备忘录，等了半天，傅棠舟也没说一个字。

她疑惑地看向他，傅棠舟问：“我脸上有字？”

她赶忙低下头：“没有。”

“你先写，我帮你看看。”

“……”

好吧，原来这就叫“指导”啊。

顾新橙对这种公式化的写作没有太多经验，于是上网找了两个模板做参考。

公司虽然已经拿下 A 轮融资，但是实际规模并不大，老板加员工一共不过五十人左右，暂时还不需要设置专门的公关部。这次的事件对管理者的公关能力来说是一个小小的挑战。

顾新橙绞尽脑汁憋了几十个字。她能感受到傅棠舟审视的目光，刺在她身上火辣辣的——她忽然有种被老师监督写作业的感觉。

“傅总……”她小声提醒，“您能不能别看了？”

“怎么了？”

“您一看我就紧张。”

傅棠舟的唇边倏地划过一丝极淡的笑：“小孩啊你？”

话语里的宠溺之意快要溢出来了。

这话他以前也说过，那是在她拔智齿的时候。

“我看着，哪里写得不好及时纠正，省得你白费功夫。”

顾新橙闷闷地哦了一声。她又写了两句话，还是觉得浑身不自在：“傅总，您……不忙吗？”

本来她想把那句“你很闲吗”还给他，可话到嘴边还是换了一个更妥帖的说法。

傅棠舟一本正经道：“忙啊。”

“您忙您的，我自己可以写。”

“我投了两千万给你，你不好好写稿子，万一公司破产了你拿什么还给我？”

“您就不能说点儿好听的吗？”

他非要跟她提破产，她刚刚都快急死了。可他陪在她的身边的时候，她又觉得没那么焦虑了——有些事情急是急不来的。

傅棠舟闻言一挑眉：“你想让我说什么好听的？”

顾新橙转过头去，死活不肯接这个话茬儿了。她不敢再看他，拿出毕生所学，老老实实地在平板电脑上打字。

华灯初上，车内开了一盏昏黄的顶灯。

车厢内一片静谧，在这样的环境下，顾新橙的心脏逐渐平复下来，大脑也开始运转。

她写了半小时，一篇公关稿出炉了。

傅棠舟说修改几个词就可以发了。

然而，顾新橙看着这篇公关稿，犹豫了。

毫无疑问，这篇稿子将傅棠舟所说的两点都囊括了——澄清和致歉，可顾新橙隐隐觉得还缺了些什么。

每年社会上都会出现许多公关事件，大众对于这些公关稿早已审美疲劳。

这篇公关稿无功无过，最多只能帮致成科技稳住局势，却不能起到更好的作用。

“傅总，您刚刚说的话很有道理，”顾新橙说，“可我觉得光有这篇公关稿是不够的。”

“怎么说？”傅棠舟没有反驳她，也没有摆出高高在上的姿态，而是在等她发表观点。

“公众怀疑我们泄露数据，我们之前的回应态度确实也不好，但我觉得还有一点也很重要……”顾新橙说。

“什么？”傅棠舟静静地问。

“他们对于未知事物的恐惧，”顾新橙浅浅地吸了一口气，“AI是新生事物，我们对它很了解，公众却未必了解它。所以他们听到一点儿负面消息就会放大它的缺点。”

人们总用质疑的眼光看待未知事物，这在人类文明的发展过程中从未停止过。互联网、转基因、交通工具……每一项新技术的面世都伴随着不绝于耳的质疑声。

“只要这种恐惧存在，就会有人质疑。”

一旦公众有了成见，一切公关工作和澄清都是苍白无力的。

虽然这些疑虑终究会随着时间的推移而被打消，但是对创业公司而言，一两年的时间毫无疑问是一条生死线。

“我觉得我们可以买KOL（关键意见领袖）营销。目前AI产品的主要受众是年轻人，这些人更愿意接受KOL的观点。”

柔和的灯光之下，顾新橙那一双浅茶色的眸子澄澈如水，肌肤像珍珠一般泛着光泽，整个人像是笼罩在一层光里。

“你的想法很好，但是——”傅棠舟话锋一转提醒她，“用这样的手段，获利的是整个行业，而非致成科技一家。夹带私货如果被看穿，效果会大打折扣。”

“我不夹带私货，就提那么一下，就一下。”顾新橙用拇指和食指捏了一下，向他比画，“现在网上铺天盖地都是我们公司的信息，这是最好的预热宣传。”

他们澄清了，致歉了，公众的恐惧暂时没有了，接下来就是新事物打开市场的最好时机。

普通消费者要想买安防摄像头，脑子里浮现出的第一个品牌会是什么呢？毫无疑问，就是致成。

傅棠舟垂眸看她，她的想法令他欣慰。

他投资过那么多创业公司，经历过很多大大小小的公关事件，处理起这些事情来游刃有余。

然而，他过于老到也会带来一个弊端——思维定式。

顾新橙很年轻，才二十三岁，像是一只初生的小牛犊。她缺乏经验，有时候难免会手足无措。但正是这种稚嫩天真赋予了她更加敏锐的嗅觉，她想探索新的方法来发现机会、抓住机会。

经验丰富的管理者走得更稳健，年轻人却有一种无畏的冲劲儿——这对于创业团队而言是一种极大的优势。

顾新橙见他不说话，以为他不认同她的想法。

她还想详细地说说自己的计划，谁知他竟直接说：“按你说的办。”

“傅总，不打扰了。我回去工作了。”顾新橙打开车门，指了指灯火辉煌的写字楼，微笑着看他，“谢谢您的指点。”

回到办公室后，顾新橙问了问删帖的情况。

形势并不乐观，这条新闻扩散的速度太快。前期也许是对家买的“水军”在带节奏，可是一旦引发全民关注，事态就收不住了。

“帖子删不掉就暂时别删了，”顾新橙说，“我们先把公关稿发出去，再找几个大型公众号和微博大V。”

她先稳定军心，然后提出自己的思路。

众人一听，顿时觉得是个好主意。季成然没有反对，顾新橙立刻着手去做。

这一夜，顾新橙没有回寝室，一直在办公室的电脑前和KOL沟通营销稿的写作思路。

创业之后，她逐渐变得全能，什么事儿都得懂一些——这是优秀管理者的特质。

她一直忙到凌晨两点，终于敲定了最终方案，这才趴在办公桌上睡了一觉。

第二天，KOL的营销稿件开始在网上集中轰炸，标题劲爆：

《人脸数据泄露，后果有多可怕？》《人工智能时代，你能保护好你的隐私吗？》《信息泄露后，我被迫“裸奔”》。

每个标题都戳到了网友的兴趣点。他们义愤填膺地点进去，想寻求认同。

然而，这些文章看似在抨击人脸识别技术的安全性，实则在传递一个信号——人工智能是大势所趋，人类没有必要过分恐惧。善恶在于人心，不在于技术。

话题迅速发酵，在网上引发了讨论。

关吉那边也有了进展。他带着公司的礼物上门给邱女士赔礼道歉。邱女士本就是小市民心态，一见到礼物，立刻眉开眼笑，最终双方达成和解。

经过沟通，关吉发现泄露邱女士人脸数据的罪魁祸首是一个AI看面相的微信小程序，而不是致成科技的摄像头。

他们这么一澄清，网友攻击的对象立刻变成了某些无良小程序。

这时，某微博大V坦言：“我家也装了安防摄像头，抛开别的不谈，使用起来超级方便！真担心这个那个，以后上街是不是得戴‘脸基尼’啊？”

在此次事件之前，安防摄像头只是小众产品，这下被微博大V顺势一推，网友们纷纷“种草”。

别家的摄像头寂寂无名，大家只记得新闻里的那款摄像头。

致成科技提前买好了网店的竞价排名，用购物软件一搜“安防摄像头”，公司的产品排名第一。

库存的几万个摄像头一夜之间被抢空，各大经销商的订单雪片似的飘来，致成科技打了一个漂亮的翻身仗。

顾新橙再次体会到数钱数到手抽筋的感觉——上次她有这种感

觉还是升幂资本打投资款过来的时候

“老板，真有你的啊，”关吉夸道，“之前季总说要删帖我就觉得不太合适来着……”

顾新橙连忙嘘了一声，然后说：“这话不能乱说。”

关吉一听，立刻闭嘴。

他这人是有点儿嘴上没把门的，不该在顾总的面前编派季总。

可是，就算他不说，这件事情公司的员工也看在了眼里——是顾总力挽狂澜，救公司于水火之中。

孟令冬毕业回北京，约顾新橙去SKP吃饭逛街。

她在回国之前和美国男友分手了，顾新橙见怪不怪。

她这人对待这些事向来洒脱，以前还常说：“拜拜就拜拜，下一个更乖。”

这次孟令冬像是受了情伤，唉声叹气地感慨：“丹尼尔哪儿都好，唯有一点不好，他是个美国人。”

顾新橙被她的结论逗笑了：“你今天才知道他是美国人啊？”

孟令冬往盘里夹了一片鱼肉，悠然地说：“虽然知道会分手，但是真到了分手那天，我还是怪难受的。”

女人最爱吃饭和买东西。吃完饭，两个人去楼下逛街。SKP几乎会聚了所有一线品牌，顾新橙很少逛这种地方——她总觉得这儿不是她该来的地方。

她今天为了陪朋友治疗情伤，逛逛也无妨。

两个人走进爱马仕的门店。整个门店装修成了冷棕色调，吊顶的白色小灯整齐地排列着，空气里有高级的淡香水味。

顾新橙踩着柔软的地垫，感觉像是踩在云上，飘飘然的。

“那个SA（导购）小哥哥长得挺帅。”孟令冬在顾新橙的耳边小声说。

顾新橙看过去，见孟令冬说的那个人西装革履，果然帅气。

她忽然想到，傅棠舟也偏爱西装。他把西装一穿上身就有种别样的感觉——这种感觉和卖保险的、当保镖的人给人的感觉截然不同。

裁剪合身的高定西服和普通西服有着天壤之别。高定西服有一种由内而外散发出来的贵气，每一个细节都很考究。

想到这儿，顾新橙移开目光，谁知竟真的看到了傅棠舟。

他长身玉立，一身深靛色西装衬得他腰窄腿长。他微微仰头，侧脸棱角分明，黑色的短发被灯光照出了一层浅浅的光圈。

他的目光从左至右地移动着，依次看着展柜里的商品，身旁还有个 SA 一直在献殷勤。

傅棠舟像是和她有心电感应一般，不经意地一回首，便在稀稀疏疏的人影里看到了顾新橙，深沉的眼眸一瞬间静止了。

顾新橙立刻转过头，孟令冬正在看一款小牛皮包。孟令冬试着背了一下："你觉得这个包怎样？"

这个包的设计简洁大方，是最经典的黑色百搭款。

顾新橙评价一句："挺好看的。"

孟令冬看了看顾新橙，突发奇想，把这个包挂到她的身上："我发现你比我适合哎。"

顾新橙望向对面的镜子。上身效果的确挺好，她有点儿心动。可是，这个包应该挺贵的吧？

孟令冬问："这个包多少钱？"

SA 答："这款三万。"

孟令冬的眼睛一亮："爱马仕还有三万的包啊？我们捡到便宜货了。"

顾新橙："……"

三万很便宜吗？

孟令冬说："你出门和人家谈生意，得换个好点儿的包。你去隔壁买 LV，好点儿的包也得这个价呢。"

这话不错，生意场上有些人眼皮子浅，她是得拿点儿行头装点门面。

要不是去年一狠心买了一条四千块的真丝裙，顾新橙出席商业活动时还真没有两件像样的衣服。

最近致成科技做得红红火火，她的薪资和奖金也水涨船高。

她没毕业就攒了十来万在手里，买个好点儿的包，出门谈生意谈投资的时候也不会显得太寒酸。

顾新橙犹豫不决，这时傅棠舟向她走来："挺巧。"

她叫了一声："傅总。"

他的眼神扫过孟令冬，淡淡地说："你和朋友来逛街？"

顾新橙把那个包取了下来："嗯。"

孟令冬在酒吧见过傅棠舟一面。时隔那么久，她早就记不得这个去酒吧"钓妹子"的男人了，只是猜测这是顾新橙生意场上的伙伴。

她看出顾新橙喜欢这款包，便问："你买不买呀？你不买我买了。"

顾新橙把心一横："买。"

兜里有钱，她不慌。

孟令冬再一打听，原来这包是一比一配货。她说："有点儿小贵，但六万买一个爱马仕还挺值。"

顾新橙蒙了，不是三万吗？怎么突然变六万了？这超出了她的预算，她不想打肿脸充胖子。

她扯了下孟令冬的袖子，小声说："你买吧，我不买了。"

这里果然不是她能逛的地方。只不过刚刚她在傅棠舟的面前说要买，这下又不要了，有点儿丢人。

孟令冬猜到她的顾忌，刚要说她可以帮忙分担点儿小饰品，谁知傅棠舟先开了口："我来给客户挑礼物，你帮我看看。我不清楚女客户的喜好。"

顾新橙问："你要送什么？"

"丝巾。"傅棠舟走到一旁的架子边，这里摆了很多五颜六色的丝巾。

SA 热情地展示着各色丝巾的图样。顾新橙以女人的挑剔眼光帮他选了一条："这个不错。"

SA 以探询的目光看向傅棠舟，他直接说："买。"

凡是顾新橙看中的，他照单全收。最后他一共要了六七条丝巾，总价三四万。

他去结账，顾新橙在原地转悠。她瞧见傅棠舟结账时和SA说了什么。SA远远地看了她一眼，又低头给他打包。

直到傅棠舟拎着纸袋走了，SA才走过来对顾新橙说："美女，刚刚您看中的包还需要吗？刚刚您的朋友买了丝巾，没买别的，您可以直接带走这个包。"

最终，顾新橙买下了这个包。

当初分手时，傅棠舟给她送包，她拒绝了，理由是她不配。现在她背着这个包，觉得心安理得。

两个人出门之后，孟令冬神秘兮兮地问："刚刚那个男的是谁呀？"

"我们公司的投资人。"

"长得好帅，又有钱，还大方！"

"……"

两年前，孟令冬好像不是那么说的啊？

孟令冬小声道："他结婚了吗？"

"没。"

"他有女朋友吗？"

"不知道。"

孟令冬兴奋地拍了一下她的肩膀，乐不可支地说："不知道就是没有！这么优秀的男人，你怎么不上？"

顾新橙没有回应她的后一句话，而是问："为什么不知道就是没有啊？"

孟令冬振振有词："男人有没有女朋友是一门玄学。有也可以说没有，没有也可以说有。他不透露自己有没有女朋友，就等于对你而言，他可撩。"

"你这都是哪儿来的歪理啊？"

"什么歪理？这可是姐妹我钓男人的宝典，现在全传授给你了。"

"……"

顾新橙决定不理会孟令冬的歪门邪道。

可这话又令她不禁开始回想，傅棠舟以前在外人的面前是怎么

说的？

他承认过有女朋友吗？

北五环的私家别墅区。

这个别墅区环境优美，湖光山色、草木葱茏。绿孔雀拖着长长的尾巴在草坪上大摇大摆地走着，白天鹅惬意地在湖中游来游去。人们难以相信，在繁华的首都会有这么一处闹中取静的地方。

这儿的别墅有些年头儿了，在此置业的大多是早年就在北京地位显赫的人。

傅棠舟小时候的大部分时间生活在这里。长大后，他离开了家，此处便只留给他的父母居住。他成了家中的访客。

顾新橙挑选的这几条爱马仕丝巾被他送到了沈毓清的手里。母亲过生日，儿子自然得表示表示，该有的礼数是少不了的。

除了丝巾，他还送了一套翡翠首饰。这是从一整块翡翠石上切割下来的，成色极佳，青翠欲滴。耳饰、项链、胸针、戒指……颜色毫无二致。

沈毓清向来挑剔，这样完美得堪称工艺品的翡翠首饰竟被她嫌弃说款式不合心意——母子间关系疏远与她这性子脱不开关系。

然而，她对这几条丝巾倒是情有独钟。她将丝巾展开，挨个儿欣赏，然后挑了一条淡紫色的披在肩膀上，对着镜子看来看去。

她挺满意，看来傅棠舟这次花心思挑了，以前他都是随便乱送。

“这丝巾是你亲自挑的？”她将丝巾摘下，搭在架子上。

“我朋友挑的。”傅棠舟懒散地靠着沙发，懒洋洋地说。

他一提到“朋友”，沈毓清立刻警惕起来。

北京话里的“朋友”，可不是普通朋友的意思，基本上可以代指“男女朋友”。

“你又找了一个？”沈毓清问。

“妈，您甭乱说。”一提到这个话题，傅棠舟就心烦意乱。

他的目光落在窗外高大的柳树上。这个季节，满城柳絮飘飞，这里也不例外。

沈毓清的兴致少了些，她将丝巾挨个儿搭在架子上：“昨天窦

婕也送我礼物了，是她亲手画的画，可用心了。”

一听到窦婕的名字，傅棠舟倏地冷笑一声。他没找她麻烦，她倒有脸过来。

“刚巧今天你在这儿，我让她一块儿过来吃个饭。”沈毓清说。

傅棠舟不置可否。他本想说有事儿要走，转念一想，有些话得当面说清楚。

沈毓清给窦婕发了消息，两小时后窦婕就到了。

她今日打扮得花枝招展，一进门就亲昵地叫了一声：“沈阿姨，我来了。”

她笑靥如花，过去和傅棠舟打招呼：“棠舟——”

“哥”字还没说出口，就被一道冷冷的目光挡了回去——他曾经警告过她。

窦婕顿了一下，改了口：“傅……棠舟。”

他没搭理她，径直往餐厅去了。

这是一场在傅家进行的小型晚餐聚会，只有三个人参加。

席间，窦婕不敢乱说话，怕惹到傅棠舟，所以只对沈毓清献殷勤。

傅棠舟倒是神态自若。他没给她脸色看，也没给她一个眼神，全程都在优雅地夹菜吃饭。他对她的兴趣还不如这一桌子菜。

沈毓清以为自己在这儿傅棠舟不高兴，也不方便和窦婕说话，索性找个由头走了。她得给两个人创造交谈的机会。

临走之前，她轻轻拍了下儿子的肩膀，低声提醒一句：“你和人家多聊聊。”

沈毓清走后，窦婕这才微抬眼睛，讪讪地叫他：“傅棠舟。”

傅棠舟嗯了一声，然后问她：“你想和我聊聊？”

窦婕矜持地点了点头。他放下筷子，好整以暇地看着她，笑容温和，说道：“聊吧。”

见傅棠舟这副样子，窦婕松了一口气。她露出标准的名媛式微笑：“上次我还没谢你呢，我的画是你拍走的。”

“听说你拿去送给别人了，也不知道人家喜不喜欢。”她做出一副大方的姿态，显得格外大度，实则是在试探傅棠舟的态度——她

想听到他否认这件事。

谁知，傅棠舟竟毫不避讳地说：“她挺喜欢的。”

窦婕捏着筷子的手抖了一下。她一时不知如何接这话茬儿，只能讷讷地说：“喜欢就好……”

傅棠舟换了个更端正的坐姿，主动挑起话题：“窦小姐，你跟我有仇吗？”

窦婕一惊，赔笑道：“我跟你怎么会有仇呢？”

“哦，没仇啊。”傅棠舟佯装顿悟，“那你搞小动作破坏我投资的项目是什么意思？”

窦婕故作镇定地夹了半颗小圣女果放到盘中：“我不懂你的意思。”

傅棠舟略带压迫感的视线扫过她的脸，他问道：“上次那个记者哪儿来的？”

话说到这份儿上，窦婕也没有吃饭的心思了。

那个记者是她请的，新闻素材是记者找的。据说是记者从网店里看到了负面评价，然后联系上了邱女士。

顾新橙在她的面前装清高，不就是仗着开了一家小破公司吗？

她只是想给顾新橙一点儿小教训。谁知这新闻愈演愈烈，重点完全跑偏，反而被致成科技抓住机会，最后绝地反击。

窦婕默不作声地放下筷子：“傅棠舟，你不给我面子。”

傅棠舟忽地嗤笑一声：“你坏我名声，还怪我不给你面子？”

窦婕心想，她哪儿坏他名声了？他敢说他和那个女人之间什么事儿都没有吗？

他以高价拍下她的画，一转眼就拿去讨好别的女人。要是传到京城的名媛圈里，她以后还怎么混？

窦婕振振有词：“沈阿姨的意思你也明白。你追求别的女人，也得顾及我的脸面。”

她特地搬出沈毓清这座大山来压傅棠舟，仿佛已经一脚踏进了傅家的大门。

“窦小姐，我俩一不是男女朋友，二不是未婚夫妻，三不是已婚夫妇，我还真没这个义务。”傅棠舟说，“倒是你，先坏我名声，

又坏我项目，非要打开天窗说亮话你才听得懂？”

“我没有那个意思。”

“我妈喜欢你是她的事儿，她要收你当干闺女我也没意见，”傅棠舟靠在椅背上，揶揄道，“我还真不介意你管我叫声‘哥’。”

“但是，”他话锋一转，语气陡然变冷，冷冷地说，“我的人，你敢动一下试试？”

窦婕被噎得说不出话来。她把姿态放软了些，然后说道：“这事儿就算是我不对，以后——”

傅棠舟打断了她的话：“以后别来打扰我。”

窦婕：“……”

既然撕破了脸，那她也没必要吊着他不放了。以后就算她真嫁给了傅棠舟，也摆明了是自讨苦吃。

这两三年，她家里帮她物色了不少男人。可挑来挑去，她也就相中了傅棠舟这一个人。

之前她觉得或许还有进一步发展的机会，现在……算了吧。她好歹也是窦家的千金小姐，婚后哪儿能受得了这种气？

这不是她能掌控的男人。

窦婕默默地拿了包，出了餐厅。沈毓清见状，走过去问：“这就吃完饭了？”

她垂下眼帘，闷声说：“沈阿姨，多谢款待。以后我……就不打扰了。”

看得出来，她被傅棠舟甩了冷脸，他说不定还讲了什么重话。

沈毓清侧身往餐厅瞥了一眼，只见傅棠舟像个没事人一样，还在吃饭。

她顿时火冒三丈，走进餐厅质问道：“你跟人家讲什么了？”

傅棠舟懒得搭理她，继续夹菜。

“棠舟，你都快三十的人了，怎么——”

“妈，”傅棠舟直截了当地说，“您要是想在有生之年抱上孙子，就甭管我这事儿了。”

“好啊，我不管，我倒要看看你能——”

“哎，我谢谢您嘞。”傅棠舟连忙应声，那股子贫劲儿一起来，简直欠打。

“你是不是想气死我？”

“妈，今儿我这话就撂这儿了。以后我爱娶谁就娶谁，我自个儿的人我自个儿会心疼，不带她来给您招嫌。”

沈毓清气不过，转身回了楼上。

她打电话给傅安华告状，谁知傅安华却说：“你当他今年三岁，还得听你摆布？”

“我这不是为他好吗？”

“他一个人在外头好多年了，什么意思你还不懂吗？”

傅安华和自己这个夫人没有太多夫妻感情。这么多年下来，他本以为她跟自己一样，能看透这种联姻的本质。谁知她年过半百，还和年轻时候一样，活得不通透。

在年少叛逆时期，傅棠舟有一次犯了错，傅安华拿皮带抽过他。

他不服气，傅安华的一句话便镇住了他：“规则和话语权都掌握在强者的手里。你要么服从，要么就变得比他更强。”

后来傅棠舟离开家创办公司，这么多年来，羽翼渐丰。或许他等的就是这一天——他不再被既有的家庭规则所束缚。

“对于他的人生，你插手太多了。到头来他要是过得不好，都得怨在你的头上。”

“可是……”

“现在你管不了他，我也管不了他。随他去吧。”

两个人正通着电话，傅棠舟不知何时上了楼。待沈毓清挂了电话，他这才用指节叩了叩门，对她说：“妈，我走了。”

沈毓清看他一眼，犹豫良久，只说了一句：“这就走了？”

她往楼下送了送他。可他健步如飞，对这里一点儿眷恋都没有。

他临出门之前，她叫住他：“棠舟，哪天你真要结婚了，带回来给爸妈看一眼。”

他回过头，没说话，只是挥了一下手，走得分外潇洒。

## 第十三章
# 再续前缘

顾新橙一早背着新买的爱马仕包去公司上班。

女人常常有一种错觉，如果某天自己穿了新衣服或背了新包包，那么遇见的人只要是在看她，她一定会觉得别人是在看她的衣服或包——甚至她还希望别人能夸上两句。

然而，顾新橙一路走来，并没有人注意到这一点。

顾新橙走到办公室的门口时，忽然被人撞了一下。

原来是销售员小洪，她手里抱着的单据撒了一地。

“顾总，对不起。”小洪连忙向她道歉，然后蹲下身去捡那些凌乱的单据。

顾新橙注意到她的眼角泛红，嘴唇微微颤抖着。

她有那么可怕吗?

顾新橙转念一想，应当不是这样。

她仔细回忆一番。小洪最近工作状态好像也不太对，犯过几个低级错误。

于是顾新橙说："你跟我来趟办公室。"

小洪战战兢兢地抱着单据跟了进来。

顾新橙将包包搁到一边，开门见山地问她："你最近是不是遇到什么事情了？"

小洪一开始还不肯说，最后终于松了口。

原来，她的妈妈前段时间检查出了乳腺癌，要是及时接受治疗，还能多活上几年。

可这是一笔巨大的支出。她最近为了筹钱忙得心力交瘁，工作时也没法儿集中注意力。

顾新橙安慰了小洪几句，并且承诺，公司出于人道关怀会给她妈妈提供一万元的诊疗费，到时候小洪拿着医院的单据去财务处领款就行。

小洪千恩万谢地走了。

她走后，顾新橙不禁叹了一口气，人间实苦。

如果这种事情发生在她的父母身上，恐怕她也会手足无措吧。

这种想法一冒出来，她立刻摇了摇头。

她没事瞎想些什么呢？今天下午她要去给傅棠舟汇报近期的工作情况，报告还没弄完呢。

这时，又有人敲门了。

来人是秘书小魏。

"顾总，七月底在深圳有一场 AI 行业大会，这是主办方的邀请函。"小魏将两份印刷精美的请柬递到桌上。

她打开请柬一瞧，这场峰会和两年前她在北京参加的那场会议如出一辙，主办方都一样。

只不过，那时候她只是一个小场务，现在是受邀嘉宾。

"对了，主办方还说想请咱们公司的人做一个演讲。"小魏说。

"这事儿和季总说了吗？"顾新橙问。

"季总不在。"

顾新橙噢了一声，然后说："行，你忙去吧。回头我问问他。"

小魏走后，她继续整理报告。

下午顾新橙准时去升幂资本找傅棠舟。

致成科技在经历上次的公关事件后如虎添翼，顾新橙的业务能力也有了显著提高。

傅棠舟指点了两句，没再多问，她收拾东西便要走。

他忽然说：“包不错。”

这是她今天听到的第一句夸奖。她受宠若惊地说：“上次忘了说谢谢。”

“谢什么？”

“这个包啊。”如果不是他买了几条丝巾给她配货，她也买不下这款包。

傅棠舟抬起眼睛，深黑的瞳孔注视着她，说道：“是你帮了我。”

顾新橙猜他说的是帮客户挑礼物，于是讪讪地问：“客户喜欢吗？”

他点头：“她挺喜欢的。”

“那就好。”顾新橙说。

“以后有机会带你见见她，”傅棠舟说，“还有另一位。”

她想到之前他曾带她去见的幸海的许总，便笑着说：“好啊。”

回公司之后，顾新橙拿着两张邀请函去找季成然，跟他说明了情况，包括演讲的事儿。

季成然将邀请函接过来：“这演讲你去行不行？”

她以为季成然是想将这件事情当成任务交给她，便一口应下：“行。”

季成然瞟了她一眼，将邀请函塞到文件架上：“那你好好准备。”

时间一晃来到六月，雨后的校园内一片清新，荷花开得一片缤纷，掩映在碧绿的莲叶间。

又是一年毕业季。

顾新橙在念研究生期间过了两年游离的生活，临毕业了连班级里的同学的人名都没认全。

班里阴盛阳衰，女生占大多数。不知是谁提议，今年的毕业照

要玩点儿新花样。群里热热闹闹地讨论了一整天，最终敲定的方案是拍婚纱照。

顾新橙没有参与讨论，下班之后她才接到通知。这是班级难得的集体活动，她必须支持。

拍照那一天，天空湛蓝，蝉鸣不绝于耳。

操场的草坪上，穿着深蓝色硕士服的毕业生在扎堆合影留念。

熙熙攘攘的人群里，一群身着婚纱的姑娘格外惹眼，顾新橙是最漂亮的那个。

她手捧淡粉色花束，长发被盘起来，飘逸的头纱在阳光下浮着星星点点的光，长裙好似一朵洁白蓬松的睡莲。

孟令冬特地回母校看她。她看着她们啧啧称羡："你们班的人真会玩，我们当年怎么没想到要拍婚纱照？"

"形式主义罢了，"顾新橙扯了下头纱，"你帮我看看这个是不是要掉了？"

孟令冬用小夹子替她固定住头纱。

拍集体照的时候，所有女生围成一个圈，中间是几个身着黑色西装的男生，俨然是人生赢家的模样。

大家又笑又闹，打成一片，气氛非常活跃。

孟令冬打趣道："这一定是你们班男生的主意。"

她今天特地带了单反相机，充当顾新橙的个人摄影师。

她拍了不少照片，一边翻看照片一边感慨："我发现你比以前更漂亮了。"

顾新橙以为她在奉承，于是笑着说："我老了两岁，好吗？"

"谁说越年轻就越漂亮了，你还记得咱们大一的时候什么样吗？"她从相册里找出她们大一那会儿的合照。大家既不会穿衣也不会打扮，像灰头土脸的丑小鸭。

到了大四，大家纷纷变成了光鲜亮丽的白天鹅——大学果然是一座美容院。

"我觉得你这两年比以前自信了好多，"孟令冬说，"女人啊，一自信起来，身上的光芒挡都挡不住。"

“我又不是天使，哪儿来的光芒？”

“我就是打个比方嘛。”

回寝室之后，顾新橙将婚纱脱了下来。

孟令冬把今天拍的照片传了过来。她之前在美国跟前男友学了不少拍照技巧，摄影技术突飞猛进。

孟令冬：一定要发朋友圈，让大家看看我的技术！

这些照片让顾新橙愣神了。或许真的是人靠衣装，穿上婚纱的她整个人真的像是在发光。

她很给孟令冬面子，挑了几张单人照上传到朋友圈，然后转身去浴室洗澡了。

“你们的 carry（私募股权投资中，基金出资人给予基金管理人的回报）比市场水平高了五个点。”

“升幂的收益回报比市场水平高了不止五个点。”

某家高级商务会所内，傅棠舟在请一位潜在的重要投资人吃饭。

即使对方是位贵客，傅棠舟和他谈起投资条件来依然显得游刃有余，因为实力就是底气。

对方还想再打听些什么，傅棠舟的手机突然振动起来。

是林云飞发来的消息，傅棠舟懒得搭理他。

可这小子今天不知是吃了什么疯药，一个劲儿地狂轰滥炸。傅棠舟只得滑开屏幕扫一眼。

林云飞：傅哥，你干吗呢？你看朋友圈了吗？

林云飞：怎么不回我消息？你是不是在吃饭？

林云飞：傅哥，你居然还有心思吃饭？！

傅棠舟嗤笑，就林云飞这咋咋呼呼的性子，想必也不是什么重要的事儿。

他很高冷地回复了一句。

傅棠舟：我在忙。

林云飞秒回，颇有几分怨念。

林云飞：你忙吧，别怪我没提醒你。

林云飞：活该你年近三十还娶不上老婆！

投资人问："傅总有事儿？"

傅棠舟说："没事儿，咱们继续聊。"

然而，下一秒他的心思就不在工作上了。

因为林云飞发来了一张顾新橙朋友圈的截图。

顾新橙：感谢摄影师小孟。

她还配了九宫格照片。

傅棠舟定睛一看，瞳孔凝滞了。他立刻点开顾新橙的朋友圈，她破天荒地发了一条动态。

他见过她的许多面，却从未见过她这样的一面。一袭白色长纱，笑靥如花，恍若坠入人间的天使。

林云飞：傅哥你这是怎么追的人啊？你把人家追得一毕业就结婚了？

林云飞：结婚对象如果是你的话，当我没说。

傅棠舟的脑子顿时一空，他对投资人说："抱歉，我有点儿急事儿，改天再一起吃饭。"

说罢，他拿了西服外套，离开了包间。

一上车，他就对司机说："去A大。"

他将那些照片翻来覆去地看，神志逐渐清醒，顾新橙应该不是要结婚。

然而，不可否认的是，这些照片让他在一瞬间慌了神。

林云飞那小子又来了消息。

林云飞：傅哥，我问顾妹妹是不是要结婚，她到现在都没回我。

林云飞：你说她要是给我发请帖，我去还是不去啊？

傅棠舟被他吵得心烦意乱。

傅棠舟：闭嘴。

他想给顾新橙发消息，却又不知该如何开口。

思来想去之间，他的手指不经意地蹭过屏幕，照片下方的爱心亮了——他竟然给她点了一个赞。

顾新橙洗完澡后往头发上喷了点儿山茶花精油，又拿一块干净的毛巾包好头发，用吹风机隔着毛巾吹头发。

吹完头发后，她取来一瓶身体乳，将全身上下涂抹一番。

连洗澡带护理，她花了快两个小时。

把一切收拾完毕后，她拿过手机一看，蒙了，微信未读消息 99+。

她以为是群消息，点开一看，却是一水儿的点赞和恭喜。

她哭笑不得，刚刚光想着替摄影师发朋友圈，竟然忘了婚纱是一种极其特殊的服饰。

“谢谢大家，统一回复，我没结婚，只是毕业照。”她正在留言框里打着字，点赞列表后面突然多了一个人名，傅棠舟。

顾新橙的指尖一顿，这好像是他第一次在朋友圈和她互动。

以前两个人在一块儿时，她偶尔也会发朋友圈抱怨抱怨学习、考试和生活。可他从来不点赞，更没有留过言。

他这个人从不发朋友圈，她猜也许是他不玩朋友圈。

唯独有那么一次，宿舍里几个人在吐槽微博热搜上的某款香奈儿拖鞋。

这拖鞋几乎和地摊上十块钱的货没两样，除了那个大大的香奈儿标志——这让它看上去更像假货了。

恰好顾新橙以前有一双拖鞋和这款式几乎一模一样，于是发朋友圈调侃了一句。

顾新橙：终于找到了童年同款。

其他朋友看了这条朋友圈，都在下面“哈哈哈哈哈哈”，然后跟风吐槽某些奢侈品牌让人匪夷所思的设计，比如热水袋、尼龙袋、蛇皮袋。

这只是日常生活里的一个欢乐的小插曲，她发完朋友圈以后也没当回事儿。

第二天傅棠舟开车来学校接她。她一上车，他就递来一个黑色的纸袋，大大的 CHANEL 标志的上方有一朵立体的白色山茶花。

顾新橙一时之间手足无措：“这是什么？”

傅棠舟淡淡地道："你不是想要这个吗？"

她把盒子拿出来，打开一看，顿时无语——他真把那双拖鞋给她买回来了。

这个纸袋有点儿烫手，她说："我不是这个意思……"

"那你发朋友圈干什么？"傅棠舟目视前方，专心开车。

她看到他的唇角挂着一抹极淡的笑意。这种感觉刺得她很燥热，好像她发朋友圈就是在暗示他送礼物一样。

其实她只是想和朋友吐槽而已。

自那以后，她再也不发这种朋友圈了。因为她发现傅棠舟真会看朋友圈。

她没有把这双拖鞋带回寝室，而是放在了他的家里。分手以后，她也没有带走。

顾新橙望着点赞列表里傅棠舟的名字，揣摩他此时此刻的想法。然而，不容她多想，那个赞又被取消了。

顾新橙："……"

这下她更迷惑了。

她刚把留言发出去，手机就响了。

傅棠舟给她打电话了。

顾新橙顺势接了电话："喂，傅总。有什么事情吗？"

对面的人沉默了几秒，然后说："我在 A 大。"

"您来 A 大做什么？"

"有点儿公事，刚办完。你吃饭了吗？"

"喝了酸奶。"

言下之意，她不需要再吃别的了。

"你在宿舍？"

"嗯。"

"下来一趟。"

"啊？"

"我找你有事儿。"

顾新橙纳闷儿，这电话来得太巧了。

她忽然想起当初他们签投资条款时有一项协议：如果她要结婚，得征得投资方的同意。

他该不会真以为她要结婚了吧？

顾新橙想在电话里和傅棠舟解释，可他已经挂了电话。她走到宿舍的阳台边，推开窗户向下张望。

路灯下有一道颀长的人影，真的是他。

她思忖片刻，换上一条纯白的连衣裙后下了楼。

这是傅棠舟第一次在女生宿舍楼下等人。他年轻时也没做过这种事儿。

这下倒好，年近三十，他越活越回去了。

每一个灯柱下都是一处情侣宝地，一对对卿卿我我的小情侣着实扎眼。

他想起顾新橙的那几张照片，心下躁动不安，点了一支烟。

他再去看顾新橙发的那条朋友圈时发现她在留言下面多写了一句话：谢谢大家，统一回复，我没结婚，只是毕业照。

现在的年轻人真会玩，婚纱也是能随便穿的？

昏黄的灯光下，青色的烟雾随着晚风散开，烟头的一个红点儿忽明忽暗地闪动着。

宿舍的门被推开，顾新橙走了出来。她下楼梯时步伐非常欢快，如同一只翩翩起舞的白色小蝴蝶。

她身旁还有一个女孩，那女孩步履匆匆地往下飞奔。楼下有个男孩张开了臂膀，她径直扑到了他的怀里。

傅棠舟看了一眼指间的烟。他不该在这种时刻抽烟。

然而，顾新橙欢快的步伐在他的面前及时止住了——她没有和那个女孩一样的打算。

“傅总，您找我？”

她柔软的长发泛着焦糖色的光泽，纤细的脖颈藏在发丝之间。身上的裙子洁白似雪，裙边缀着点儿细碎的蕾丝，有点儿像婚纱，却又不是。

她现在很少穿这种少女款的裙子了。这是她大学那会儿穿的衣服，他记得。

傅棠舟嗯了一声，然后将烟掐灭，丢进垃圾桶里："边走边说。"

顾新橙环顾四周，这里到处都是小情侣，他俩站在这儿说话确实有点儿怪怪的。

她跟在他的身边，两个人肩并着肩往前走。

"这个月底就毕业了吧？"

"嗯。"

"房子找好了吗？"

"找好了。"

傅棠舟还想说什么，顾新橙打断了他的话："傅总，您说的话跟我爸一模一样。"

"……"

看来，她并不想和他闲扯家常。

其实他也不想聊家常，只不过上来就单刀直入，目的太过明显。

顾新橙主动提起今天的事情："傅总，我刚刚看见您给我的朋友圈点赞了。"

"……"

他明明取消了，这也能被看见？

"如果您找我是因为这件事，那您多虑了。"顾新橙一板一眼地说，"我没有忘记投资协议的规定。我以后要是有结婚的打算，一定第一个通知您。"

"……"

她连说三句话，他一句都不知道该怎么接。

傅棠舟清了一下嗓子，这才说道："你才二十三岁，现在考虑结婚，太早了。"

他摆出过来人的姿态，同她侃侃而谈："现在是致成科技成长的关键期，你这时候谈恋爱结婚会分去很多精力。该专注事业的时候，你就应当专注事业。"

顾新橙对他的话表示赞同："傅总，您说得对。我三十岁以前没有结婚的打算。”

傅棠舟算了一下，距离她三十岁，还有七年。

这也太久了，到时候他都三十六了……他又有抽烟的冲动了。

“你也不要矫枉过正，真要遇到合适的人，得抓紧了。”

“我知道。缘分这种东西，强求不来的。”

两个人不知不觉走到一处缓坡前，夏日的夜间空气闷潮，这坡上坐了不少学生情侣，正在你侬我侬。

“这是牛郎星，那是织女星，中间这个啊，就是银河了……”一个男生一本正经地和身旁的女生说着瞎话，那女生听得还挺认真。

傅棠舟和顾新橙同时抬头看了一眼藏青色的夜空，云翳遮住了月亮，只有一两颗星星在闪着微弱的光。

“宇宙很大，人类很渺小，”傅棠舟开口，“相遇是最大的缘分。”

顾新橙再次仰望星空，遥远的云层之下不知藏了多少颗星星。

地球的外面有太阳系，太阳系的外面有银河系，银河系的外面还有无数星系。

两个独立的个体在宇宙里相遇的概率远远小于亿万分之一。即使同在北京这样一座城市里，两个人也极难相遇吧？

她和傅棠舟经历了很多不同的事情，可他们相遇了多少次呢？这也是一种缘分吗？

走过缓坡后，两个人又路过了 A 大校内的荷塘。

六月正是荷花开放的季节，晚风一吹，空气里浮起一阵沁人心脾的香气。

今夜池边竟无一人，仿佛这幅盛景是为他俩呈现的。

顾新橙叹了一口气。大半夜的，她这是在和傅棠舟散步吗？

傅棠舟问：“叹什么气？”

她没有说出真实想法，而是说：“遇到合适的人太难了。”

他轻笑，安慰她：“你这么优秀，这条街上的男人都想娶你。”

她下意识地看了一眼他俩正在走的这条路，顿时无语。

这条街上只有傅棠舟一个男人。

柳树枝丫上聒噪的蝉鸣停止了，清凉的夜风拂过，荷塘里漾出碧色的波浪。

风卷起顾新橙洁白的裙摆，拂过她纤瘦的腿。

对于傅棠舟的话，她不置可否。

氛围突然有些古怪。

顾新橙停下脚步："傅总，您要是没别的事情，我就回去了。"

她的眼睛被月色映得如琉璃一般通透。

"我有事儿找你。"

"什么事儿？"

"下个月在深圳有一场人工智能大会，主办方邀请我过去，你跟我一块儿去吗？"

参加这种行业大会的机会很难得，她应当不愿错过。

"这就不麻烦傅总了。"顾新橙说。

傅棠舟微怔，她不想去吗？两年前她宁可当在会场里跑腿的小场务，也不会放过这样的机会。

顾新橙补充说明："我们公司收到邀请函了。"

傅棠舟问："就你一人过去？"

"季总也去，"顾新橙想到什么，"对了，我这次还要去当演讲嘉宾。"

顾新橙成长的速度比他想象的还要快。不知从什么时候开始，她渐渐地能独当一面了。

清风徐来，荷香馥郁，偶有一两声蛙鸣。

"你不怕吗？"傅棠舟问。

"怕什么？"顾新橙不解。

"你听。"他随即缄默不语。

顾新橙凝神，只听见荷叶间似有蛙鸣。她怵了一秒，旋即冷静下来："我经常路过这里，也就不太怕了。"

她怕青蛙，可青蛙更怕人。在北京，好像没有哪只青蛙敢跳到路上来吓行人，至少她没见过。

"嗯，"傅棠舟把话题重新拉回到了峰会上，"那你好好准备，

我等着听你的演讲。”

她点了点头：“我知道。”

空气里又是一阵沉默，顾新橙转身又想走，傅棠舟忽然叫住她：“顾新橙。”

她稍稍顿足，然后回过头来，语气里带着疑惑，问道：“傅总？”

幽幽的月光倾泻而下，苍穹中有几颗星子散落。

他仰起头，身影在夜色中显得格外孤独。

沉默良久，他说：“你穿婚纱挺漂亮的。”

他蓦地想到，她曾经为他弹奏过一曲《梦中的婚礼》。

那时候她是不是在心底暗暗期待着他能给她一场梦中的婚礼？

她曾经想当他的新娘，想成为他的妻子。

现在……他想给她当初她求之不得的东西，她还愿意要吗？

顾新橙愣怔片刻，随即展颜一笑：“谢谢。”

她的笑容令今夜的月色都暗淡了。

傅棠舟沉吟片刻，再度开口：“有机会的话，我想看看。”

顾新橙非常轻地嗯了一声，快步离开了荷塘。

夜晚太过寂静，连露珠掉进水里都能听得一清二楚，更何况心跳声呢？

七月初，顾新橙正式毕业，离开了学校。

同校的一位学姐在中关村附近的小区里租了一套两室一厅的房子。这个小区建于十年前，设施尚算完善，最重要的是离地铁站近，通勤方便。

和学姐合租的室友回老家工作了，顾新橙搬了进来。她住在次卧，和学姐共享客厅、厨房和浴室。

顾新橙换了新窗帘，又铺了一套新的床上用品。

她从宜家淘了些小玩意儿，将这间不大的卧室装点得格外温馨。

同在北京这座城市里，有人住在云端的高级公寓里，有人住在阴暗的地下室里。

顾新橙不是这二者中的任何一种。摆脱学生身份之后，她彻底成了社会人。

人一踏入社会，各项开支疯长。房租、交通、伙食……样样都得花钱，光是每月房租的开销就在四千元左右。

可是，一想到经历一整天的工作后能回到一个独属于自己的天地里，不被任何人打扰，顾新橙又觉得这笔钱花得很值。

七月底，顾新橙和季成然一同搭乘飞机前往深圳，这次的会场位于深圳燕子岭附近的某家酒店内。

周边环境优雅，是个让人放松身心的好地方。可顾新橙忙着准备演讲，没有这个雅兴四处转悠。

第二天一早，她去餐厅吃饭。

这里供应自助早餐，从中式到西式，应有尽有。

她和季成然一道取了粥，又拿了几样广式早点，坐到同一张桌子旁吃饭。

椅子还没被焐热，两个熟悉的人影出现了，是傅棠舟和于修。

傅棠舟今日穿了一身深色的西服，肩宽腿长、飒爽英姿。

于修主动问好："季总，顾总，早上好。"

两个人也礼貌地打招呼："傅总，于秘书，早上好。"

顾新橙挪了下椅子，给傅棠舟让出足够的位置。她扫了一眼傅棠舟的餐盘，有一杯咖啡——他早晨有喝咖啡提神的习惯。

傅棠舟说："听说你们公司今天有人要演讲？"

季成然笑了笑："机会当然是留给顾总。顾总年轻又漂亮，可是咱们致成的门面。"

他在夸顾新橙，却难免让她心里有点儿不太舒服。

职业女性对于"漂亮"这个词的感受很复杂。难道让她去演讲不是因为她的能力，而是因为她漂亮吗？

傅棠舟又问顾新橙："你的演讲在上午还是下午？"

"上午，"顾新橙喝了一小口粥，"傅总这次也有演讲吗？"

"没有。"他嫌准备演讲太麻烦，就推了主办方的邀约。

餐桌上的气氛稍显诡异，彼此之间的关系很微妙。

傅棠舟保持着良好的仪态，与季成然侃侃而谈，主要是问问最近致成的几个研发项目的进展情况。

顾新橙话不多。但偶尔话题被带到她这里，她也能落落大方地聊上几句。

只不过，她和季成然的交流不算多。

傅棠舟不动声色地看着二人，隐隐察觉到某种暗潮在涌动。

他忽然提起一件事："周教授今天有演讲。"

听到这个名字，顾新橙不禁放下手中的勺子。

"周教授？"季成然问她，"是你的导师吧？"

"嗯。"

顾新橙已经毕业，和周教授的联络少了许多。她竟不知周教授也过来了。

吃完早餐后，三人一同前往会场。按照惯例，嘉宾要先去签到。

顾新橙拿了一支笔，刚要签名，却发现这笔出水不畅。她甩了两下，再写还是不对劲。

这时，两支笔同时被递到了她的面前。

一支笔是场务小姐姐递来的，另一支笔是傅棠舟递来的。

顾新橙愣了一下。场务立刻识趣地将笔收回去，她只得拿起傅棠舟的那支笔。

这支笔是他刚刚用的，笔管上还残留着一丝温度。

她飞快地签好名，然后将笔帽扣上，微笑着还给场务："辛苦了。"

他们到得挺早，舞台已经架设好了。偌大的会议厅内灯光闪烁、花团锦簇。

会场里稀稀拉拉坐着些人，会场负责人吆五喝六地指挥着，挂着工牌的工作人员在场地内步履匆匆地做着最后的准备工作。

傅棠舟的位置在第一排，他的名牌旁边就是周教授的名牌。那个座位是空的，周教授还没来。

顾新橙和季成然向后面走，他们的位置在第四排。落座之后，她一直在默念演讲稿，季成然和旁边的某位公司的老总在闲聊。

嘉宾陆续到场之后，十点钟，会议正式开始。

顾新橙放下了演讲稿，认真听讲。

大会主席致辞之后便是周教授的演讲。

他的演讲主题和两年前的不同，从展望人工智能行业的发展转变成关注行业内部转型面临的某些问题。

顾新橙对这些问题感同身受，但尚缺乏像他这样高屋建瓴的看法。姜果然是老的辣，缺少阅历的沉淀，人很难达到这样的高度。

嘉宾的演讲非常精彩，在这两年里，人工智能行业的发展很惊人。

顾新橙感触颇多。比起当初，她现在对这些话题更敏感。

看到第五位嘉宾的演讲即将结束，顾新橙整了整衣服，准备上场。

她的眼神瞥过第一排的位置——傅棠舟正在和周教授低声密谈。

“升幂资本开始接触 PE（私募股权投资）业务了？”

“真是什么消息都瞒不过您。”

“我刚好听一家公司的负责人提过。这一两年升幂发展得很快，扩大业务范围是迟早的事儿，”周教授说，“我们学院有个课题组想找你们公司合作，现成的案例库。”

“能和贵院合作，是升幂的荣幸。”傅棠舟拿过矿泉水瓶，拧开瓶盖饮了一口水，余光忽地瞥见那个熟悉的人影，唇角不禁微微上扬。

周教授笑了笑，随手拿起了今天的议程表，眯着眼睛看了起来。

“你们公司还投资了致成科技？”他用指尖点了点顾新橙的名字。

“去年就投资了，”傅棠舟主动提了一句，“周教授桃李满天下，您的学生我当然看好。”

提到这个，周教授推了下眼镜，唏嘘着说道：“小顾这孩子吧，你以前也见过，文静、内向。她说要去创业，挺让我惊讶的。”

傅棠舟貌似无意地夸了一句：“致成科技前景不错，适合年轻人去锻炼。”

“她能拿到你们公司的投资，我也就放心了。”周教授放下议程表，“到底是自己带出来的学生，我怕她走弯路啊。看在我的面子上，你多提点提点她。她挺聪明，一教就会。”

傅棠舟欣然应允："一定。"

他们正说着话，第五位嘉宾的演讲结束了。

在一片雷动的欢呼声和掌声中，顾新橙款步上台。

两个人不再交谈，看向舞台。

顾新橙今天穿了一身利落的米色西装，长发被拢至身后，耳朵上缀着精致的银色耳饰。

舞台上的灯光一照，耳饰上的流苏微微地晃动，为她平添了一丝女人味。

高跟鞋踩过台阶，纤细的影子映在舞台的地面上。

待一切设备调试就绪，她拿着话筒看向第一排的嘉宾席。

傅棠舟正襟危坐，两个人四目相接。他温和地一笑，像是在鼓励她。

她又看向周教授，他的眼神里充满了期待。

顾新橙深吸一口气，有条不紊地开始演讲。

"大家好，我是致成科技的 CFO（首席财务官）顾新橙。"她做了简短的自我介绍，然后进入今天演讲的主题，"前段时间，想必在场的诸位都看到了网上的那则新闻。"

她在 PPT 上投放了那条采访的视频。邱女士一出场，立刻勾起了大家的回忆，场上响起一片笑声。

当时这事儿闹得满城风雨，谁能想到致成科技不但没有被舆论打倒，反而顺势营销一波，在视觉识别领域站稳了脚跟？

今天致成科技的人又把这件事拿出来当作演讲的噱头，不知接下来要讲些什么？

这段视频只播放了一分钟，之后便戛然而止。

顾新橙向主讲台走去，切入正题："这件事发生之后，我一直在思考一个问题。一切新生事物似乎总是面临着诸多质疑和误解，人工智能也是一样。既然如此，那我们是否能保护人工智能不受偏见的影响呢？"

这一次，她在之前营销号表达的观点的基础上深入挖掘，反向提出了一个新的观点："大众的偏见并非完全源于恐惧。我们很难保证人类一定会利用人工智能做善事，而不是作恶。”

这句话一说出口，场下欢脱的气氛瞬间凝固了。她的演讲由点及面，鞭辟入里，发人深思。

傅棠舟一直注视着她，目光从未从她的身上离开过。

顾新橙在接到演讲任务时思考过很多和专业更贴合的主题，比如说如何帮助 AI 初创企业渡过融资难关。

然而，这些主题最终都被她“枪毙”了，她想追求更高层次的主题。

价值观似乎更值得在这样的行业大会上被宣扬，而非单纯的技术或技巧。

越了解这个行业的人越会知道 AI 既不是天使，也不是魔鬼。它非常强大，所以人类必须控制它的力量。

顾新橙在写演讲稿时恍惚地回忆起傅棠舟曾经在 AI 峰会上演讲时说过的话：“友善的 AI，价值观和人类一致并且愿意和人类并肩作战的 AI。”

原来，她经历一番波折悟出的道理，傅棠舟两年前就提出过了。

当时她觉得那份演讲稿不是他写的，可当她用心筹备一场演讲时才发现，只有自己亲笔去写演讲稿，才能像他一样在舞台上收放自如。

时隔两年，她和傅棠舟的位置调了个个儿。

现在她在舞台上闪闪发光，而他成了她的忠实听众。

“周教授，您的担心是多余的。”傅棠舟说。

“看来我多虑了，”周教授感慨道，“年轻人前途无限，不能把一个人给看死。”

顾新橙是一只初生的小牛犊，在鞭策自己成长。

周围也有不少公司的老总在夸顾新橙。

“江山代有才人出，顾总看起来很年轻啊。”

“听说才二十三岁。”

“哎哟，我二十三岁的时候还在学校里追着女孩跑呢。”

“哈哈哈，我也一样。”

傅棠舟勾了勾唇，不禁生出一种与有荣焉的自豪感来。

顾新橙如星星一般璀璨耀眼，这一刻他的眼睛里映着她俏丽的身影。除她以外，万物失色。

她的聪慧、善良、韧性与拼劲儿润物细无声地感染着他。

分手之后，他发现她远比他想象中更美。

如今她像是蝴蝶蜕蛹振翅高飞了。

试问这个世界上还有哪个女人能入他的眼呢？

顾新橙的演讲进入尾声："未来将会是一个充斥着人工智能产物的时代，可以很好，也可以很坏，这与我们每一个人息息相关。随着人工智能的不断发展，它会越来越像人类，最终也会具备人类的特质——善恶共存。"

"致成科技向来坚持着一个理念，科技应当为善。这句话送给在座的各位同行，大家共勉！"

顾新橙冲大家深深鞠了一躬，现场顿时爆发出雷鸣般的掌声。

她缓缓走下舞台，下意识地又看了一眼傅棠舟和周教授。和其他人一样，他们也在为她鼓掌。

她长舒一口气。不负投资人的赏识，不负恩师的教诲，这是她这场演讲的最大收获。

顾新橙容光焕发地回到座位上，周围不断有人来和她攀谈。她礼貌且客套地应付着大家的吹捧，脸上一直挂着淡淡的笑容。

季成然在她的身旁静静地看着她，不言语。

晚间，主办方照例举办了隆重的鸡尾酒会。

顾新橙接触到了许多同行大佬，大家互相交换着名片和行业的最新资讯。

过来和她攀谈的人络绎不绝，她成为众人讨论的新焦点，致成科技也成了此次大会上的明星企业。

"顾总，你今天的演讲真不错，能不能把演讲稿发给我一份？"这个人在和顾新橙要联系方式。

对方和她交换了名片。顾新橙一看，这位是深圳南屏科技的余总，于是连忙同他握手："余总，久仰大名。"

余总粲然一笑："正巧你来了深圳，我想请你去我们公司做客，不知能否赏光啊？”

顾新橙正在思考怎么回复，耳边忽然传来一阵轻微的咳嗽声。

她心下一凛，意识到季成然似乎被余总给冷落了。

她连忙说：“余总，这得问我们公司的CEO，季总。”

余总这才将目光投向季成然，两个人握了一下手。显然，他对季成然没有对顾新橙那么热络。

季成然和余总客套了两句，答应了余总的邀约，余总这才满意地离开。

顾新橙忽然看到周教授站在不远处，周围还站了几个人。

她思忖片刻，下定决心后走上前去和周教授打招呼。

其他人一见顾新橙来了，通通看向她。周教授笑着介绍说：“这是我的学生。”

“哎呀，居然是周教授的学生，难怪今天的演讲那么优秀，”大家纷纷恭维，“周教授教得好啊。”

“哪里哪里，这孩子悟性高。我呀，教不了她。”周教授脸上的笑意渐浓，“以后要是有什么事儿啊，还请各位帮忙多提携提携她这个后辈。”

这时，顾新橙隔着重重灯火瞧见傅棠舟正站在她的斜对面。

他在同人谈事情，指间托着一杯红酒，依旧风度翩翩、游刃有余。

说话的间隙里，他看向顾新橙，同时将红酒杯冲着她的方向轻轻抬了一下。

他这是在和她隔空碰杯？

顾新橙没有回敬他，而是抿了一小口香槟酒泡沫。

傅棠舟微微一笑，将杯中的红酒一饮而尽。

她想起去年喝醉的那个夜晚，傅棠舟教给她一个道理，无论如何都不要让自己喝醉——还好这香槟酒不会醉人。

她逐渐走近他的工作和生活，发现他似乎并非遥不可及。

感情的天平不知何时已向他倾斜。

当晚回到房间后，顾新橙拿出电脑，开始总结今天的大会。

她的心得体会有很多，她打算回去和致成科技的员工做一个分享会。

房间外有人敲门，她瞄着房门上的猫眼，居然是傅棠舟。

她将门打开一道缝儿，走廊昏暗的灯光下，他背手而立，一道虚晃的影子照在厚实的地毯上。

“傅总，您找我有事儿？”顾新橙小声问。

“没事儿。”

“嗯？”顾新橙蒙了。

“我来看看你，”傅棠舟说得很坦然，“你在做什么？”

“我在写大会心得。”

“今天的演讲不错，值得奖励。”

“奖励？”

傅棠舟将藏在身后的手伸出来，顾新橙垂眸一看，他的手上挂了一个透明袋子。他说：“新鲜荔枝。”

她接了过来：“谢谢。”

“早点儿睡。”他说完这句话便离开了。

他的示好方式还真是……多年如一日。

顾新橙看着他的背影发了会儿呆，这才关上房门，去浴室洗手。

她剥开荔枝粗粝的外壳，将白嫩水灵的果肉塞进嘴里，满齿留香。

她看向镜子里的自己，嘴角向上翘了翘。

一骑红尘妃子笑，无人知是荔枝来。

难怪杨贵妃对岭南的荔枝有如此深的执念。

因为，真的好甜啊。

行业大会结束之后，按照既定计划，顾新橙和季成然要去南屏科技公司参观。

早晨八点，顾新橙来到酒店门口，对方派了一辆宝马过来接她。

她等待片刻，没见到季成然的人影，便打了个电话问他有没有下楼。

季成然在电话那头说：“我已经先过去了。”

顾新橙心想，他怎么一个人先走了呢，也不知道等等她?

她上车之后，司机麻利地发动了汽车。大约一个小时后，顾新橙才到达目的地。

她刚一下车，南屏科技的余总便热络地上前来迎接她。

“顾总，一路辛苦了。”

“哪里，余总费心了。”

顾新橙正在和余总客套，这时，一辆出租车在大楼门口停了下来。

车门一打开，她看到里面的人竟是季成然——原来他是自己打车过来的。

季成然下了车，忽然看见顾新橙身后的那辆宝马，神色怔了一秒。

余总在脑中思索片刻，这才想起季成然，连忙说：“季总，您好。”

之后余总带着二人一同参观公司。季成然神态自若，并无异常。

南屏科技做的是柔性屏幕，目前的市场占有率挺可观。余总主动邀请致成科技的人来参观公司，这无疑是致成得到认可的重要印证。

他们参观完毕后，余总又安排人开宝马将二人送回酒店。

回酒店的路上，季成然全程一言不发。顾新橙试图提起几个话题，他都没什么兴致。

显然，他对于今天的事情颇有微词。

顾新橙说：“季总，我也不知道余总那么重视这场考察。”

她指的是余总竟然派宝马来接送他们。

季成然笑笑：“人家不是看着你的面子吗？”

顾新橙沉默片刻，没搭腔。两个人各自靠着后座的椅背，中间像是有一条隐形的楚河汉界。

回北京之后，两个人井水不犯河水地各自开展工作。

顾新橙负责处理公司的日常事务，季成然主导公司产品的研发。

这一天，销售员小洪忽然来办公室找顾新橙。

她拿着她妈妈的医疗费单据对顾新橙说：“顾总，我刚刚去财务处申领款项，新来的出纳跟我说，必须得季总签字我才能拿钱。”

顾新橙听了这话，顿时觉得纳闷儿。

她之前就和财务处的人通过气了，说过小洪的钱直接批就行，现在怎么莫名其妙地多了这么一项手续呢？

于是顾新橙拿着单据去财务处问情况。那个新来的出纳表示，她是按规矩办事，没有季总的签字不能给钱。

她对顾新橙说："顾总，这事儿是季总亲自交代的。我要是给了你钱，回头季总找我问责怎么办？"

顾新橙觉得这简直匪夷所思。她作为主管财务的CFO，居然连从财务处拿点儿钱的权力都没有了吗？

她立刻去找了季成然。可他不在，她只能给他发微信问这是怎么一回事儿。

季成然一直到晚上才给她回复。

季成然：现在公司逐步走上正轨，各项规章制度必须规范化，以前的流程过于草率，容易出纰漏。

顾新橙：可是财务这一块儿一直是我在负责。

季成然：现在还是你负责啊，我只是审批而已。

他这话说得一点儿毛病都没有。顾新橙可以在公司财务方面给出针对性建议，可是现在没有权力动公司哪怕一分钱。

然而顾新橙早已答应了小洪这件事情，作为领导的她不能食言，人家还等着领钱呢。

她只好从自己的积蓄里拿了一万块钱先垫上，小洪连连道谢。

这件事恰恰使顾新橙在公司里的声望提高不少，不少员工私下里说顾总比季总更体恤员工。顾新橙只要听到这种话，都会及时制止——她不愿意同季成然一较高低。

审批手续的收紧，意味着季成然在集中公司的决策权。

顾新橙之前就隐隐察觉出他有这样的想法，没想到他出手又快又狠，连财务他都要牢牢抓在手里。

现在就连盖个公章都得季成然亲自审批，公司里渐渐出现了抱怨的声音。

这一点对于经常签合同的销售部门来说非常麻烦。

小高问："顾总，季总每天那么忙，这些事儿他管得过来吗？"

顾新橙无奈地笑了笑："我去帮你们催一催。"

她去找季成然的时候，他正在技术部门指导工作。

两个人回到办公室后，顾新橙开门见山地说：“你想规范公司的规章制度，这一点我能理解。但是审批流程过于繁杂，会影响各部门的工作效率，必须在二者之间找到一个平衡点。”

季成然的态度倒是很好，他很温和地问她：“你有什么想法吗？”

顾新橙提出了自己的观点。她说得很委婉，但归根到底还是想让季成然下放一部分权力。

季成然思忖片刻，然后对她说：“我考虑考虑。”

他这么一考虑，就考虑了近两周。

最终还是不了了之了——公司依旧维持现有的规章制度，他没有采纳顾新橙的提议。

致成的业务范围进一步扩大之后，顾新橙有了自主生产的想法。

之前她在无锡参观过的无人车工厂给了她很大的启迪。

她仔细研究过易思智造的发展史，认为致成科技可以从中学习一定的经验。

顾新橙在一次周会上提出了自己的想法。她打算以公司的名义从银行贷款，在河北创办一个小型工厂，专门生产致成科技的产品。

“工厂建成之后，不光产量可以增加，成本也会大大压缩。按照目前的销售增长计划，两年左右就能收回项目现金流，而这个厂房我们至少可以用五年。”

顾新橙做了详尽的调查，展示的 PPT 里几乎涵盖了这个项目的所有资料。

参加会议的各部门主管纷纷点头称赞，支持她的提议。

坐在会议桌最前端的季成然却一直没有发话，大家都在等他拍板。

他将文件翻了又翻，最终放到一边说：“我考虑考虑。”

顾新橙略感意外。在决定做这个项目之前，她和季成然提过这件事，他当时说的是：“想法不错，我要看看更详细的报告。”

当时他没有反对，反而支持她去做。现在报告放在眼前，他的

态度却让人捉摸不透。

会后，顾新橙去找过季成然。他一而再，再而三地推辞，却也不说原因。

最终，这件事情只能暂时被搁置下来。

北京的秋天悄然而至，一阵凉风刮得顾新橙指尖微蜷。

她穿得有些单薄了。

今天是她给傅棠舟汇报工作的日子。

她把中规中矩的报告念完后，傅棠舟用指尖轻轻敲击着桌面："上次你说的自建工厂，有消息了吗？"

"这个……"顾新橙思忖两秒，"方案还在商议中。"

"之前你提的方案不是挺好吗？"

"嗯，季总可能觉得某些方面不太到位，所以还没批。"顾新橙斟酌着说。

"哦，这样啊。"傅棠舟看似不以为意，却主动问起季成然的近况，"他最近忙什么呢？"

"各方面都挺忙的，"顾新橙说得很隐晦，"公司最近在进行行政改革。"

"这事儿不该由你来负责吗？"傅棠舟问。

"是季总负责，"顾新橙说，"我也有参与。"

傅棠舟放下报告，从宽大的办公桌后面走了过来。

他靠得很近，深黑的眸子阴沉沉地看着她，把嗓音压得很低："顾新橙，有事儿不要瞒着我。"

言下之意，她想瞒也瞒不住他。

季成然以前一直在公司里分管技术，其他事务都是由顾新橙负责。

他突然插手行政事务，打的什么算盘，傅棠舟猜了个七七八八。

合伙人之间的事儿傅棠舟管不了。之前他提醒过顾新橙，不要把同学情谊带入公司中，即使是最亲近的朋友，也不能完全信任。

这个复杂的社会不像校园里那么单纯。创业合伙人在公司百废待兴时往往能拧成一股绳，齐心协力将公司做大。可真到了公司做大了的时候，大家权、钱、名都有了，难免会开始提防和算计——很难说这是好还是不好，只能说人性就是如此罢了。

然而，因为傅棠舟对顾新橙有着一种游离于投资人之外的特殊感情，就不忍心说得太过火。

当初意气风发地拉她入伙的学长竟然和她玩起这套，恐怕她知道真相后会很沮丧吧？

他只能提点顾新橙一两句："你稍微收一收，别抢了他的风头。"

他这是让她不要功高盖主。

"我没想抢季总的风头，"顾新橙说，"我只是觉得，应该把公司的发展摆在第一位。"

而不是权力斗争。

傅棠舟抿了抿唇，没有评价她的观点。

公司就是一个小社会，人际关系很重要。这种事情处理不好，对公司的发展很不利。

因为不是每个人都和顾新橙抱着同样的目的，一心一意只为公司好。

傅棠舟点到为止，没有再多说。

他的目光落到了办公桌上的仙人掌上。它长得越发高大了，衬得那个花盆有点儿显小。

花草树木尚且需要随着成长更换载体，人又怎么能在一棵树上吊死呢？

"真有事情，你来找我。"

"谢谢傅总的好意。"

这句短促而有力的话像是给了她鼓舞，又像是给了她后盾。

这段时间，两个人之间的关系缓和了不少。

他们在公事上有交集，却也抹不掉过去的情谊。对于他的好意，她能坦然接受。

她不再执着于要和他划清公私界限，因为公私之间本就不是泾渭分明的。

就像季成然现在做的这些事真的只是公事公办吗？

她不敢确定。

回公司后，顾新橙着手做明年的财务预算。自建工厂的事儿再次被她提上了议程。

季成然这次终于松口了。决议通过，他将这个项目交给她，由她全权负责。

散会以后，她长舒一口气。看来，季成然还是以大局为重的，不会在大方向上犯糊涂。

只要两个人还是利益共同体，那她就可以继续为致成科技卖命。

然而，这个项目的执行过程困难重重。

她向银行申请贷款需要非常繁杂的手续，每一项手续都得季成然亲自来审批。

她把材料送过去，季成然说："放桌上，我到时候会看。"

一周过后，她来拿材料，他却说："最近太忙，没来得及看，你再等等。"

再过一周，依然如此，仿佛建工厂并不是什么要紧的事情。

顾新橙去河北考察工厂选址，不足一千元的差旅费迟迟报销不了。

她不是缺这点儿钱，可这些鸡毛蒜皮的事情堆叠在一起，难免让人灰心——她的努力在他的面前似乎变得不值一提。

到了月底公司开会的时候，自建工厂却突然成了季成然最关心的事儿。

顾新橙实话实说："目前的进度非常缓慢，贷款没批下来，场地也没选好。"

季成然颇有微词："这事儿是你负责的，我要尽快看到结果。"

她不愿和他在下属的面前发生争执，只能后退一步，承认自己的工作效率有待提高。

在接下来的议程中，顾新橙有点儿心不在焉。

季成然分明知道这件事的来龙去脉，却反过来在会上指责她。

她的忍耐也是有限度的，他这是想把她逼走吗？

散会之后，她单独去办公室找他，直截了当地说：“季总，公司创办了快两年了，我为公司做过多少事儿，大家都看在眼里。你今天在会上的说法，我不认同。”

她尽量避免和季成然争吵，然而说到后面，火气一下子蹿了上来。她说：“你现在这样，我只能辞职了。”

话一说出口，她不禁怔住。

她不是冲动的人，却在这种情况下说出辞职……万一季成然真让她辞职，她该何去何从？

谁知，季成然听到她这句话后露出惊讶的神色：“你对我有什么不满可以直接说，为什么要辞职？这多伤感情？”

她咬了一下嘴唇，也觉得话说得有点儿重。

季成然安慰她：“你劳苦功高，大家都知道，我怎么会不知道呢？我没那个意思，致成的将来还得靠你呢。”

他对人心的拿捏比顾新橙要纯熟，这话竟然让她的眼眶有点儿发热。

她为致成奉献了快两年的青春，这里就像她的家一样。

真要走，她也舍不得。

“行了，今天的事儿算我不对。我回头请你吃饭，算是给你赔礼道歉。”季成然说得很大度，“你呀，最近也辛苦了，多休息休息，别想太多。”

有了季成然这句话，顾新橙像是被胡萝卜引诱的驴，继续负重前行。

她以为这件事之后，季成然能与她冰释前嫌。

事实上并没有，他反而变本加厉了。

他说的“多休息休息”，指的是卸下她身上的某些职责。他看似在给她减负，实则是架空她的权力。

顾新橙意识到季成然和她之间的裂缝越来越大。

试问，如果不管事儿，纵然她手里握着公司近四分之一的股权，她说的话在公司又有什么分量呢？

时间来到了十一月，北京的深秋时节，露重霜浓。

下周一是顾新橙去给傅棠舟汇报工作的日子。今天周六，顾新橙在公司上班，整理相关材料。

公司的业务蒸蒸日上，哪儿都挺好，顾新橙却因为季成然近来有意无意针对她的某些行为郁郁寡欢。

这时，她的手机振了一下。

傅棠舟：忙什么呢？

顾新橙：下周的工作汇报。

傅棠舟：你换双好走路的鞋。等会儿我去接你，有事儿找你。

他的一句话将顾新橙从工作中解脱出来。

其实她今天不是很想干活儿。自从创业以来，她没有过过一个完整的双休日，几乎每周都是“996”，忙的时候周日也得来公司上班。

下午一点，傅棠舟亲自开着一辆奥迪出现在楼下。

顾新橙上车之后问：“我们去哪儿？”

“去了就知道了。”

她没再多问，他总不至于把她给卖了。她对他这点儿信任还是有的。

车内播放着舒缓的音乐，傅棠舟一路向西开去，很快出了城。

北京三面环山，城内高楼林立，城外山脉绵延。往日这个时间，出城的车并不多，携家带口去城郊度假的人大多一早就走了。可今天路上车流如织，浩浩荡荡，大家像是在赶什么重要的集会。

傅棠舟将车开到目的地。顾新橙下了车，这才恍然大悟。

原来他们现在是在香山脚下。今天周六，又是赏红叶的好时节，香山公园里人满为患。

她曾和朋友慕名来过一次，结果被挤成了沙丁鱼罐头，这给她留下了心理阴影，之后再也没来过了。

“我们来香山做什么？”

傅棠舟懒懒地一抬眼，甚是无奈地看她一眼：“游泳。”

她想问香山哪儿有地方可以游泳，忽然意识到傅棠舟是在嫌弃

她问了个傻问题。

来香山，除了爬山，他们还能做什么呢？

“傅总，大家在上班，我来爬山，不合适吧？”

“周六本来就不用上班，”傅棠舟将车钥匙揣进上衣兜里，“你不是还要和我汇报工作吗？”

顾新橙不纠结了。投资方就算把汇报工作的地点定在珠穆朗玛峰，她也得去。

傅棠舟并不着急听她汇报，带着她向公园内走去，攒动的人头令人窒息。

他没有沿着游客爱走的路线上山，而是换了一条人流稀少的小道。他知道这条道上的游客不多。

天高云淡，凉风萧瑟。

两个人拾级而上。此处曲径通幽，高大的树木直指云霄，一两只松鼠在石涧上蹦跳。

这条路人迹罕至，比大路要艰险些。

傅棠舟爬起山来如履平地、健步如飞，可顾新橙爬了几步就累得气喘吁吁。

一块大石头挡住了她的去路，他特意停下脚步等着她。

她微微抬起尖尖的下巴，向上看去。

一双长腿映入眼帘，再往上看，她看见飘飞的衣袂和他冷硬的下巴的线条。阳光穿透树叶的间隙，在他的肩膀上落下斑驳的树影。

他真的好高，各种意义上的“高”。

她深呼吸，心底五味杂陈。她怎么连爬个山都跟不上他的步伐呢？

这时，傅棠舟缓缓地半蹲下身子，弓着腰，冲她伸出一只手。

他垂下眼：“手给我。”

她望进他的眼里，心忽地一跳。

她将手搭在他的掌心里。他紧紧握住，一用力，就将她拉了上来。

“体力那么差？”傅棠舟说，“你平时没锻炼身体吗？”

她用鞋底蹭着粗糙的石头表面，闷声说："我哪有空去锻炼身体……"

"你跟着我走。"他的手没有松开，她柔弱的小手被包在他温暖的掌心里。

他的步伐慢了很多。她借着他的力走，轻松了不少。

这一路的艰难险阻似乎不是难事了。

终于，他们登上了顶峰，山下的风光一览无余。

夕阳好似一个巨大的火球，烧透了半边天。红色的山脉与天空相接，一时竟分不出边际，层林尽染。

近处萧疏的红叶在瑟瑟寒风中抖动，红得像是沾了一抹鲜血。

傅棠舟立在猎猎秋风中，俯瞰山脚。

"最近工作上有什么烦心事吗？"他问。

"嗯？"顾新橙蒙了一下，不懂他为何这么问。

"你好像不太开心。"他这样描述。

"我挺开心呀……"她嘴上这么说，话音却越来越小。

这话她自己说出来都不信，何况是傅棠舟呢？

她不得不承认自己在阅历上有所欠缺，性子也是柔柔的。

遇到这种情况，光凭她一个人没法儿做出正确的选择。

令她意外的是，她分明过得不愉快，却没有任何一个人主动来关心她。

她也没有和父母倾诉，生怕他们为她担心。

傅棠舟是第一个这么问她的人。

顾新橙的睫毛轻颤："我不知道下一步该往哪儿走。"

她迷茫地看着漫天霜色，瓷白的皮肤在夕阳下呈现出一抹冷艳的红。

路是她自己选的，她似乎没有抱怨的理由。

"你今年多大了？"

"二十三。"

他的嘴角扬起一丝笑："你知道我二十三的时候，在做什么吗？"

她摇了摇头，他从未跟她讲过。

她认识他的时候，他就已经是高高在上的升幂总裁了。

“经历第一次创业失败。”

顾新橙一愣，他这样的天之骄子也经历过创业失败？

“那会儿我和家里的关系不太好，总想着证明自己。”傅棠舟说，“当时正好有个不错的项目，就把手里的钱都砸进去了。结果项目几个月就黄了，我亏得血本无归。”

她没想到，他竟然还有这样一段被社会毒打的过去。

“现在回头看看，那都不叫事儿。”傅棠舟释然地一笑，“后来我做风投，这段经历就成了我判断项目好坏的经验。”

原来，光鲜亮丽的成功背后，都有着不为人知的心酸。

相比于傅棠舟，她现在经历的事儿似乎不值一提。

“人生路挺长的，年轻时吃点儿亏，不是坏事儿。你才刚毕业，可以选择的路有很多。”傅棠舟指了指山下那一大片枫树林，半开玩笑地说，“放弃一棵树，你可以拥抱整片森林。”

顾新橙眨了眨眼。其实她不太明白，作为投资人的傅棠舟为什么会往这个方向来开导她。

他这是在劝她放弃创业这条路吗？

“共同利益能把人绑定在一块儿，可如果价值观不同，有些人是走不到最后的。”傅棠舟说。

价值观……她曾经以为她和季成然的价值观是一样的。他们都想打破圈层壁垒，向上走。

可现在，他们在向上的通道里发生了利益纠纷。她本以为她的退让能换来他的理解，没想到他的态度越发咄咄逼人。

傅棠舟挪了下脚步，站到她的面前，正好替她挡住了呼啸的晚风。

“新橙，决定权在你自己手里，你做出什么选择我都会尊重你。”

对于她想要的东西，他会不惜一切代价双手奉上。

下山的时候，他们没再走回头路，而是在山顶搭乘了缆车，一路坐到山脚。

天色已晚，傅棠舟没送她回公司，而是直接将她送回了家。

顾新橙今天爬了半天山，脚底难免发虚。

她上了电梯后靠在冰凉的电梯壁上，看着楼层的数字在跳跃，眼眸中仿佛空无一物。

她回到家时，正巧遇到同住的学姐出门。

学姐见到她，热络地说："朋友约我打麻将，你要一块儿去吗？我记得你以前好像是麻将社的。"

顾新橙推辞："我就不去了，下班刚回来，有点儿累。"

"你好忙啊，周六还要上班？"

"创业公司嘛，都这样。"

"我说你呀，干吗非要待在创业公司啊？"学姐一边换鞋一边说，"你要学历有学历，要能力有能力，学的还是金融，随随便便都能找到比现在好一万倍的工作吧？"

顾新橙笑笑，没有搭腔。

学姐将门关上，不大的出租屋内只剩顾新橙一人。

她没有开灯，径直走到客厅的沙发上，瘫坐下来。

黑暗似乎勾起了她深藏在记忆中的某些回忆，比如说麻将社。

社里那个曾经和她发生过矛盾的同学后来离开了麻将社。

现在想想，那个同学在社里表现突出，各方面都很活跃，大有取代季成然的可能。

恐怕是季成然利用了她和那个同学之间的小矛盾，才造成了这个局面。

两个人合伙创业时都从家里拿了一百万，但季成然占股比她多了百分之十五。

她已经不太记得他的说辞了，只是当时隔着一层厚厚的滤镜看他，觉得技术占股挺有道理。

可是科技创业公司有两条腿，一条是技术，一条是管理——她竟生生折了自己这条腿，太傻太天真。

原来，季成然一直是这样的人啊。

男人是不是都这样，对权力有着谜一般的渴望？

顾新橙陷在沙发里，思绪万千。

忽地，她闻到黑暗中有一丝极淡的花香，沁人心脾。

她打开灯，室内大亮。

原来是学姐插在花瓶里的新鲜玫瑰。学姐常说："房子是租来的，可生活不是。"

她还说："没男人送玫瑰，我就自己买，图的就是一个高兴。"

想到这儿，顾新橙从花瓶里抽出了一枝玫瑰，放在鼻尖轻嗅。

她下意识地想要数一数这玫瑰一共有多少片花瓣。可数到"三"时，她就停下了。

她不需要借助这种方法来逼自己做决定了，与其问问上天的意思，不如看清自己的心。

她将玫瑰放回原处，深吸一口气。

她本以为自己会绝望到想哭，可事实上并没有。

做出决定的这一刻，她轻松无比。

十二月，致成科技召开董事会。

这会议听上去"高大上"，实际与会人员只有三个人——季成然、顾新橙和升幂资本的姜经理。

按照议程，季成然要做总经理工作报告，顾新橙则要做本年度财务决算和下年度财务预算报告。

会议期间，姜经理听了两个人的报告，不禁频频点头。

致成科技这一年发展迅速，甚至超出了他的预期。他有些得意，看来自己的年终奖金得往上提一提了。

然而，就在他以为董事会圆满落幕时，顾新橙站了起来："我有一件事要跟大家宣布。"

姜经理笑着打趣说："别是突然要结婚了。"

他们在 TS 条款中约定过这一条，今天会议氛围不错，所以他开了一个无伤大雅的玩笑。

谁知顾新橙却没有任何开玩笑的意思。她直接拿出一个信封推到了桌上："我想辞去致成科技副总和首席财务官的职位。"

姜经理愕然，没想到董事会上竟然有这么一个重磅炸弹等着他。

要知道创始股东离职可是一件大事，连他都没有资格擅自批准。

他看了一眼顾新橙的辞职信。她写得很中肯，不带任何私人感情，也没抱怨合伙人，只说自己接下来有其他打算。

姜经理知道傅棠舟对致成科技非常关注，这种事情只有傅总能决定。

于是他当场给傅棠舟发了消息，询问是否要通过这项意料之外的决议。

傅棠舟的消息来得非常快：随她去。

他这是要同意顾新橙离职的意思？

季成然看到这封辞职信时倒是真情实感地挽留顾新橙："你对致成而言至关重要。你现在离开，让公司怎么办呢？"

顾新橙说："致成有季总在，将来一定会蒸蒸日上。我这个职位，还请您另谋贤才。"

季成然的语调很温和："你这话说得好像是我亏待了你。"

顾新橙倏地在心里冷笑，究竟是怎么一回事儿，季成然心知肚明。

见劝说无果，季成然只得说："既然你执意要辞职，那我也拦不住你，希望你以后好自为之。"

董事会表决通过，顾新橙将在一个月内卸任。

这件事对于公司里的员工来说无疑是平地一声雷。

事实上，这些日子他们多多少少感受到了两个人之间的矛盾，但没想到这件事竟然以顾新橙辞职告终。

如果分别站在两个人的立场上来说，他们都没有错。

一山不容二虎，除非一公一母。然而这两个人又不是"一公一母"的关系，在这种剑拔弩张的氛围里，公司迟早会出事情。

矛盾早点儿爆发总比公司做大了再爆发要好。

顾新橙不着急收拾东西。走出办公室的那一刻，她觉得肩上的担子一下子卸了下来。

关吉舍不得她，想劝她几句，她却看得很开："这段时间我真的很累，需要休息。以后有机会的话说不定我还会再回来。"

说完这句话，她背着包健步如飞地下了楼。

走出大厦的玻璃旋转门，她仰头看天，空中浮云蔽日。

她又往前走了几步，谁知竟看见了一辆熟悉的白色保时捷。

驾驶室的车窗被降下，傅棠舟侧过头说："上车。"

顾新橙本不想坐他的车，可他的眼神里带着一种不容拒绝的威势。她终究还是打开副驾驶座旁的车门坐了进去。

一上车，她就把这个消息告诉了傅棠舟："我辞职了。"

他反应很淡然："我知道。"

这种时刻，即使她想假装坚强，也掩不住一种失落感。她说："你会不会觉得我这么多年一点儿长进也没有？"

在她还是一个实习生的时候，傅棠舟就跟她说过："逃避解决不了问题。"

可她还是太稚嫩，论手段玩不过别人，只能做离开的那一个。

傅棠舟瞥了一眼后视镜："为什么会这么想？"

顾新橙喃喃道："辞职……不就意味着失败吗？"

起码现阶段她失败了。

"这叫宣告失败？"傅棠舟嘴角勾起一抹嘲意，"你的手里有致成的股份。找个合适的时机退出去，你起码能套现千万。你告诉我，这叫失败？你的同龄人是不是都挣到这么多了？"

顾新橙的神色一凛，她暂时还没想过套现的事情。

"我要的又不是这个……"顾新橙说。

致成就像她亲手养大的孩子，她一点点看着它茁壮成长，享受着公司逐渐做大的喜悦。

她对公司、对员工有着深厚的感情，这是金钱换不来的。

"你还真把公司当孩子看了？"

"……"

这种想法不对吗？

"养鸡场场主杀鸡的时候，是不是还得先哭一场？"傅棠舟语带揶揄，"你要把公司当成培养你的平台，这个没了，还有下一个。"

他打着方向盘，慢悠悠地说："以前你不是有个集邮的愿望吗？各个公司都转一遍？"

顾新橙被他噎住，闷声说：“我现在没工作了，爸妈肯定会很失望。”

她当初放着那么好的工作机会不去，非要去创业，现在这样离场，简直就是在打自己的脸。

“你爸妈爱你难道是因为你很成功？你失败了，他们是不是就不认你当女儿了？”傅棠舟问。

“当然不是。”顾新橙反驳。

“这不就得了。真正爱你的人，不会在乎你成功还是失败，何况你又没有失败。”

顾新橙望着悬挂在车内的和田玉吊坠，认真思考他说的话。

她决心去创业，去挑战自己的天花板，和傅棠舟也有一点点关系。

她在他的身边时卑微到了尘土里，渴望破土而出。

她本以为创业能达到这个目的，可现在……做不到了。

夕阳逐渐下沉，远处的地平线晕染开一抹红，大厦的玻璃外墙上映着霞光。

暮色苍茫，这座庞大的城市笼罩在如血的残阳之下。

这辆保时捷犹如一支白色羽箭一般在柏油马路上飞驰而过。

“这两年你学到了什么？”傅棠舟问。

“很多。”她从一穷二白开始创业，中间经历的苦楚恐怕只有自己知道。

“你长大了。”

顾新橙没有出声。有时候她也觉得她成长了、强大了，可现实往往会给予她一记重击。

“我刚刚开车过来时在想一个问题。”

“什么问题？”

“一会儿你要是哭了，我该怎么哄你？”

顾新橙莞尔一笑：“为什么要哭？”

还有……他为什么要哄她呢？

当初分手的时候，她哭了整整一夜。她长那么大还没有经受过那样难过的事情，那一夜她成长了很多。

可现在她已经懂得很多事情只能打碎牙齿含着血和泪咽进肚里，忍住不哭的那一夜才是成长的开始。

“你以前不是会哭吗？”傅棠舟侧过头，眼底含着温柔的光。

“以前辞职我也没哭啊。”顾新橙碎碎念了一句，“我最多只是难过罢了。”

现在她的心里也不好受，但是她经历了那么多事情，这种情绪已不再会令她难以消化——做出辞职决定的那一刻起，她就已经想明白了。

当断不断，反受其乱。这几个月以来，她的工作处处受阻。

她不是没有试图修补过她和季成然之间的龃龉。可是他既然下了狠心要将她放逐，那她再坚持下去也没有意义。

季成然从来没有承认过他想让她离开公司，甚至到了最后一刻还在董事会上装好人挽留她——他仿佛在说她现在提离职是不顾大局，是她太任性。

她在校园里学习了那么多知识，却没有一门课告诉她如何揣摩人心。

人心本就善变，这种东西只有亲身体会过才懂。

“接下来有什么打算？”

“我想先休息一阵子。”

“也好，你出去旅旅游，放松放松心情。”

傅棠舟把她送回小区。顾新橙打开车门，说了一声谢谢。

她绕到另一侧，准备上楼。

傅棠舟突然叫住了她。她顿了下脚步，等他开口。

“内心强大起来，成不成功没有那么重要。”他说。

顾新橙嗯了一声，摆了摆手，转身上楼了。

她回到房间后往床上一躺，放空自己。

半小时后，她心中舒畅了不少。

她走到窗边，下意识地拉开窗帘往楼下一瞧——他的车竟然还在。

她的心底有一块儿柔软之处塌陷了。

顾新橙很久没有出去旅游了，之前她的工作很忙碌。即使她会去各个城市出差，也没有出去转转的工夫。

辞职以后，她彻底放空了。

她清点了自己目前的资产。她在致成干了快两年，存款已有二三十万。

她手里还有致成的股份，按照致成目前的估值，如果套现，应该能套出几千万——前提是她能将手头的股权变现。

几千万……

这个数目对她而言是一个天文数字。她规规矩矩地在大公司干上一辈子，恐怕也就挣那么多了吧？

风险越大，收益越大。致成能从那么多创业公司里杀出一条血路，着实不容易。

果然，一想到自己马上要变成存款几千万的小富婆，她的心情没那么难过了。

树挪死，人挪活，她何必在一棵树上吊死呢？

说到底这不过是一份工作罢了。她真有本事，在哪儿都吃得开。

她暂时没有告诉父母离职的事儿，打算过年回家再说。

顾新橙在网上看了旅游攻略。现在是北半球的冬季，她决定去赤道拥抱阳光。

她订了去新马泰的旅行团，时间不长不短，正好七天，还能赶上回北京过圣诞节。

从北京飞往新加坡，夜航大约需要六个小时。飞机经济舱的座位狭小，她一路上没怎么睡着。

到了樟宜机场，她迷迷糊糊地跟着导游上了大巴，连回宾馆休息的时间都没有。

她再看看大巴内的游客，这个时间出来旅游的大多是头发花白的老爷爷和老奶奶，年轻人很少。

赤道附近没有春夏秋冬，只有雨季和旱季。

现在是十二月，新加坡刚刚进入雨季。

一大清早，淅淅沥沥的雨就打湿了一尘不染的街道，道路两旁高大的棕榈树身姿婆娑。

绿草如茵，绿荫蔽日，空气中满是清新的草香。

她深吸一口气，水汽似乎能过滤掉一切杂质，心情也随之变得通透起来。

顾新橙每天会挑几张照片放在朋友圈，大多是风景照。她也会拜托同旅行团里爱好摄影的老爷爷替她拍点儿人物照。

傅棠舟每次都会给她点赞，偶尔还会评论上一两句。

傅棠舟：挺漂亮。

简简单单三个字，他说的不知是照片中的风景还是人。

旅游能让人忘却很多东西，却不能让她忘掉中国的美食。

顾新橙的胃和东南亚菜系合不太来。她到了马来西亚以后，当地最有特色的娘惹菜简直是在问候她的天灵盖。

路边卖的小榴梿味道倒是不错，可惜不能带回宾馆，在路边吃又有碍观瞻，顾新橙只能打消这个念头。

晚上七点，她回到了酒店，正打算洗个澡敷个面膜，傅棠舟给她发了微信。

傅棠舟：今天玩得开心吗？

顾新橙：还行，就是旅行团的饭不太好吃。

傅棠舟：你还在吉隆坡？

顾新橙：嗯。

傅棠舟给她推荐了一家吉隆坡的中餐厅，说味道和国内毫无二致。

顾新橙：在哪儿？

傅棠舟：双子塔。

一听就很贵，可现在她好像也不是吃不起。

傅棠舟：你一个人别去，吉隆坡治安不太好。

顾新橙：那你跟我说这个干什么？

傅棠舟：以后我带你去。

OK，话题终结于此。

顾新橙没傻到要去问“以后”是什么时候，更不会问为什么他要带她去。

其实，她旅行到第四天的时候，喜悦就被疲倦冲散了。

她一个人出来玩，着实没太多意思。

旅途逐渐变成了上车睡觉、下车拍照，紧凑的行程安排竟让她觉得比上班还要累。

七天的旅行终于结束，顾新橙得出了一个结论——旅游真是花钱买罪受。

她掉进了商家的消费主义陷阱！

她一路风尘仆仆地回到家，第一件事就是脱了鞋子站上电子秤。

她的体重掉了好几斤，直接跌破了九十。她望着那个惊悚的数字，脑袋一阵眩晕——但愿当初好不容易才长上去的重点部位没掉肉。

想到这件事，顾新橙莫名地有些害臊。

她二十岁时，还没长开。可她那个时候太喜欢傅棠舟了，在意他对她的每一点看法，包括她的身体。

有一天晚上，她问他：“你会不会觉得我有点儿小？”

“二十岁，小吗？”傅棠舟不以为意。

“不是说年纪……”顾新橙的声音小了下去。

话题拐到了这里，傅棠舟怎么会不懂呢？

他笑道：“是有点儿。”

她急了：“那怎么办？”

他懒散地靠在枕头上，双臂交叉着置于脑后，笑得很坏地逗着她：“还能怎么办？”

顾新橙的脸到耳根都变得通红。她用胳膊挡住自己，不给他看了。

他直接把她抱了过来：“我就喜欢你这样儿的。”

她也不知他的话是真是假。

后来连着好几天，他一回家就往沙发上一坐，拍拍腿，然后对她说：“过来，帮你揉揉。”

他好像只是好心在帮她，实则——唉，不提也罢。

她跟他在一块儿一年多，效果的确显著，直接跃升两个杯，此等红利怕是能吃上一辈子了。

顾新橙决定不再回想这件事。这时，傅棠舟的电话来了。

“回国了？”

“嗯。”

“明天有空吗？帮你改善伙食。”

她可以忍住不主动找他，却难以在他发出邀约时无动于衷。

将手机放回兜里之前，顾新橙瞥了一眼日期。

今天是十二月二十三日，明天是平安夜？

一晃四年了，陪她在平安夜吃饭的那个男人还是他。

傅棠舟没有约她晚上吃饭，而是约在了中午。如果在晚上，她可能会拒绝。

早晨起床后对着镜子化妆的那一刻，顾新橙隐隐觉得今天有什么事情要发生。

化完妆，她拉开卧室的窗帘。

窗外天光大白，雪飘如絮。小区里光秃秃的玉兰树枝上落了一层茸茸的雪花，仿佛一夜之间开满了梨花。

北京下雪了。

一辆白色保时捷停在楼下，车内的男人下了车。他靠着车门点了一支烟，后背微微佝偻着，姿态懒散，分外闲适。

他若有所思地看着这漫天大雪，这才九点半，来得太早了。

顾新橙下楼，穿着靴子踩着鹅毛被一般的路面，留下一串不深不浅的脚印。

傅棠舟见到她，将指间的烟掐灭。

“这么早？”

“你不是也来得很早吗？”

傅棠舟笑了一下，然后说：“上车，带你去个地方。”

他把车子从西四环一路开到长安街，顾新橙隔着棕褐色的车窗看着银装素裹的北京城。

时光匆匆，岁月变迁，这座城市逐渐被现代化的繁华与喧闹所

沾染。

可是，只需一场大雪，它就能被带回六百年前。

到了地方，两个人下车。

顾新橙踏着柔软的白雪，仰头看向这座位于北京城正中央的皇家建筑。

旋扑珠帘过粉墙，轻于柳絮重于霜。历经沧桑的故宫在大雪的装点下多了几分雍容和诗意。

今天是工作日，人流稀少。

神龙顺着汉白玉华表盘旋而上，金水桥下水凝成冰。

飞檐上的龙九子威风凛凛，雪花扑上红墙青砖和琉璃瓦，让人一朝梦回紫禁城。

两个人肩并肩地踏过朱红色的宫门。

冬日的阳光在雪景下透出几分寒意。偌大的太和殿前白雪皑皑。

顾新橙站在冷风中，发丝翩翩。她蓦然回首，傅棠舟站在距她咫尺之遥的地方。

漫天飞舞的雪花下他迎风而立，睥睨着这幅雪中盛景。

顾新橙微微哽咽："你还记得。"

他牵起她冰凉的手："你以为我忘了？"

她没有收回手，一片晶莹的雪花落在她纤长的睫毛上。

她眨了下眼，雪花被抖落。

"顾新橙，"傅棠舟郑重地叫她的名字，"我想和你重新开始。"

顾新橙的鼻尖儿被冻得透出一丝淡薄的粉色，她问："怎么开始？"

"我从今天开始追你，"傅棠舟说，"如果我追到你，你就和我结婚。我给你一段婚姻，一个家庭。"

这和她想象中的深情告白不太一样，她喃喃道："没见过追人之前还要说宣言的。"

傅棠舟振振有词："第一次，体谅一下。"

顾新橙："……"

那以前那些又算什么呢？

“过去的事情，也许对你来说永远都过不去。”傅棠舟呵出一缕白色雾气，“但我还是希望你能忘掉那段不愉快的经历。不是让你原谅我，我只是想看你每天开开心心的。”

“如果以后我们在一起了，哪天你要是想起来，不高兴了，可以打我骂我，但是——”他顿了顿，“别离开我。”

傅棠舟垂眸看她，眼底映着洁白的雪花和她清秀的面庞。他恳求：“给个机会，行吗？”

顾新橙思绪万千。

她成功了吗？她过上自己想要的生活了吗？还没有。

她想要的生活是现在这样吗？不是。

她现在能拿得起这份感情吗？她不知道。

可她确信一件事，改变比一成不变要好。

她想起她辞职的那一天，傅棠舟对她说：“真正爱你的人不会在乎你成功还是失败。”

谁不爱她光鲜时的模样呢？可她光鲜背后那一面的落魄又有谁会在意？

顾新橙再度看向湛蓝的天空和苍茫的大地。她问：“为什么又是我呢？”

他明明得到过一次，为什么还要重蹈覆辙呢？

傅棠舟缄默片刻：“这个问题的答案很长，我得用下半生来告诉你。”

他又笑了笑，补充说明：“前提是你给我一个答题的机会。”

顾新橙伸出手，一片六边形的雪花落入掌心，很快又消失不见。她将手心攥紧，然后说：“好。”

雪越下越大，渐渐眯了两人的眼。

宫墙之下，一高一低的两个身影越靠越近，最终挨到了一起。

在这一年的平安夜，一切像是回到了原点，却又不是。

她渴望一个全新的开始。

# 第十四章
# 今夕如昨

今年的春节来得比往年要早。过完年，顾新橙一月下旬就回到了北京。

不知是从哪一年开始，北京冬日的雾霾烟消云散了，天空蓝得像一块易碎的玻璃。

到家以后，她泡了一杯大麦红枣茶放到书桌上，然后打开笔记本电脑，开始修改自己的简历。

同学给她推荐了一个北京金融圈的微信群，群里专门发布各类招聘信息。

她最近物色了几个不错的工作岗位，打算把简历投过去试一试。

这时，傅棠舟来了电话。

“回北京了？”

“嗯。”

“明天有事儿吗？”

顾新橙喝了一小口茶，然后说：“我忙着找工作呢。”

“不差这两天，”傅棠舟说，“明天带你去什刹海。”

顾新橙放下茶杯，郑重其事道：“傅棠舟，你现在不能这么和我说话。”

傅棠舟问：“那该怎么说？”

“你在追求我，应该先征求我的意见。”她托着腮，用小勺轻轻地搅拌着茶水，发出清脆的叮叮声。

傅棠舟若有所思地哦了一声，语气严肃了几分：“顾小姐，我能否有这个荣幸邀请你明天去什刹海？”

顾新橙搅动茶水的速度慢了下来，她一时不知如何应对。

“这样可以吗？不够正式的话，我让秘书给你送请帖。”

“可以了。”

他去个什刹海愣是搞得像要去参加什么高端国际会议一样。

“去吗？”

“我考虑考虑。”

“什么时候考虑好？”

顾新橙快要被傅棠舟的夺命连环问逼疯了，他以前不是这样的。

“傅棠舟，追人不是这么追的。”

“第一次，体谅一下。”

“……”

“我今晚再告诉你。”顾新橙挂了电话。

她即使真要答应他，也得先晾一晾。她给了他一个表现的机会，他还得寸进尺了。

晚上睡觉前，傅棠舟又发微信来问。

傅棠舟：明天去什刹海吗？

他把表情包加得非常有灵性。一双水汪汪的大眼睛配上两个圆圆的小手，像极了一只摇尾乞怜的小狗。

她缩在被子里，指尖一遍又一遍地滑过手机屏幕，嘴角微微翘了一下。

顾新橙：去吧。

傅棠舟：那我明天去接你，什刹海冷，你多穿点儿。

第二天一早，顾新橙换了一件浅草色的羊绒大衣，裸色厚打底袜配小短裙。

她又从衣橱里翻找出一顶毛线帽和一双手套戴上，这就是她全部的过冬装备了。

楼下停了一辆深蓝色宾利，车窗被降了下来。

傅棠舟坐在驾驶座上，手随意地搭着方向盘，食指指腹有节奏地轻轻敲击着，像是秒表计时一样。

听到脚步声，他回过头来看她。日光在他高挺的鼻梁的一侧打下阴影，眼角眉梢间带了一抹稍纵即逝的温情。

她穿得不多，长鬈发被她剪短了一半，黑色发梢垂落在肩膀上，整个人看上去精神了不少。

傅棠舟抿了抿薄唇："上楼加件衣服。"

顾新橙呵出一缕奶白的雾气，然后冲他伸出戴了手套的手："我不冷啊。"

他用一双漆黑的眼眸静静地打量她片刻，这才说："上车。"

她倏然间松了一口气，还是这样的傅棠舟让她更习惯——她越这么想越觉得昨晚他发的那个表情包很诡异。

顾新橙绕到另一侧，打开车门坐了进去。他将车窗升起，一道缝隙也不留，把车内的暖气开到最大。

开车时，傅棠舟随意地同她聊了两句。

"找到合适的工作了吗？"

"看了几家，有个投行的机会还不错。"

"投行的工作比较辛苦。"

顾新橙笑笑："工资高，当然辛苦了。"

在创业公司干了两年，她最不怕的就是辛苦。

"你手里致成的股份打算怎么处理？"

"找个合适的机会脱手。"

致成目前还属于上升期，今年应当会启动B轮融资计划，那是她最好的退出时机。B轮之后，致成的路会很难走。

这一点她过年回家时已经和爸妈聊过了。对于她的选择，她的

父母并没有苛责。

顾承望还安慰她："换一份工作罢了，你有本事到哪儿都能吃饭。"

这一两年她的成长他们都看在眼里。比起大富大贵，他们更希望女儿能过得称心如意。

不用管理公司之后，顾新橙的想法也不再那么激进。

冷静下来思考一番，她觉得致成将来被大厂收购是最好的出路——如果季成然这么想的话。

傅棠舟在什刹海附近找了个停车场。

这儿四周原有十座寺庙，故而得名"什刹海"。而什刹海冰场是北京最有名的露天冰场之一。

顾新橙夏天来过这儿，那时候湖水碧波荡漾，岸边杨柳依依。

而现在，前海被冻成一个巨大的冰湖，宛若一面镜子。柳树光秃秃的枝条拂过白色石栏，两岸低矮的古建筑鳞次栉比，鲜红的灯笼迎风摇摆。

冰面上的游人你追我赶，喧闹声此起彼伏。

他们穿得一个比一个厚实，这么一对比，顾新橙身上的衣服确实单薄。

可她刚从暖气充足的车上下来，并不觉得冷。

傅棠舟带着她往冰场的方向走。顾新橙刚一踏上冰面，一阵寒意从脚底蹿到心口。她打了个哆嗦。

他乜斜着眼说："这下觉得冷了？"

顾新橙想到刚刚他善意的提醒，有点儿磨不开面子，强撑着说："我不冷，这儿还挺暖和的。"

傅棠舟忍着笑意问她："有多暖和？"

顾新橙见他又在逗她，胸中愤懑。她不想在他的面前露怯，于是说："跟被窝一样暖和。"

几个小孩牵着手从他俩身边滑过，他用京腔打趣："哟，你被窝里那么多人啊？"

顾新橙差点儿跳脚。她被窝里哪儿有人啊？

她看向傅棠舟，他忍俊不禁的模样坏得很。

他的意思是，他也在她被窝里呗……想到这儿，顾新橙绷不住了，早知道就不说这种话了，白白被他调戏了一遭。

傅棠舟指了下湖边的座椅："你在这儿等着，我去买点儿东西。"

顾新橙不跟他犟了，老老实实坐下，把两只脚抬起来，不挨着冰面——这湖上可真冷啊。

她望着黑压压的人群出神。过了一阵子，傅棠舟回来了，递给她一串冰糖葫芦。

顾新橙咬了一颗山楂，这山楂包着糯米，外面覆了一层冰糖，又酸又甜。

傅棠舟从兜里拿出几个暖宝宝："贴上。"

她想把糖葫芦放下来，可这东西还真不好放。

他撕开了一个暖宝宝："把鞋脱了。"

这和顾新橙想象中的约会不太一样，哪有一上来就让女孩子脱鞋的？

她飞快地嚼着嘴里的山楂，两腮一动一动的，像只花栗鼠。

还剩最后一颗山楂时，她把冰糖葫芦塞给傅棠舟，然后低头脱鞋。

她扯下一只手套，将暖宝宝粘到袜子底下，然后重新穿上鞋。

她回头去拿冰糖葫芦，谁知傅棠舟手里只剩一根竹扦，山楂不翼而飞——他很自然地解决了她吃剩的山楂，毫不避讳。

顾新橙："……"

罢了，她又不是小孩，不馋这一口。

她在腹部又贴了一个暖宝宝，然后是后背……她一个人不太好贴。

傅棠舟说："我给你贴。"

顾新橙将大衣的衣角掀开，露出后腰。

她里面穿了一件毛衣。她说："贴毛衣上就行了。"

傅棠舟用手抚上她的腰，在她的耳边说："这毛衣有点儿厚，贴背面。"

"什么背面？"顾新橙一时没听懂他的意思。

傅棠舟灵活的手指已经扯开了她的毛衣，顾新橙的后背顿时一

凉——她毛衣下面没有穿衣服。

他的目光扫过她纤细的腰肢，奶白色的肌肤光滑又温暖，两个浅浅的腰窝惹得人心痒难耐。

他挪开视线，把暖宝宝贴在了她的毛衣内侧，然后将她的毛衣抚平，一点点地塞进裙子的边缘。

顾新橙屏息好半晌，不得不提醒他一句：“傅棠舟，你不能这样。”

他轻轻拢着她，低声问：“不能哪样？”

顾新橙的脸红了，她喃喃地说：“不能直接掀我的衣服……”

“知道了，下次我先征求你的意见。”他一本正经地回复道。

“……”他真的打算问她吗？顾新橙对此持怀疑态度。

全副武装一番之后，顾新橙果然不冷了。

傅棠舟问：“你想溜冰还是玩别的？”

除了可以穿冰鞋溜冰，这儿还有冰车和冰滑梯，项目丰富多彩。

一辆自带背景音乐的冰上电车从顾新橙面前驶过，她顿时联想到小时候商场门口会唱歌的摇摇车，投币一元一次。

冰滑梯也是一样，太幼稚了，她不玩。于是她说：“溜冰吧。”

傅棠舟拿了两双冰鞋过来：“你会溜吗？”

顾新橙说：“会玩旱冰。”

这两种玩法的技巧差不太多，触类旁通不是难事。

她换上冰鞋，又绑上护膝，扶着座椅站了起来。她松开手，小心翼翼地保持平衡。

太久没有溜过冰，她试着滑了一下，多多少少还是有些生疏了。

“小心点儿。”傅棠舟倒是挺熟练，一看就是以前经常玩。

“嗯。”顾新橙一点点地往前挪动，好像一个蹒跚学步的小孩，而他在身边护着她。

忽然，她足底一滑，傅棠舟立刻伸手扶稳她。

她一阵心惊，他说：“我带着你滑。”

不容她抗拒，他直接牵住了她的手。

他没戴手套，手掌的温度隔着一层布料传递过来，给人一种心安的感觉。

“像这样滑……”他牵着她，给她做动作指导。顾新橙按照他说的去做，果然稳了许多。

他背过身，面朝着她，逆着太阳的光线向后退，高大的身躯在冰面上投下阴影。

他鼓励她往前滑，凉风卷起他黑色的碎发，一双眼眸温柔得好似静谧的湖泊。

不知不觉间，顾新橙被他牵着的那只手掌心沁出了一丝汗。

她学了一阵子，掌握了一些技巧，自信了不少，说道：“你松开手，我自己试试。”

“那你站稳了。”

顾新橙鼓起勇气迈出了一大步，很好，非常稳。

她在冰上慢悠悠地滑动，渐渐找到了这项运动的乐趣。

冰刀划过冰面，留下一道浅浅的轨迹。

她迎着风向前滑，发丝拂过脸庞。她的内心欢呼雀跃——对，就是这种感觉。

傅棠舟跟在她身后，看着那一小团绿色的身影，他的嘴角向上勾起一丝笑意。

这和他站在大厦顶层俯瞰芸芸众生不同，带给他的感觉却是相似的，有一种满足感充盈着他的心脏。

他在商场上征战杀伐时，必须得铁腕无情。

失去她以后，傅棠舟很少有这样放松惬意的时刻。

顾新橙是他心里的一块温柔地，如果他能一辈子像这样守护着她，何尝不是他的一种幸运呢？

正当“老师”欣慰的时候，“学生”出了意外状况。

前方有个不太会溜冰的小孩朝她扑了过来，她一时躲闪不开，眼见着就要摔倒，傅棠舟当即将她整个人拉过来抱进怀里。

然而，他也有预判失误的时候。

她刚刚溜冰时速度快、惯性大，他脚底下踩着的是冰鞋，她这么撞进他怀里，他也受不住这力道。

扑通一声，两个人双双栽倒在冰面上。

傅棠舟充当了她的人肉坐垫。她摔在他的身上，而他躺到了冰上。

有点儿疼，还好没磕到脑袋……他心想。

顾新橙温软的身体在这一瞬间僵成了石块儿——她被吓得不轻。

她贴着傅棠舟的胸膛，顿感尴尬。

她抬起头想看看傅棠舟的情况，谁料他也正俯下头试图查看她的情况，她的嘴唇不偏不倚地蹭到了他的下巴。

周围静默了几秒。

顾新橙抿了抿唇，手掌撑着冰面，艰难地爬了起来。

脚上穿着冰鞋不方便站立，她索性以“鸭子坐”的姿势坐在了冰面上。她焦急地问：“你没事儿吧？”

傅棠舟皱了皱眉头，面色稍显痛苦：“有事儿。”

她登时一惊：“怎么了？”

“站不起来了。”

“啊？！”顾新橙吓了一大跳，“要不要给你叫救护车啊？”

这么个金贵的人物万一摔出什么毛病来可怎么办？

傅棠舟摆了摆手：“不用。”

顾新橙以为他没大碍，松了一口气，想让他歇一会儿再试试，谁知他说：“下半辈子估计也就这样儿了。”

顾新橙：“哪样儿？”

傅棠舟佯装咳嗽一声：“半身不遂。”

顾新橙：“……”

湛蓝的天空映在他的眼底，乌黑的睫毛上下动了动，他转过头来看着她。

他悠悠地叹了一口气，用难得深情的口吻说：“新橙，我对不起你。”

这话题转得太快，她一时反应不过来。他怎么就对不起她了？

她试探着问：“你怎么了？”

傅棠舟牵起她的手说：“你好不容易给我一个追你的机会，可是……”

他顿了顿，继续说：“半身不遂，以后我恐怕没法儿在床上伺候你了。”

顾新橙：“……”

这种时候他还跟她开玩笑，她确定他没有大碍。

她毫不留情地把手抽走，冷冷地说：“你给我起来。”

傅棠舟从冰面上坐了起来，嘴角噙着一丝笑。他凑上来，在她耳边低声说：“心疼了？”

顾新橙别扭地转过头，他却不依不饶地问：“是不是？”

她倏地冷笑一声：“不是。”

“那你刚刚在想什么？”

“我在想，要是你半身不遂了，我只能换个男人了。”

“……”

顾新橙得意地站起来，用手拍了拍裙子，踩着冰鞋欢脱地溜远了。

冬天的白日格外短暂，夕阳西斜，游人逐渐散尽。

工作人员清理着冰面，为夜场做准备。

溜冰的时候，顾新橙忘却了所有烦恼，沉郁的心情变得轻快。玩了一天，她又累又满足。

“晚上想吃点儿什么？”傅棠舟问。

“我都行。”顾新橙靠着冰凉的栏杆，看着对岸升起的灯火映在冰面上，橘色的灯光被拉得很长。

这次傅棠舟不打算带她去高端餐厅。他说：“去对面看看。”

什刹海附近有几条步行街，其中不乏各类小吃。

他们沿着仿古建筑一路向前走。这儿有几条老胡同，一对白发苍苍的夫妇搬了板凳坐在胡同拐角处，晒着最后一缕阳光，一只三花猫在水泥路面上伸着懒腰。

这里的人都是北京的原住民，正儿八经的老北京人。

路过某个胡同口时，傅棠舟说：“带你过去看看？”

“看什么？”

“以前我爷爷住这儿，有座老宅，现在空着。”

顾新橙微讶。她暂时还不想去聊关于他的家人的话题，于是说：

"不用了。"

"嗯，"他没坚持，"以后还有机会。"

他们跨过一座石桥后，游人渐渐密集起来。

傅棠舟在路边的小店买了一杯梨汁，老板却给他拿了两根吸管——以为他俩要共享一杯梨汁。

他将其中一根吸管放进兜里，然后用另一根吸管戳开杯子，递给顾新橙。

她隔着手套把杯子拿在手里，觉得挺暖和。

她毫无防备地吸了一口，却被滚热的梨汁烫得叫了一声："好烫。"

"烫吗？"傅棠舟把梨汁拿过来，就着她用过的吸管试了一下温度，"猫舌头啊你？"

"什么叫猫舌头？"她问。

"跟猫一样怕烫，"他说，"等凉点儿你再喝。"

她老老实实地捧着梨汁，只用它暖手。

两个人拐进一家狭小的商品店，老板正刷着小视频。看到他们后，老板问："想看什么？"

顾新橙："随便看看。"

老板不再管她。

全国各地的景区纪念品都差不多，都是流水化生产的小玩意儿，产地大多在浙江。

在北京，产品可能多了几分北京特色，比如添加一点儿宫廷元素。

看来看去，顾新橙也没找到什么感兴趣的。她想出门，却见傅棠舟饶有兴致地在观赏一面小化妆镜。

顾新橙问："你要买吗？"

老板一听，立刻抬头，目光殷切。

"我买这个干什么？"

"那你看得那么认真……"

"好奇。"傅棠舟将化妆镜放回原处。

老板目送两人出了门。

顾新橙的职业病犯了，她发问："你说这样的小店能赚到钱吗？"

她见到一门生意就开始默默推测对方的商业模式和盈利模式，这种小实体店的存在确实令她匪夷所思。

“这店面有些年头儿了，不赚钱早关了，”傅棠舟说得理所当然，“存在即合理。”

他又点拨了她几句：“这儿客流量大，获客率高，即使转化率不高，也有盈利空间……”

两个人有来有回地就这个问题探讨了一番。顾新橙感慨，傅棠舟作为风投机构的决策者，眼界远高于普通人。

她比起他来，还差得远。

话题拐到了事业上，傅棠舟顺口问了她一句：“有没有兴趣来我们公司上班？”

顾新橙果断地摇了摇头。

不是说升幂资本不好，而是她不想和他成为上下级的关系。

这个回答在傅棠舟的意料之中，他说：“你找工作的时候可以多看看管理岗，不要局限在金融行业。你之前在致成有丰富的管理经验，别浪费了。”

顾新橙点点头：“我知道。”

他们在这附近的一家面馆吃晚餐。顾新橙小口小口地吃着，这时，傅棠舟的电话响了。

他说：“我出去接个电话。”

他这一去还挺久，十分钟后才现身，回来时手里还拎了个袋子。

“给你带回去。”

“这是什么？”

“吃的。”

顾新橙放下筷子，拨开袋子看了一眼。

原来是隔壁特色点心铺的小零食，都是些北京特色的小吃，什么羊羹、果脯、豌豆黄……

“傅棠舟，你对我是不是有什么误解？”

“什么误解？”

“我看上去很好吃吗？”

"不好吃，"他垂眸含笑，"不过挺好吃的。"

汉语博大精深，两个"好吃"发音不同，意思也不同。

她一时无法分辨他说的"好吃"究竟指什么。

话虽这么说，顾新橙还是收下了这一袋零食。

这些小零食看着还真挺精致的，很多她没尝过。

吃完饭，傅棠舟开车将她送回家。

车子开到小区楼下，顾新橙松开安全带："谢谢你今天带我出去玩。"

她得承认，今天她过得非常开心。

傅棠舟熄了火，语调温和："是我谢谢你。"

车里没有开灯，仅有一盏白色路灯的光洒落车中，他的侧脸变成一道暗色的剪影。

他忽然转过头看她，半边脸映着光，半边脸隐在夜色里。他说："你陪我，我很开心。"

寂静的车内只有两人浅浅的呼吸声，他温暖的手掌悄无声息地伸过来，握住了她的手。

她像是触到了细小的电流，一阵酥麻从手背直击大脑。

这种感觉……

顾新橙轻轻地扭了下手腕，他适时地松开手。

她小声道："那我走了，拜拜。"

他点头："嗯，去吧。"

顾新橙打开车门，拎着零食袋进了单元门。

傅棠舟降下车窗，找出一根烟含在唇中，拿着打火机嚓的一声将烟点燃。

他捻着烟，抬起眼向楼上看，她的房间的灯已经亮了。

这只是北京最普通的一个居民小区，顾新橙就住在这儿。

那一盏暖黄的灯照亮了他的眼睛。

傅棠舟在美国留学那会儿，同学圈里有几个品性恶劣的富二代。

当时有个男的看上一个女孩。这女孩家中并不宽裕，靠父母砸锅卖铁才来留学，人却是清纯又高傲。

他追了她好一阵子也没追上。

后来，有人给他出了个主意，让他温水煮青蛙一般将那个女孩带入浮华的声色场中。

女孩最终没能抵抗住诱惑，就跟他在一起了。

然而，爱情来得快去得也快，不到三个月，那个男的就腻了。

他和那女孩分手之后，很快就有了新欢。

那个女孩却走不出来。她已经迷恋上了纸醉金迷的生活。

本该在美国好好学习的一个人，结果开始不务正业。她周旋于圈里的各个公子哥儿之间，主业变成了“钓凯子”。

至于后来她怎么样了，傅棠舟不得而知，也不禁有些后怕。

顾新橙和他在一起的时候，他也曾有意用物质留住她，说不上玩弄，只是一种交换。

试想，如果他们分手以后，顾新橙也像那个女孩一样堕落，那他岂不是罪魁祸首？

他的嘴角勾起一抹笑意。如果她会因此堕落，当初又怎么会选择离开他呢？

还好，物质从来没有遮蔽她的眼睛。她很清醒，知道自己要的是什么。

她住过银泰中心八百平方米的豪宅，还能心甘情愿地蜗居在这儿。

她还是她，独一无二的她。

她像是一枝从淤泥中破土而出的水仙，白净、莹润又通透。

想到这里，傅棠舟一瞬间失神了。

银泰中心的房子空了太久了，不知什么时候能迎回她这位女主人？

顾新橙听取了傅棠舟的建议，找工作时开始留意管理岗。

她开始忙着参加面试，几家金融机构都对她有兴趣。

有一家投行很看好她在科技创业公司做管理者的经历，想招她来做科技行业的分析师，开出的年薪直逼七位数。

就在这时，顾新橙接到了猎头的电话。对方问她是否有意向来易思智造当新事业部的负责人。

“易思智造去年年底刚决定筹建新事业部，开拓视觉识别领域的业务。我注意到您之前在致成科技做过管理，各方面都非常符合这个岗位的要求。”

顾新橙之前就对易思智造有了解，这家公司成立十余年，早已站稳脚跟。

她和易思智造的人事主管聊了挺多，同时仔细思考了自己在一份工作中想得到什么，以及适合她的工作环境是什么样的，还对公司、行业以及该部门进行了一些研究。

她越发觉得这个岗位简直是为她量身定制的。

易思智造给她开的年薪大约是投行的一半，但是人事主管承诺公司会给管理者股权激励，奖金和业绩挂钩。

这听上去很虚，可顾新橙知道，如果这个事业部能做起来，这部分奖励将会是惊人的。

在做出最终决策之前，顾新橙想询问某人的意见。

她没问父母。她的父母一辈子过得安安稳稳，现在已经不能在事业上对她进行指导了，往后的人生道路得靠她自己来走。

而傅棠舟不一样。他在这方面是她很好的人生导师，能让她少走许多弯路。

在这一点上，她对他绝对信任，任何一个人都比不了。

听完顾新橙的话，傅棠舟给她分析了这两个岗位的利弊，并且给出建议——去易思智造。

“客观来说，这是一个很好的机会。”

这和她内心深处的想法不谋而合，顾新橙顺理成章地接受了易思智造的 offer。

易思智造的办公室位于国贸 CBD，离升幂资本不远。

入职当天，顾新橙穿了一身黑色西服套装，把头发梳成马尾辫，一副精干的职场女性装扮。

她有一间单独的办公室，手底下管着三四十号人。

正当她端着咖啡在办公室窗前俯瞰CBD盛景时，听到一个消息。

易思智造成功拿下了Pre-IPO轮融资，升幂资本成功入驻。

得，傅棠舟又来了。

下午五点半，顾新橙接到傅棠舟的微信，他约她下班以后去看电影。

年后他好像突然得了空儿似的，隔三岔五就叫她出去玩。她不是每次都会答应，但每周会同他见一到两次面。

以前两个人在一块儿时，都是顾新橙晚上乖乖在家等着他。他在外面忙，她等到十一二点是常有的事儿。

那时的她好像一个深宫弃妃，苦苦守候只为得到他垂怜。

现在想想，她不禁觉得荒唐又可笑。爱情在生活里应当是一种调剂品，她却本末倒置了。

如今这种充实的生活让她整个人像鼓满风的帆船一般自在地遨游着。

顾新橙先去部门转了一圈，然后准时打卡下班。

她背上爱马仕小牛皮包，踩着高跟鞋往楼下走。

这座写字楼楼下就是商场，熙熙攘攘的人群匆忙地踏过光洁的白色瓷砖，从闸机处涌出，然后像海浪一般被冲散。

隔着移动的人影，顾新橙一眼便瞧见了傅棠舟。

一楼的商家展柜里贴了张巨幅模特画报。傅棠舟穿了一件黑色羊毛风衣，站在玻璃外一米的地方。

他没系大衣的纽扣，衣摆自然垂落于膝上，里面是一件兔灰色纯棉衬衫，一双腿笔直又有力。

他身姿挺拔，路过的女人无一不偷偷打量他。而他微微仰首，面无表情地看着眼前的画报，周遭的一切喧嚣似乎都与他无关。

过了几秒，他抬起手腕，瞥了一眼铂金腕表，然后侧过头寻找她的身影。

看到她的那一瞬间，他神色微动，唇角浮起一丝极淡的笑意。

顾新橙加快步伐走了过去。他说：“今天下班挺早。”

她说："你不是比我还早吗？"

他从升幂那栋大厦到这里，步行得十分钟左右。晚高峰这个路况，开车只会更慢。

两个人肩并着肩往楼上走，路旁的橱窗里展示着各色昂贵的商品，甚至还有汽车。

之前她的同事打趣说："天天在这楼里上班，楼下没一件能买得起的。"

顾新橙："你们公司投资我们公司了？"

傅棠舟嗯了一声，然后说："去年就在接触了，你不是知道吗？"

这话说得不假，去年春节后他还特地带她去易思智造位于无锡的工厂考察过。

可她没想到她一入职，升幂资本就来了，这次投的还是 Pre-IPO 项目。

"现在升幂也在做 PE 业务。"傅棠舟说。

"厉害。"顾新橙夸了一句。

相比于其他类型的投资，风投只能算一个小项目。开始做PE业务，说明升幂现在的资本规模相当可观。

想到这里，顾新橙顿了下脚步："那我找工作的时候你怎么不告诉我这件事？"

亏她还格外信任他，以为他是公平公正地给她分析，到头来……鬼知道他是不是有什么私心。

傅棠舟嘴角的笑意蔓延到眼底。他说："这是商业机密。"

顾新橙："……"

两个人在五楼的西餐厅吃饭，席间聊了聊工作和生活。

不知不觉间，顾新橙和他有了共同话题，金融圈的事儿她多多少少了解了一些。

"你现在在这儿上班，住中关村会不会有点儿远？"傅棠舟将自己那份牛排切成小块儿，然后把两人的餐碟交换。

"是有点儿远，但是我和学姐说至少住到七月，提前搬走不太好。"顾新橙叉了一小块儿牛肉放进嘴里，肉汁四溢。

“你要是找房子，可以来问问我。”

“你还能介绍房源？”

傅棠舟一本正经地说道：“我可以当你的房东。”

顾新橙：“算了，我不要。”

就他名下那些房产，她把一个月工资全搭进去也租不起。

“给你友情价。”

“多友情价？”

“那得看咱俩的交情到什么地步了，”他拿起高脚杯抿了一口红酒，又说，“交情好了，不光不要钱，还给你提供特殊服务。”

“什么特殊服务？”

“包吃包住，晚上还能……哄你睡觉。”

顾新橙咽下一小块儿牛肉：“我又不是三岁小孩。”

“那就改成陪你睡觉。”

“……”

早知道不接这话茬儿了，她就知道会这样！

“傅棠舟，你在追我，不能这样和我说话。”

“第一次，体谅一下。”

顾新橙无语，这还带开“新手光环”的？

傅棠舟忽然说：“别动。”

他拿了一块餐巾，伸过手来替她擦拭唇角上的黑胡椒酱汁。

顾新橙愣了一下，握着餐叉的手一动也不敢动。

他手上有清凉的雪松香气，力度温柔，腕上的机械表的指针一格一格地跳动着。

直到他掣回手时，她还是不动，像尊石雕一般坐着。

傅棠舟将餐巾放回桌面上，觉得颇为好笑，于是提醒她：“可以动了。”

顾新橙的脸红了一片，她埋着头专心吃牛排。

“哎，”他逗她，“你怎么那么容易脸红啊？”

顾新橙的手一僵。过了一会儿，她才说：“这是生理反应，我控制不住。”

言下之意，她才不是被他撩到了。

傅棠舟抿着嘴笑，不说话，看她的眼神里多了一丝淡淡的宠溺。

吃完饭，两个人去楼上的影院看电影。

顾新橙在宣传海报边看了挺久，最近有一部外国文艺片在豆瓣上的口碑似乎还不错。

傅棠舟买了两张票，顾新橙坐在皮椅上候场。他又去买了一桶爆米花和两杯果汁。

“刚吃过饭，我吃不下。”她说。

“一会儿饿了吃，”他把爆米花桶放到一边，在她的手心里放了一盒哈根达斯冰激凌，“给你补上甜品。”

刚刚那家西餐厅做的甜品不太合顾新橙的胃口，她吃了两口便没再动，他居然注意到了。

顾新橙用小勺挖着冰激凌，甜甜的、凉丝丝的。她不禁会心一笑。

他们等了大约二十分钟，终于开始检票了。

进了放映厅，顾新橙才发现这儿是情侣厅。座椅是一对一对连在一块儿的，可以当成一个大沙发用。

每对座椅之间的距离隔得好远。周围全是搂搂抱抱的小情侣，只有她和傅棠舟两个人看上去举止还算正常。

这个厅不大，他俩的位置靠后，观影效果应当不错。

放映厅的暖气很足，顾新橙把外套脱下来，搭在座椅的扶手上。

她里面穿了一件白色衬衣，薄薄的腿袜裹着她纤细的小腿。她坐得挺端正，腿并起来，手搁在膝盖上，像课堂上认真听讲的学生。

傅棠舟的坐姿很随意，两条长腿大方地敞开，占据了这个座椅大半的位置。

电影开始后，顾新橙沉浸在电影镜头呈现的画面之中，而傅棠舟对这部爱情文艺片兴致寥寥。他一直在用眼角的余光看她。

她的衬衣恰到好处地勾勒着她凹凸有致的曲线，略施粉黛的脸庞如皎月般动人，瞳孔里映着一小块四四方方的银幕。

这部爱情文艺片的剧情进展神速，方才还在调情的男女主人公这会儿已经滚到了床上。

顾新橙暗忖，这尺度居然能在国内过审？

虽然是成年人了，但是这么光明正大地看床戏她还是有点儿不好意思。

可这一幕在持续推进，并没有收场的意思，反倒越演越烈。

她挪开目光，害羞地垂下眼，靠上沙发柔软的椅背。

谁知她忽然挨上一条臂膀——傅棠舟不知何时将手臂搁到了椅背上。

她这么一靠，他顺势将她搂过来，手轻轻搭着她的肩头。

四目相对，她眼波潋滟，他眸色沉沉。他靠得越来越近，浅浅的呼吸拂过她的发丝。她不禁敛息凝神。

这氛围……太暧昧了，他们不做点儿什么好像显得格格不入。

顾新橙的心跳越来越快。就在他距她咫尺之遥时，她登时清醒，转开脑袋。

她说："你干吗？"

傅棠舟的嘴角勾起一丝笑，他哑着嗓音说："你看看人家……"

他抬了下眉梢，顾新橙顺着他的指示向旁边看去。

黑暗之中，隔壁沙发上的那对小情侣正在接吻，看这干柴烈火的架势，他们怕是想当场上演电影里的画面。

她的眼神立刻闪躲开，哪儿也不敢乱看了。

她说："人家是情侣。"

"那我们算什么？"

"什么都不算。"她端正坐姿。这才到什么地步，他居然就想亲她了？他想得挺美。

傅棠舟的眼中有一秒的失落，但很快他就重整旗鼓。

"新橙，能不能给个进度条？"

"什么进度条？"

"我追你，现在追到什么地步了？"

"百分之一吧。"

"咱们能不能稍微拉快点儿？"

"为什么？"

大银幕上浮动的光线照着他棱角分明的侧脸，微凸的喉结滚动着。他说："你说呢？"

顾新橙一板一眼地说："欲速则不达。"

傅棠舟的嘴唇微微翕动。她推了他一下，正想再往边上坐坐，谁知他一把搂住了她的腰，将她整个人贴上自己。她被烫得一颤。

她惊出了一身虚汗："你怎么这样……"

他用指尖抚过她的耳垂，低声说："这是生理反应，我控制不住。"

顾新橙吞了一小口唾沫，僵硬的身体在一点点地放松，理智的那根弦却在下一秒绷紧了。

她小声提醒说："你挡着我看电影了。"

她抬起眼睛看他，一双浅茶色的眼眸显得尤为无辜。

傅棠舟眸色微沉，她身上隐隐约约的玫瑰香气在这一秒格外突出。

她变了很多，知道怎么戳他软肋了。她心里头跟明镜似的，却故意在他的面前装无辜。

这到底是一种考验还是一种诱惑呢？

他的唇蜻蜓点水似的蹭过她光洁的额头，感受到她在他怀中轻颤。他像是找回了某种熟悉的掌控感，莞尔一笑。

他松开手臂，将她扶起来："要看就坐正了看。"

于是顾新橙转过头继续看电影。看了两分钟，她又不放心地回头瞅他一眼。

傅棠舟支着胳膊靠在另一侧的沙发扶手上，手托住半边腮帮子，慵懒地看着大银幕。

一双长腿依旧叉着，两只脚踏着影院的地毯——他并没有半点儿消停的迹象。

顾新橙欲言又止。他却忽然回头，撞见了她窘迫的眼神。

他神态自若地挑了下眉："看什么呢？"

沙哑的嗓音顺着耳道传进来，侵蚀着她的心脏。

她赶忙闪开视线："没、没看什么……"

"你想负责吗？"

“负什么责，又不关我的事儿……”

她又碎碎念了一句。他没听清楚，但估计不是什么好话。

他靠在红皮沙发上，不逗她了。

再逗下去也不可能在这电影院里做什么，他不想自讨苦吃。

为了今天能抽空来陪她吃饭看电影，他昨天加班加点处理了不少事务，一夜只睡了四五个小时。

现在难得清净，电影又很无聊，他的眼皮隐隐有些发沉。

顾新橙专心致志地看着电影，肩头忽然落了一点儿温暖的重量。

他的黑发扎着她的脖颈，浅浅的呼吸拂过她的前胸，酥酥的，麻麻的，痒痒的。

她想将他叫醒，却见他眉头轻蹙，浓密的睫毛覆着下眼睑。

他的眉骨凸出，鼻梁高挺，一双薄唇带着几分玩世不恭的感觉。

他的脸部曲线在昏暗的光线里稍显柔和，竟透出一丝暗藏着的温柔。

这到底是一个怎样的男人啊……

时至今日，她依旧对他又爱又恨。

一路走来，她经历了许多事，认识了许多人。

当初她那样奋不顾身地爱过傅棠舟。现在除了他，她好像爱不上其他男人了。

顾新橙在心底默默叹了一口气，困成这样，工作很累吧？

她没叫醒他，而是轻轻耸了下肩膀，帮他调整睡姿。

她重新转过头，看着电影。

刚刚分神太久，她已看不懂剧情了。

正当她试图去分析电影的逻辑时，肩膀上那颗沉甸甸的脑袋发生了偏移。

傅棠舟睡得挺熟，头不自觉地向下靠，竟直接挨上了她的前胸。如果不是她的错觉，他还无意识地蹭了一下？

顾新橙：“……”

她克制住把他叫醒的冲动，身体向后又挪了几厘米，睡着了就能光明正大地占便宜？这种好事他想都不要想！

傅棠舟失去支点，顿时惊醒——刚刚在梦里，他在急速下坠。

他回过神来，察觉到发生了什么，视线再度落到她凹凸有致的曲线上，嘴角勾起一抹极淡的笑意。

嗯，她还跟以前一样。

第二天，顾新橙照例去公司上班。

今年是她的本命年。她不过二十四岁，手底下却管着一批比她年纪还大的人，这些人多多少少会有些不服气。

这个新成立的部门里有一半的员工是从其他部门抽调过来的，还有一半是专门招来的新人。

新老员工之间的摩擦、上下级之间的矛盾难免会给工作的开展带来阻力，但这是一个必然的过渡期。

在企业里做管理工作，归根到底还是要处理人与人之间的关系，团队如果磨合不好，接下来开展工作时势必会困难重重。

在致成摸爬滚打了两年，顾新橙摸索出了一套自己的方法。

大家都在期待她新官上任三把火。她却按兵不动，对谁都笑脸相迎。

表面上她在熟悉现在手头上的工作，实则在观察部门里微妙的人际关系。

一周之后，顾新橙召集部门员工开会。

首先，她和大家讨论了下一步的工作，统一了全体员工对部门目标的认识，并且改善了部门的计划安排，减轻大家的压力的同时又提高了效率。

然后，她简短地指出了部门目前存在的问题，工作和人际方面的都有，每个问题都直击要害。

她对某些心思活泛的员工旁敲侧击，众人纷纷警惕，对她刮目相看——别看顾新橙很年轻，她懂业务，也懂技术，还懂管理。这样的上级他们不得不服。

顾新橙为新部门开了一个好头。

然而，他们想要在视觉识别领域做大做强，将来难免要和致成

进行竞争。

她不禁想到手头的股份。为了避嫌，她得尽快脱手。

季成然既然逼她出走，恐怕也不会乐见她还持有致成的股份。可想脱手的话，她就不可避免地要和季成然再接触。

她还没来得及联系季成然，他却主动打电话过来了。

“听说你去易思智造了。”听这语气，他不像是在恭喜她。

顾新橙笑笑：“我总得找份工作，不能一直当无业游民吧？”

“顾新橙，”季成然提醒她，“你签过保密协议。”

他没想到顾新橙竟然会去这家公司。易思智造是人工智能行业的排头兵，论综合实力不知比致成强多少倍。

他前两天刚听说易思智造开始涉足视觉识别领域，再一打听，负责人竟然就是顾新橙。

“季总，你不用提醒我，”顾新橙含沙射影，“我是一个讲职业道德的人，从不会做对不起合作伙伴的事情。”

“这样就好。”季成然并不计较她的用词。

“对了，我想把手里的股份出清。”顾新橙说。

“你把股份转移给第三方，得向董事会提出申请。”季成然对于这件事显然有着浓厚的兴趣，“当然，你要是转让给我，就不用那么麻烦了。”

“季总打算出多少？”顾新橙试探着问。

“不多不少，五百万。”季成然说道。

五百万？这怎么可能？

这个数字远低于顾新橙的预期。

顾新橙提醒他：“按市值算，我手里的股份至少值三千万。”

“市值是市值，卖不出去就等于零。”季成然说得挺自信，“一百万，不到两年变成了五百万，这已经很赚了。你要是去工作，未必能赚那么多。”

现在资本市场遇冷，就算顾新橙找到愿意接盘的人，对方恐怕也不会愿意拿三千万出来购买一家创业公司的股份。

即使是财大气粗的风投机构，也得驻足观望观望。

她着急出手，又想卖三千万的高价——鱼和熊掌不可兼得。

两个人之间既然撕破了脸，那他也不必端着了。

季成然倒也没觉得五百万真能买回她的股份，可谈判不就是这样吗？先压价再提价，然后双方各退一步，达成交易。

顾新橙知道这一点。风险越大收益越大。她这两年承担了多少风险，又为公司付出了多少精力，最后却换来这样的结果。

她可以放手，但不代表一点儿都不计较得失。

顾新橙和他谈不拢价码，便挂了电话。

她不知道原来曾经的合伙人竟然可以无耻到这种地步，当初真是看走眼了。

果然，傅棠舟一开始对她的告诫是对的，让她签那种霸王条款，其实也是在默默保护她。

傅棠舟打电话过来，说致成目前在成长期，晚点儿脱手可能更好。

“我想早点儿脱手。我现在的工作和致成的业务太相似，拿着致成的股份不好。”

“你打算卖给谁？”

顾新橙把她和季成然的对话告诉了他。他说：“这样好了，你转让给我。”

股东之间转让股份无须其他股东同意，仅需知会其他股东一声即可。

“你要花钱从我手里买吗？”

“你免费送我，我也不介意。”

“……”

“你打算出多少钱？”顾新橙问。

“五千万卖不卖？”这个数字着实惊到了她。

傅棠舟见她没吭声，又说：“六千万？”

顾新橙连忙说：“我卖！我卖！”

电话那头传来他的低笑。他好像是在嘲笑她没有骨气，见钱眼开。

这笑声令她冷静下来。她端正了态度：“咱们还是按正当程序来，估值是多少就卖多少，我不坑你。”

傅棠舟忍着笑意说：“你要坑我也没事儿。”

“嗯？”

“反正以后得带着嫁妆嫁过来。”

“……”

傅棠舟问她拿了这笔钱有什么打算。顾新橙畅想一番，发现还真没什么头绪。

“我有个主意。”傅棠舟说。

“嗯？”

“你把这钱搁我这儿，每年至少给你百分之十的收益回报，你觉得怎样？”他半开玩笑地说。

“傅棠舟，”顾新橙深吸一口气，“你这是打算空手套白狼？”

花几千万买走她的股份，然后再让她把这几千万放在他这儿做投资，一来一去等于他一毛钱没花啊！

她终于明白傅棠舟为什么那么有钱了。有这种绝顶的商业头脑，他不赚钱谁赚钱？！

升幂资本收购顾新橙的股权的确得走正当途径，不是一朝一夕就能完成的。

傅棠舟筹备这件事的同时，他的生日也快到了。他即将迈入而立之年，算是人生的一道坎儿。

他不是看重这些日子的人。三年前，他收到了那份令他印象深刻的生日礼物，之后就再也没过过生日了。

今年，顾新橙和他的关系终于缓和了，他的心情格外不错。

几个朋友提议要给他办个生日会，他便应了，地方就定在了林云飞的酒吧。

周五晚上，顾新橙工作到了八点。她也想早点儿结束，奈何事务太多，必须一样一样来处理。

易思智造瞄准了手机人脸识别市场，然而这个领域的竞争不是一般的激烈。公司想要在这个市场立足，恐怕得费一番功夫。

做完手头的最后一件事，顾新橙将电脑屏幕关上，揉了揉睛明穴。

她走到落地窗前，俯瞰北京的夜景。

这条街道一如既往地繁华，车水马龙、络绎不绝。各色灯光交织，十分耀眼。换一个角度来看这片灯火，还是她喜欢的景致。

她的视线落到办公桌的一角上。

今天中午休息时，她去隔壁商场的爱马仕专柜逛了一圈，给傅棠舟挑了一条皮带。

她想不出他缺什么，便挑他最常用的东西送。太贵重的东西她买不起，可买个大几千的礼物对她来说已经不算什么了。

周五是公司的 casual day（便装日），公司不强制规定穿正装。

顾新橙拿着外套进了电梯，纤细的鞋跟踩在地砖上，声音里透着性感。

出租车司机一路开到三里屯，她已经忘了上次来这儿是什么时候了。她找到零下七度酒吧，刚一进门，耳膜就被舞池里震天响的声浪刺痛了。

她捂着单侧的耳朵向楼上的包间走去，8808……是这个房间没错吧？

顾新橙以前走错过包间，后来每次进门之前都得在门口观望一阵，确定看见熟人才会进去。

她将门推开一道缝儿，里面没人唱歌，几个男人围坐在沙发边上打扑克，没有什么乱七八糟的女人。

她瞧见了傅棠舟和林云飞，便放心地往里走。他俩都不是正对着她的方向，所以没发现她过来。

顾新橙听见他们几个在闲聊。

“今儿个真没劲，”一个短发男人说，“过个生日，场子里连女人都没有，早知道我就不来了。”

另一位戴眼镜的男士惋惜道：“我刚找了个乌克兰姑娘，都没机会带来让你们瞅瞅。”

“曹哥厉害啊，洋妞儿感觉如何？”

“嘿，也就那样呗。给你也介绍个？”

“可别了，你要是敢介绍，我家那位祖宗敢把你的脑门削平咯。”

短发男人说，“你给咱傅总介绍一个，也就他的身边没人。”

傅棠舟夹着烟的那只手正在理牌，他懒懒地搭腔：“不要。”

不知他是在过牌还是在说别的。

林云飞问：“傅哥，顾妹妹今天真过来啊？”

傅棠舟将烟叼入口中，自信地甩出一张大王。

“你可别诓我，你都骗我好几年了……”林云飞嘟嘟囔囔，口气分外不满。

“哟，这谁呀？”有人问。

林云飞嘿嘿一笑：“除了嫂子还有谁啊？”

“来真的？”那人不信，“怎么就想不开要结婚了？”

“结什么婚啊？”林云飞说，“还追着呢。”

傅棠舟甩出一个炸弹，炸了林云飞的一对2，然后冷冷地说道：“你给我闭嘴。”

林云飞懊丧地将手里仅剩的一张牌扣到桌面上，看样子是过不去了。

他拿腔拿调地说：“傅哥，你的牌打得也忒好了。”

这话惹得众人一阵笑。

林云飞乐呵呵地一抬头，意外地瞧见顾新橙正站在门口，眼睛顿时一亮，眉开眼笑。他叫道：“顾妹妹，你来啦！”

桌上的其他男人立刻噤声，纷纷打量着这个女人。

裁剪精致的酒红色羊毛裙衬得她的身段娉婷袅娜，高跟鞋是最简约的款式，脚背露出一块娇嫩细腻的皮肤。

黑色发梢向内扣出一个刚好的弧度，纯银星星耳饰藏在发间，显得脸形小巧又流畅。

他们交换了一个眼神，对顾新橙的外貌给予了极大的赞赏。

不愧是能套牢傅棠舟的女人，长得真是没的挑。

“我没迟到吧？”顾新橙微笑着走过来。她早已不是当初那个青涩的女学生了，来这种场子也能应付自如了。

“你什么时候来，咱们什么时候开始。”林云飞挪出一块沙发上的空位给顾新橙。

她坐了过去，两条小腿并拢斜放着，包包放在膝上，挡住了裙底的风光。橙红色的爱马仕纸袋被搁在脚边，她打算一会儿送给傅棠舟。

“吃了吗？”傅棠舟将最后一张牌打完，下意识地想伸手搂她，可她和他之间隔了一掌左右的距离——她这是在提醒他别乱来。

于是他将手又收了回去。

“六点的时候点了外卖。”

“嗯，那一会儿再吃点儿蛋糕。”

林云飞喜笑颜开，让人上了个果盘给顾新橙。

他狗腿地凑上前来说：“顾妹妹，一别多年，傅哥今年三十了。”

顾新橙叉了一小块哈密瓜放进嘴里：“我知道啊。”

“唉，你年轻，难怪不着急。”林云飞一心想帮傅棠舟的忙，某些话不经过大脑思考就说了出来，“我前两天在微信上看了篇文章，说男性过了三十岁，各方面能力都会下降——”

傅棠舟的神色陡然一凛。顾新橙默默嚼着哈密瓜，装聋作哑。

说到这儿，林云飞才发现自己说错了话。

他说什么不好，非要说傅哥快不行了……

“微信上有很多谣言。”顾新橙巧妙地回避了这个话题，同时给这两个人找回面子。

林云飞摸摸脑袋，笑得很憨：“顾妹妹说得是，这种文章都是误人子弟！”

傅棠舟：“别乱用成语。”

这会儿的氛围被林云飞搅得有些尴尬，于是他站起来说：“傅哥，你今天过生日，我给你准备了礼物。”

其他人笑了：“你小子搞得还挺正式。”

林云飞出了门，没过几分钟就拿了一个盒子回来，递给傅棠舟。

他没看这是什么礼物，直接放到了一边。林云飞怕傅棠舟生他的气，便问：“傅哥，你不打开看看吗？”

话说到这份儿上，傅棠舟只能卖他一个面子。

他把盒子打开，里面是一条皮带。

他冷嗤一声："就这？"

林云飞："这怎么了？"

傅棠舟懒洋洋地瞥他一眼，眼神里写满了不屑。

他是不在意这些东西，可谁让刚刚林云飞嘴欠，非要说那些话？傅棠舟这会儿能给他好脸色吗？

顾新橙又叉了一块苹果，假装无视傅棠舟的话。

这礼物她到底是送还是不送啊……

然而，傅棠舟将盒子重新放回去的时候注意到了她脚边的礼盒。

他问顾新橙："你也给我准备礼物了？"

言语间带了一丝不易察觉的愉悦。

"没有。"

"给我看看。"

"不要。"顾新橙把袋子藏到了身后。

趁她不注意，傅棠舟已经摸到了纸袋。她力气小，抢不过他，只好眼睁睁看着傅棠舟将纸袋拿了过去。

"别看。"顾新橙小声说。

"爱马仕又不是什么见不得人的东西，"林云飞笑笑，"我送的也是爱马仕。"

其实顾新橙是怕大家尴尬。

然而,看来今天这场尴尬在所难免了,因为那个盒子已经被打开了。

傅棠舟看着那根皮带，神情一滞。

林云飞的表情亦是精彩纷呈。

什么叫自作孽，不可活？

傅哥，现世报来了！

包间内的空气仿佛凝结成了冰块。顾新橙一声不吭地用小叉子将盘中的香蕉切成了两段，周围的人均是一脸看好戏的表情。

"这个皮带，颜色大气，款式新颖，"傅棠舟一本正经地说，"一看就很特别。"

林云飞不怕死地追着问："我送的皮带就不大气、不新颖吗？"

傅棠舟冷冷地一瞥，不予置评。

旁人哄笑："你小子就别自取其辱了，你送的跟人家送的能一样吗？"

林云飞碎碎念道："今天我可算见识了什么叫中国驰名双标。"

顾新橙放下小叉子："蛋糕呢？"

林云飞立刻将这个话题抛诸脑后："蛋糕来了！"

一个精美的蛋糕被搁上桌，表面铺了一层棕色的可可粉。

顾新橙觉得傅棠舟这生日过得未免太简单了，好歹也张罗亲朋好友吃顿饭吧？

她转念一想，他向来不注重这些仪式，今年这场生日会已经算是大操大办了。

林云飞插上三根蜡烛："一根蜡烛代表十岁，傅哥快许愿。"

顾新橙一看，顿时无语。她立刻上手把那三根蜡烛拔了："不能这么插……"

林云飞丈二和尚摸不着头脑，傅棠舟对此倒是很明白。

她还是在意他的。

想到这里，他勾了下唇："那你想怎么插？"

顾新橙倏地脸红了。她就不该多管闲事。

林云飞望着那三根蜡烛，恍然大悟。他居然犯了常识性错误。

他在袋中翻找片刻，蛋糕店没有送"3"和"0"的蜡烛。于是他只能一根一根地点蜡烛，凑满了三十根，插在蛋糕上甚是壮观。

灯被熄灭之后，整个房间内只亮着一团烛火。

林云飞从点歌机里调了一首《生日快乐》歌。大家起哄，让傅棠舟许愿。

傅棠舟闭上眼睛，但并未合掌。

顾新橙侧过头注视着他。晃动的烛光映在他英俊的侧脸上，剑眉斜飞入前额的黑色碎发下，睫毛根根分明。

少了那双锐利的黑眸，他的脸在橘色光芒下显得格外俊朗。

忽地，傅棠舟睁开双眼。这个过程短暂得像是他根本没有许愿。

顾新橙来不及转移视线，直愣愣地撞上他深沉的眼眸。

他勾了一下唇角，这才将三十根蜡烛吹灭。

吃完蛋糕，有人提议："人多，我们玩德州扑克吧？"

林云飞一边发牌一边吆喝着："来来来，性感荷官在线发牌了啊。"

傅棠舟问顾新橙："你会玩这个吗？"

她摇摇头。

"你坐过来，"傅棠舟说，"我教你。"

她会心一笑，拿着包往傅棠舟那儿坐了过去。她看到傅棠舟的底牌是一对3。

傅棠舟给她讲解德州扑克的玩法，规则很简单，但这游戏拼的不光是运气，更是一种心理博弈。

顾新橙轻轻地嗑着瓜子看戏。这一把公共牌里一张3都没有，傅棠舟这对3显得有些鸡肋。

傅棠舟跟了一轮，然后将牌扣到桌上。他问她："瓜子好吃吗？"

"还行。"

"给我一个。"

她摊开掌心，他拿走一个瓜子。修长的手指熟练地将瓜子剥好，又放回她的掌心，然后他重新回归牌局——又到他了。

顾新橙望着那个尖尖的瓜子仁，觉得莫名其妙。

这一轮，傅棠舟选择弃牌。他没说理由，可顾新橙猜他肯定有自己的判断。

她见识过他在酒吧玩吹牛，这种游戏他向来游刃有余。

果然，这把对面的人手里有大牌，竟然凑了三个K。

"你会玩了吗？"傅棠舟问。

顾新橙吃完最后一个瓜子，拍了拍手上的碎屑："会了。"

他往旁边又挪了半个位子："试试？"

"嗯。"

林云飞再次发牌，顾新橙手里握了一张9和一张2。

她不禁唏嘘，这牌也太小了。谁知公牌一翻，她发现里面竟有一对2和一张9。

这也就是说，她现在的牌能凑成一副 3+2 的葫芦牌型。

这无疑是一副超好的牌，顾新橙顿时胸有成竹。

筹码加到她这里，她果断地说：“跟。”

接下来是傅棠舟。他的神色隐在暗淡的灯光下，令人捉摸不透。他用手指轻轻弹了一下手里的两张牌：“你跟我也跟。”

牌过三巡，场上的人渐渐都弃了牌，只剩下傅棠舟和顾新橙了。

她选择继续加筹码，他淡淡地说道：“继续跟。”

场上的筹码已经很多了，顾新橙面前也堆了不少。根据傅棠舟上一把的打法，如果他的牌不好，这时候他就该扔牌了。

可他到现在还在和她加筹码，莫非他手里的牌很好？

顾新橙产生了一丝犹豫。轮到她的时候，她再度看了一眼手里的牌。

没错，葫芦，不至于比他的牌小吧？

她顿了几秒，然后说：“跟。”气势比之前稍微弱了一点儿。

傅棠舟格外自信。他将一摞筹码押到面前，说得干脆利索：“跟。”

再度轮到了顾新橙，她开始怀疑人生。傅棠舟适时提醒说：“玩钱的。”

兴许是他怕她第一把玩，没摸清规则，愣头儿青一样往前冲。

这句话彻底摧毁了顾新橙的自信，她猜他手里的牌肯定很大。押出去的筹码已经是沉没成本了，她得及时止损。

她说：“我弃了。”

傅棠舟成为本场的赢家。

两个人把牌一开，顾新橙手里的的确确是大牌，而傅棠舟则是一手散牌，最大的牌就是公牌里的一对 2。

谁敢相信他握着那么烂的牌，还敢和顾新橙叫板到最后？

傅棠舟将筹码捞了过来。顾新橙这才回过神来，小声埋怨一句：“你上把不是那么打的。”

他笑得很坏：“让你摸出规律来，我还怎么玩？”

他从自己那堆筹码里挪出一摞，摆到顾新橙的面前：“我不赢你的钱。”

顾新橙望着那堆筹码说：“我不要。”

一把游戏而已，她又不是输不起。

“新橙，”傅棠舟的眼眸像静谧的深潭一样，他不温不火地说道，“游戏玩输了，我什么时候让你掏过钱？”

只要他这么叫她的名字，她总是会沉溺于他不动声色的温柔里。

很久以前就是这样，玩游戏时他给她兜底，已经成了习惯。

她只需要享受游戏带来的乐趣，没有任何后顾之忧。

赢了，她拿走。输了，他买单。

她没再回避这种亲昵的示好，将那一摞筹码单独放到一边，打算游戏玩完再还给他——说不定她能把这些筹码赢回来呢？

大家玩牌玩到了十一点多。顾新橙是个新手，算上傅棠舟的那一摞，不输也不赢。

而傅棠舟是全场最大的赢家，她正好欠他一摞。

傅棠舟洗着牌。光滑的纸牌像是被施了魔法一般在他的指间飞速地移动着，发出悦耳的唰唰声。

明天是周六，大家想通宵玩个尽兴，顾新橙却打了个小小的哈欠。她有点儿累了。

“我送她回去，”傅棠舟将洗到一半的牌搁下，对其他人说，“你们玩，记我账上就成。”

她本想强撑着继续玩，见他这么说，也不坚持了。

两个人走出包间，走廊里明亮的顶灯照得顾新橙一下子清醒了。

“我还可以跟他们玩的。”她说。

“跟他们有什么好玩的，”傅棠舟倏地压低声音，“跟我玩不好吗？”

顾新橙的脚步顿了一下。他轻笑：“逗你呢。”

她继续往台阶下面走。他似叹非叹地又说了一句：“还不是时候。”

这三句话被他说得一波三折、跌宕起伏。她的心荡来荡去。

走到拐角处时，傅棠舟忽然拉了一下顾新橙的手，将她拽过来。

这里灯光昏昧，她的后背靠着墙，他高大的身躯整个笼罩着她。

两个人挨得很近，近到她的鼻尖儿都快贴上他胸前的第二颗纽扣了。她嗅到他身上有淡淡的烟草香气。

“新橙，”他湿热的气息拂过她的发旋，他说，“你是不是忘了什么？”

“忘了给你钱吗？”她指的是玩游戏时输掉的那堆筹码。

“我不要你的钱，”傅棠舟低笑，“我想问问你，为什么送我皮带？”

他将那个橙红色的纸袋拎了起来。

顾新橙想到刚刚傅棠舟的“大型双标现场”，顿时尴尬起来。她说：“我随便买的，不喜欢的话——”

傅棠舟打断了她的话：“你送的我都喜欢。”

“……”

等等，这话好像是她以前说过的。

“你知道送男人皮带，说明什么吗？”傅棠舟又逼近了一小步。

顾新橙不得不贴着墙小声问：“说明什么？”

他将她的手轻轻地握住，然后带到他的腰上。皮带的金属扣很凉，他的身体却是滚烫的。

他难掩唇角的笑意：“说明你想脱掉我的皮带。”

顾新橙疑窦丛生，这说法是谁提出的？

冤枉啊，她真的只是逛街时随便买买而已！

顾新橙稳住自己慌乱的心跳，镇定地说：“林云飞也是这么想的吗？”

傅棠舟：“……”

## 第十五章
# 故友重逢

夜色之中的三里屯热闹非凡。

这个点儿北京的夜生活刚刚开始，而顾新橙和傅棠舟已经打道回府了。

北京这两天又降温了，夜间气温回归零下，春天迟迟不来。

车窗被关得严严实实。傅棠舟将车内的暖风调至最大，又把空调风叶往上打，不让热风直对着顾新橙吹。

她白嫩的肌肤在黑暗中仿佛被镀了一层极淡的光，柔软的发梢落在肩头，安全带从肩膀横过腰际。酒红色羊毛裙的前襟被压下一小块，胸形被勾勒得格外清晰。

傅棠舟移开目光，专心开车。

方才的对话过于尴尬，他一时半会儿也没心思和顾新橙再聊这个。

他谈起目前股权收购的进度。她听了几句，便知道这事儿交给傅棠舟办可以放一百个心。

“要是真到手五千万，你想好怎么花了吗？”傅棠舟问。

顾新橙想起前几天傅棠舟那个缺心眼儿的提议，不禁有点儿愤懑。她怕他又要打她小金库的主意，便说：“早就想好了。”

“嗯？怎么花？”

“我要享受作为富婆的快乐。”

“富婆的快乐？”

“我要养一只年轻的小狼狗，天天陪我玩。”她特地强调了“年轻”二字。

今天刚过完三十岁生日的傅棠舟：“……”

周围静默了几秒。

“我现在就给姜经理打个电话。”

“大半夜打什么电话？”

傅棠舟一本正经道：“收购计划取消了。”

顾新橙急得要跳脚：“别呀。”

谈笑间，车子拐上了四环路。顾新橙搁在包里的手机响了，是合租的学姐打来的电话。

“你回来了没有？”学姐问。

“正在回去的路上。”顾新橙说。

“我刚刚到家，屋里暖气停了，不知道是不是哪儿出了什么问题。”

“那怎么办？”

“我打算去朋友家借住一宿，明天找物业来看看暖气。”学姐说，“你今晚也别回来住了，屋子里冻死个人了。”

顾新橙：“……”

这都半夜十二点了，她去哪儿住啊？

傅棠舟把这通电话听了个七七八八。他微勾唇角：“没地方住了？”

顾新橙说：“我住酒店就行了。”

她立刻去翻包。她平时会把身份证放在夹层里，可是现在一摸，居然是空的——今天人事部门的人说要给她办理入职的各项手续，把她的身份证拿走了。

完蛋了，这下她真没地方住了。

顾新橙想，要不就回去凑合一宿好了。

可一想到冰窖一样的房间，她不禁打起了退堂鼓。

她偷偷看了一眼傅棠舟，不情不愿地说：“我能不能……借你的身份证用用？”

“借身份证干吗？”

“我的身份证被人事部门拿走了，没法儿去酒店开房了。”

“那不行，”傅棠舟的口吻很严肃，“身份证这么重要的东西，能随便外借？”

“只是借你的身份证办个酒店入住。”顾新橙说。

傅棠舟忽然问：“咱俩是什么关系？”

“不是朋友吗？”

“不借。”

顾新橙放软声音说：“你把身份证借我嘛。”

言语间夹杂了几分撒娇的意思。

傅棠舟不为所动：“我把身份证借你，你拿去干坏事怎么办？”

顾新橙蒙了：“我能干什么坏事？”

“刚刚谁说要包养小狼狗的？”傅棠舟说，“我告诉你啊，现在扫黄打非抓得很严。你带个不明不白的男人住酒店，到时候被警察抓了，我得跟着你倒霉。”

顾新橙无语，开个玩笑他也当真了？

傅棠舟意味深长地问：“还找不找小狼狗了？”

顾新橙垂头丧气地说：“不找了。”

他满意地点了下头。她立刻问：“那身份证可以借我了吗？”

傅棠舟说：“我给你找找啊。”

顾新橙乖巧地坐着等。他装模作样地摸了摸，然后说：“不巧，没带在身上。”

“那在哪儿？”

"在家里。"傅棠舟不咸不淡地说，"不如，你去我家借住一晚？"

"不合适。"

傅棠舟悠悠地开口："住酒店多贵啊，给你省点儿钱不好吗？"

"谢谢，三四百还是掏得起的。"

"那你找找。"

顾新橙用手机查找一番，然后绝望地发现，周五这个时间点各大酒店全部爆满，有空房的也是在几十千米以外的城郊。

趁她看手机的时候，傅棠舟已经掉转方向，往国贸开去。十来分钟后，他们来到了目的地。

顾新橙呆呆地望着停车场。

咔嗒一声，傅棠舟替她打开了安全带："新橙，下车了。"

顾新橙穿着高跟鞋踩上地面，深吸一口气。去就去吧，反正……她也不是没去过。

两个人上了电梯，傅棠舟的手指搭着包裹着皮革的扶手，轻快地敲击着。

顾新橙看向镜中的二人。他高大挺拔。她往他的身边一站，显得格外小鸟依人。

电梯飞快地到达指定楼层。顾新橙走到熟悉的门前，环顾四周，头顶的那个摄像头是新装的。

她看到这个摄像头，心里头顿时五味杂陈。她的手无意识地碰上指纹锁，竟然验证成功了。

顾新橙倏地睁大眼睛："你怎么没把我的指纹删了？"

傅棠舟推开门，两个人走进房间，玄关的感应灯应声亮了。

屋内的陈设和她记忆中的毫无二致，多色大理石地板、立体装饰壁画、樱桃木鞋柜、骨瓷花瓶……回忆像潮水一般涌来，将她吞没。

顾新橙沉浸在往日的浮光掠影中，感应灯忽地暗了，整个房间陷入了黑暗中。

一双有力的臂膀从身后搂住她的腰，傅棠舟将她紧紧地抱入怀中，带着一点点胡楂的下巴蹭过她纤细的脖颈。

他说："新橙，我舍不得删。"

她问："为什么？"

傅棠舟如鲠在喉，最终还是将埋在心底的话宣之于口："从你走的那天起，我就在想你什么时候会回来。"

顾新橙垂下眼。她那时候从来没想过要回来。可缘分阴错阳差，时隔三年，她再次回到了这里。

岑寂与黑暗让人滋生了欲念。傅棠舟拨开她的发，嘴唇开始沿着她的脖颈向上亲吻。

她的肌肤细腻嫩滑，好似花瓣一般，透着一阵玫瑰清香。

最开始他的力道很轻。到后来他每一下都在发狠，像是要在她的身上留下他的烙印。

顾新橙渐渐被他的吻唤醒了某些躁动。

她整整三年没和男人亲近过，说一点儿不想是不可能的。

然而，她的理智并没有沦陷。

她感受到了他的热情，可暂时还没有做好完完全全接受他的心理准备。

之前她对他而言太容易得手了，导致他根本不懂得珍惜她。时隔几年，她又怎会重蹈覆辙呢？起码现在还不是时候。

傅棠舟亦懂得见好就收。今夜得以一亲芳泽，他不敢再得寸进尺。

他适时松开胳膊，在她的耳边低声呢喃："先去洗澡。"

顾新橙走进浴室后发现自己没带洗浴用品，于是转身又出了浴室。

傅棠舟正坐在卧室的沙发上，唇边含着一根烟，却没有点火。

"有没有睡衣？"她问。

他闻言转过头看她，眼神犹如一泓深潭，漆黑又宁静。

他将烟拿下来，搁在了矮几上："我给你找找。"

他在主卧的衣帽间里翻找一番，最终拿了一件男式衬衫出来："你将就一下。"

纯白的衬衫被熨烫得整整齐齐，还沾染了一丝淡淡的杉木香气。

顾新橙拿着这件衬衫走进浴室，然后将身上的羊毛裙脱了下来，放到架子上。

她的眼神瞥过明亮的浴室镜，纤秾合度的身段亭亭玉立，浑身上下的肌肤皓白似雪。

脖子除外。

她的脖子底下红了一片，一块一块跟草莓似的，格外扎眼。

刚刚真的不该纵容他胡作非为，她闭了下眼，暗骂傅棠舟。

他是不是属狗的？有必要那么用力吗？

这吻痕她也不知道什么时候能消下去……

卧室的皮质沙发旁支着一盏落地灯，乳白的灯罩犹如一个浑圆的月亮。

落地灯旁有一台香薰加湿器，袅袅的白雾从出气口逸出，室内充盈着沉香的味道。

卧室内一片寂静，唯有浴室的方向传来哗啦啦的水声。

傅棠舟把手肘支在膝盖上，目光直视前方的杂物盒。

指间夹着的那支烟依旧没有被点燃，烟头一下一下轻磕着矮几的桌面。

他在看那个小玻璃瓶，那里面有一颗洁白的智齿。

这曾经是顾新橙身体的一部分，她将它送给了他。

现在，她回到了这里。

想到这里，他蓦地轻笑。

顾新橙在他的卧室里洗澡，他的心在一阵躁动后反而趋于平和。

或许真的是上了年纪，他不再像以前那样冲动，可是情绪的起伏只增不减。

他瞥了一眼腕表上的时间，顾新橙这澡洗得可够久的。

他用遥控器打开电视机，调到体育频道。这会儿电视里正在直播一场球赛，他打算转移一下注意力。

场上的局势到了白热化的程度，解说员激动得唾沫横飞，傅棠舟的目光亦追随着绿茵场上的那只足球。

到了关键时刻，他不禁屏气凝神。

这时，浴室的门嘎吱一声被推开了。

顾新橙踩着拖鞋走了出来。

半干的黑发贴着脸颊，发梢挂着细小的水珠。脸颊被热水蒸腾得浮起一抹轻薄的淡粉色。

衬衫开了两粒扣子，细细的项链落在微凹的锁骨窝上。下摆遮到膝盖上方二十厘米处，纤瘦的裸腿站得笔直。

她正垂眸卷着袖口。他的手臂比她长不少，不卷上去显得拖拖拉拉，很不自在。

这衬衫很薄，又是最浅的白色，被卧室的灯光一照，一截纤细的腰肢隐在衣衫之下，惹人浮想联翩。

宽大的男式衬衫在她身上别有一番韵味，她整个人看上去娇小玲珑。

傅棠舟的喉结不动声色地滚了一下，他果断地将电视关了。

今夜他不关心足球。他只想她。

顾新橙注意到他，犹豫着问："你一直在这儿？"

傅棠舟将指间的烟丢进垃圾桶，慢条斯理地说："我怕你在浴室里出意外。"

"我能出什么意外？我又不是小孩子。"

"是吗？"傅棠舟的嘴角勾起一丝若有似无的笑，"你喝醉酒的时候，可不是这样的。"

顾新橙擦头发的手一僵。她想到喝断片儿的那一晚，不禁尴尬到脚趾蜷缩。

她支支吾吾地说："我、我那天应该没有很丢人吧？"

除了她跟他要抱抱什么的。

"下次给你录个像？"傅棠舟笑着逗她。

"没有下次了！"

顾新橙坐到床边，这张 king-size（特大号）大床比她的出租屋的床大了不少，坐上去软绵绵的，像是坐在云朵上一样。

她对傅棠舟说："我要睡觉了。"

这是在下逐客令，她倒颇有几分女主人的架势。

“我要去洗澡。”

“你刚刚怎么不洗？”

明明这屋子里浴室很多，他却非要不急不忙地坐在主卧里看电视。

“你也没说要我陪你洗啊，”傅棠舟的语气很寡淡，他说的话却把顾新橙噎得够呛，“你要这么说，下次我一定陪你。”

“不需要。”顾新橙把手里的白毛巾团一团，朝他丢了过去。

傅棠舟反应极快，一伸手就稳稳当当地接住了。他拿起毛巾往浴室里走去。

浴室门被关上之后，顾新橙盖着被子靠在松软的枕头上，手指漫无目的地滑着手机——睡前玩手机是对现代生活方式的致敬。

忽然，她的目光被床头柜上的一个香水瓶所吸引。这不是……傅棠舟送她的香水吗？

瓶底早已见空，瓶身的标志依旧清晰，是一行等线黑色字体“PALERMO”（百瑞德）。

她将这个瓶子拿了过来，暗暗思忖：这是她当初丢掉的那瓶吗？

以前有一次她用香水时手滑了，不小心把瓶子摔到了地上，瓶底有了一道磕痕。

于是她看向瓶底，那道磕痕似乎在昭示着什么。

那一天，于修通知她回这里收拾东西，她把盥洗台上用过的瓶瓶罐罐全丢进了垃圾桶，包括这瓶香水。

现在，它却出现在傅棠舟的床头柜上。

她的心脏倏然间像是被一只手掌攥了一下，她下意识地握紧了空瓶。

这种被小心呵护着的感觉令她心头一暖。

她把瓶盖打开，即使过了许多年，熟悉的香气依然未散。西西里橘园，橙叶的苦混合着柑橘的甜，还有清新的花草香。

她微微翘了一下唇角，然后把这个香水瓶原封不动地放回床头柜上。

她钻进被窝里，鼻尖残留着一抹淡淡的橘香。

刚洗完一个热水澡，她筋骨疲乏，眼皮开始打架。

起初她还强撑着不让自己入睡，但不知不觉间，她的意识逐渐涣散，最后沉入了梦乡。

傅棠舟洗得也有点儿久，刚刚顾新橙出浴那一幕在他的脑海中挥之不去。

现在，她就睡在他的床上，身上还穿着他的白衬衫……这一切都在提醒他，他三年来的某种期待成了真。

他冲洗了最后一遍，洁白的泡沫顺着逆时针方向旋转着流入下水道。

他关了灯，走出浴室。

床头柔和的灯光尚未熄灭，顾新橙正裹在被子里，好似一颗洁白的小蚕蛹。

乌黑的发丝铺散在枕头上，浓密的睫毛如精致的鸦羽扇，小巧的耳垂似冰雕玉琢一般。

她睡得挺熟，今天一天恐怕是累了。

他望着她的侧脸，脑中的一切贪念竟烟消云散。

他就这么看着她睡觉，好像也不错。

然而下一秒，这个念头就被傅棠舟打消了。

顾新橙睡觉的时候不太规矩，和平日里的模样判若两人。

她爱在床上扭来扭去，以前他不止一次被她蹭醒过。现在，她这个毛病依然没改。

兴许是屋里暖气太足，鸭绒被又太厚，顾新橙在睡梦中不安分地翻了个身。

这么一翻，她的半边身体暴露在空气中，一条腿顺势挪到了被子上。

所以，呈现在傅棠舟眼前的顾新橙是这样的——她像只树袋熊一样抱着被子，白衬衫松松垮垮地罩在她的身上。她沐浴后身上的暖融融的香气刺激着他的鼻腔。

这个睡姿让白衬衫的下摆向上跑了一截，隐隐约约露出一小片白色的蕾丝。

她犹如成熟的蜜桃诱人摘取。

这一刻的顾新橙是安静的、鲜活的，距离他仅有咫尺之遥。

今夜对他来说注定是一个难眠之夜。

他绕到另一侧，掀开被子躺上床。

她浅浅的呼吸拂过他的耳侧，柔顺的发丝轻触着他的脖颈，纤长的手指抓了抓，勾到了他的睡衣。

傅棠舟望着她，不禁陷入沉思。

她怎么可以这样，对男人一点儿防备都没有？

还是说，她对他已经卸下了防备？即使两个人同处一室，她也可以心安理得地睡着。

傅棠舟很想维持她对他的这份信任。

然而，他自认为算不得君子。他在她的面前更想当一个男人。

他轻轻叫她的名字："新橙。"

她没有反应。

于是他顺着她的脖颈将衬衫的透明纽扣一粒一粒地松开。

她的身体宛如一幅引人入胜的画卷在他的面前徐徐展开。

灯光下的她有一种动人心魄的美。

傅棠舟一动不动地看了她很久，脑中有许多念头飞速闪过，内心却在一阵跌宕起伏中逐渐回归平静。

他欣赏她的每一处，想亲吻她的每一处。可现在他不着急占有她——她的一切美好，终将是属于他的。

顾新橙又翻了个身。傅棠舟关了灯，将她拥入怀中，指尖摸索着把衬衣的纽扣重新系上。

他把她蜷缩的手脚舒展开，再将她的一条手臂搭上他的腰，被她这么抱着的感觉挺不错。

她像只黏人的小猫，在他的臂弯里蹭了蹭，找了个舒服的姿势继续睡了。

第二天一早，顾新橙在傅棠舟怀中醒来。

她眨了眨惺忪的睡眼，有点儿发蒙。以前他不曾像这样抱着她一夜睡到天明。

昨夜她睡得非常安稳，做了前所未有的好梦。

她看向傅棠舟。晨光打在他高挺的鼻梁上，在脸侧落下一层极淡的阴影。

平日里的他总是显得神秘莫测。这会儿睡着的他却姿态俊逸，像一个干净的少年。

她撑着手臂在床上坐了起来，他还在睡觉。她试着用手指在他的睫毛上方丈量了一下，忽然很想和他比一比谁的睫毛更长。

不知为何，她突然想起林云飞昨晚说的话。

男性过了三十岁，各方面能力会下降。

曾经的清晨时分，她总是被他无意识地“弄”醒。

要是他没事儿，对于这种反应往往是付之一笑，然后翻身将她压过去，充分利用。

要是有事儿，他便会揉一下她，然后说：“晚上等我。”

虽说他们在一块儿时，除了吃和睡，能做的事情有限，可他的生活里除了吃和睡，要做的事情还有很多。

她突然起了点儿坏心思，想看看他是否还“年轻气盛”。

她小声叫他的名字：“傅棠舟。”

他没反应。

于是顾新橙大着胆子将被子卷了起来，眼神飞快地扫过那里。

嗯，很好，他没让她失望。

她像是个偷吃糖果的小孩将被子又盖了起来，整理得平整。

哎，她什么时候变坏了呢?

顾新橙坐在床头，两只脚交叉着晃啊晃。

今天周六，她做点儿什么呢?不知道学姐有没有让物业公司的人把暖气修好。

她想换衣服，下意识地去摸衬衫，发现下摆没有对齐，于是顺着纽扣挨个儿检查，这才发现一件怪事。

衬衫的纽扣为什么错开了一个?她明明扣得严丝合缝。

一种不太好的预感浮上她的心头。

顾新橙去看傅棠舟，他不知何时已经醒了。

两个人四目相对。顾新橙顿了一下，然后问：“你昨天是不是……动我的衣服了？”

空气静默了几秒。

傅棠舟懒懒地翻了个身，漫不经心地说：“你说什么？我没听清。”

她正要将问题重复一遍，他忽然又说：“你刚刚在干什么？”

他锋利的眸光直射过来。她登时愣住，琉璃似的眼睛蓦地一眨。她装傻：“我没做什么啊。”

“那你掀我的被子干什么？”傅棠舟不依不饶地问。

“我……”顾新橙犹豫着说，“我看你热。”

傅棠舟意味深长地瞥她一眼：“新橙，你知不知道每次你撒谎的时候耳朵会变红？”

顾新橙翻出小镜子看耳朵——奇怪，她明明掩饰得很好，也没有像以前那样容易害羞了，耳朵怎么还会变红呢？

镜子一打开，她看到自己的耳朵白白净净，一点儿红晕都没有。

她这才意识到自己中了傅棠舟的圈套。

她把镜子啪的一下合上，刚要转身冲他发难，谁知他的胳膊像游蛇从后面搂住了她，滚热的触感令她心尖儿一颤，这下她的耳朵真的红了。

“想看？”他故意在她的耳边呵着气。

“没有。”顾新橙倔强地不肯承认。

她觉得自己不该陷入这般被动的境地，明明应该牢牢掌握主动权才对，于是她说：“昨晚我的纽扣不是这样的。”

傅棠舟将下巴抵在她的肩膀上，垂下眼看她说的地方。她的手指正搭在一粒透明的纽扣上。

“我不是这样系的，”顾新橙愤愤不平地说，“肯定是你干的。”

她说了好一会儿，傅棠舟一直没搭腔。她疑惑地转过头，发现他的目光格外深沉。

她一低头才注意到衬衫的领口开了两三粒扣子。从他这个角度看过去，风光一览无余。

顾新橙：“你还看！”

她一把推开他的脑袋，恼羞成怒地要离开，可傅棠舟将她控制得动弹不得。

“新橙，谁让你这么好看？”傅棠舟理直气壮，“你不是也看我了吗？咱俩扯平了。”

“那我也没脱你裤子啊！”顾新橙不知不觉就暴露了她的所作所为。

“你要脱我也不介意。”傅棠舟挽着她的手，将厚颜无耻这一原则贯彻到底。

他抱着她，两个人栽倒在柔软的床铺上。

“傅棠舟，”顾新橙说，“你还在追我，不能这样！”

“新橙，都三年了，”他将她绵软的小手捏在掌心里把玩着，“你不想我吗？”

顾新橙当然知道他指的是什么：“傅棠舟，你就是想和我睡觉！”

傅棠舟发出一丝轻笑。他嗯了一声，没有否认。

他说：“对，我就是想和你睡觉。”

顾新橙心惊。他明明知道她讨厌他们之前那样的关系，为什么还要这么说呢？而且他还说得坦坦荡荡。

傅棠舟拨开她脸侧的一缕秀发，在她的耳边说：“新橙，我每天晚上都想和你一块儿睡觉。我想到八十岁的时候，早晨睁开眼睛还是能看见你，一直和你睡到我死的那一天。”

他这话说得吊儿郎当，却不知为何让顾新橙的心脏像小鹿四处乱撞。

她坐着一动不动，像一个木偶。

良久，她才问：“你这是在……表白吗？”

傅棠舟的眼角眉梢染上一丝温柔。他轻飘飘地说道：“是啊。”

“哪有你这样表白的？”

“不真诚吗？”

什么叫用最粗鄙的语言编织最真挚的诺言，她今天可算是见识了。

顾新橙别扭了一阵子，又说："八、八十岁还睡得动吗？"

傅棠舟轻舔下唇，悠悠说道："到时候你就知道了。"

时隔三年，他的手段依旧了得。他三两下就让顾新橙软得如温水一般。

她小口喘着气，心想看来今天真要完蛋了。

就在这时，一通电话制止了事态的进一步发展。

顾新橙今天本不用上班，奈何部门有员工加班。这会儿突然出了点儿急事，她得去公司一趟。

挂了电话之后，顾新橙的脑子清醒了不少，她差点儿又犯错了。

果然，女人不能耽于情爱。

她冷面无情地对傅棠舟说："让让。"

方才撩拨了顾新橙一遭，傅棠舟的状况并不妙，他问："去哪儿？"

"我去公司，"她扬了下手机，"有正事。"

"今天周六。"他想留她，可话说到一半，没再继续。

他想到顾新橙和他吵架的那一夜数落过他的话。

她说，他有一次明明说好要回家陪她，可中途有事儿，把她丢下就走了，让她一个人回去。

她那天肯定很失望。

她明知道自己没有他的工作重要，却还要装作无所谓，赔着笑脸对他说："我自己回去。"

傅棠舟强压下难耐的躁动，将她从床上抱了起来："我送你过去？"

"不用，很近，我步行就可以。"顾新橙像只灵活的兔子一样从他的怀里溜下了床。

她俯身找着拖鞋，谁知傅棠舟忽然拉了一下她的手。

她一回首，一个吻落在她的嘴角上。

他吻得很轻，没有碰她的唇，却异常温柔。他说："早点儿回来。"

顾新橙没有应声。她今天还真不一定会回来。

昨晚她只是借住，哪有天天来住的道理？

“等我忙完再说吧。”说完这话，她闪进了浴室。

再出来时，她已穿戴整齐，脖子底下的吻痕被粉底遮得严严实实。

傅棠舟正靠在床上看电视。昨晚的那场球赛重播了，他想知道结果。

顾新橙和他道别后便急匆匆地往公司赶，几个棘手的小问题需要她去处理。

她到公司后，技术组的郭组长和她说了一件事儿。

易思智造如果想要进军手机人脸识别领域，目前在技术上有一个难点需要攻破。

然而，他们以目前的研发能力，真等攻破了，黄花菜都凉了——市场早被其他竞争对手占领了。

“其他公司是怎么做的？”顾新橙问。

“有些公司做得比较早，已经掌握了技术，”郭组长说，“但是国内的这项技术现在发展得不成熟。即使那些公司掌握了一部分，也和国际最顶尖的公司差了很远。”

据顾新橙所知，致成科技现在也在做这一块儿，易思智造绝不能落后。她问：“我们可以购买这项专利技术吗？”

郭组长问：“国内还是国外？”

“这个差距对于以后给手机厂商提供服务会有很大影响吗？”

“这种东西很难说，”郭组长实话实说，“有时候你的识别速度比别人快上零点一秒，那你就比其他人拥有更多优势。”

顾新橙懂了。她又问：“这项专利在国外哪个公司手里？我试着接洽看看。”

事不宜迟，他们还是先购买专利，日后慢慢自主研发比较妥当。

“这恐怕不行。这项技术是美国的一家科技公司发明的，他们的专利暂时只提供给美国本土企业，在国内这一块我们现在还是落后的。”郭组长压低声音和她说，“我之前的东家打算买，人家不肯卖。”

顾新橙心想，这是个什么公司，不差钱的吗？

于是她说：“你把资料给我，我试试吧。实在不行我们就购买国内的专利。”

郭组长把国内外相关的资料发给了顾新橙。顾新橙望着那家美国公司的名字，隐隐约约觉得有点儿眼熟。

她登录公司官网一瞧，恍然大悟。

这不是安东尼创办的科技公司吗？她没想到他的公司在一两年内成长得那么迅速，现在专门给美国的大公司提供技术支持，难怪不差钱。

有了这条人脉，顾新橙松了口气。她立刻给安东尼发送了一封邮件。

安东尼半小时后便回复了邮件。他在邮件里说："顾，你到美国来，我们面谈。"

顾新橙斟酌片刻，这才回复说："我要和公司的其他人商榷具体的行程，请保持联系。"

顾新橙处理完这件事后，看到手机有两条新的微信消息，发送时间在十分钟之前。

一条来自傅棠舟，他问她什么时候回来。

另一条来自合租的学姐。她说她今天临时有点儿事儿，物业公司的人下午要来家里修暖气，拜托顾新橙回去看一看。

顾新橙的手指重新滑到傅棠舟的头像上。

顾新橙：我不过去了，一会儿要回去修暖气。

消息被发过去以后，对话框上方一直显示"对方正在输入中"。

她等了半晌，他终于回复了。

傅棠舟：知道了。

物业公司的人把暖气修好了，北京的春天也近了。

傅棠舟再次发消息约顾新橙时，她正在三里屯附近的使馆办签证。她即将赴美国洽谈公务，要去一周左右。

傅棠舟：去哪儿出差？

顾新橙：旧金山。

傅棠舟：什么时候走？

顾新橙：八号。

行程敲定以后，顾新橙又开始忙着整理资料、收拾行李。

这是工作以来的第一次跨国出差，她得做好万全的准备。

人算不如天算，计划再周到，也总有发生意外的时候。

她提前两个小时去机场值机，却还是遇上了史无前例的堵车。

顾新橙拖着行李箱一路跑进了航站楼，踩着点儿赶上了值机。

机场的工作人员告诉她，由于机票超售，她预订的经济舱已经没位置了。

“没了？”顾新橙惊讶，“那怎么办？”

对方的笑容很亲切：“不介意的话，我们可以为您提供免费的升舱服务。”

祸兮福所倚。

顾新橙以经济舱的价格享受到了头等舱的服务，一来一去，相当于白赚了好几万。

然而，这句话后面还有一句话，福兮祸所伏。

偌大的头等舱内坐着零星的旅客，顾新橙登机之后发现了一个熟悉的人影——傅棠舟。

他半躺在宽敞的皮座椅上，膝上有一本全英文的商务杂志，旁边的小桌上摆了一只高脚杯，杯内有浅浅的一层红酒。

他瞥见她的那一瞬间，平静的眼眸中波光荡漾，唇角微微扬起。

空姐说：“您的座位在这儿。”

她指向傅棠舟旁边的那张座椅。

顾新橙和他有段日子没见了。倒不是她故意避开他，而是这段时间工作太忙，连约会的空都抽不出来。

没想到她竟然会和他同乘一个航班，还阴错阳差地被升了舱，坐在他的隔壁。

顾新橙将随身的包包取下来，空姐替她放置妥帖。

傅棠舟翻了一页杂志，对她说：“巧了。”

“你也去旧金山？”

“嗯。”

“你去做什么？”

“度假。”

傅棠舟说得云淡风轻。顾新橙在心底默默骂了一句，万恶的资本家。

她辛辛苦苦地替他投资的公司赚钱，他却拿着她的血汗钱去美国度假。

顾新橙冲他微微一笑，随即敛容，拿出笔记本电脑开始办公。

空姐问她想喝什么，飞机头等舱提供各类酒水饮料，甚至还有白兰地。

顾新橙说：“橙汁，谢谢。”

傅棠舟这会儿倒是闲得很。他凑过来看她的屏幕：“工作这么忙？”

“当然忙了，”顾新橙飞快地敲出一行字，“不然怎么供金主爸爸坐头等舱去度假呢？”

傅棠舟轻嗤，不再打扰她，继续翻看杂志。

顾新橙工作了两个小时，终于把手头的文件搞定了。她瞥了一眼傅棠舟，他还在看杂志。

她轻手轻脚地合上电脑，将剩了一半的橙汁一饮而尽。

她有点儿困，打算睡上一觉。

顾新橙把随身携带的化妆包拿出来，绕过傅棠舟，前往洗手间。

进入洗手间后，她用小管卸妆乳将脸上轻薄的妆容擦去，然后对着镜子洗脸护肤。

即使她还年轻，也得注意保养，这是美女的自我修养。

出了洗手间，顾新橙款步往回走，忽然发现走道右首边坐了一位帅哥。

刚刚上飞机时，他戴着墨镜和口罩，现在摘掉了装备，露出了一张俊秀的脸。

顾新橙定睛一看，这不正是某位当红炸子鸡（指最近很受追捧的人或物）吗？她平时没少在微博热搜上看见他。

顾新橙回到座位上后，眼神时不时地就往那个方向瞟。

她不禁感慨，这样的神仙美貌是真实存在的吗？难怪办公室里的追星 girl（女孩）一提到他眼睛都亮了。

傅棠舟表面上在看杂志，实则一直在用眼角的余光关注顾新橙。

他发现她居然时不时地偷偷看他，眼神里还带着一丝钦慕与欣赏。

他不动声色地挺直了腰，换了一个更帅气的坐姿。

顾新橙再度看过来时，他佯装不经意地回头，两个人四目相对。她愣了一秒，然后迅速挪开视线。

傅棠舟以为她在害羞，起了逗弄她的心思："看什么呢？"

顾新橙抿了抿唇："没看什么。"

傅棠舟表现出一副大方的姿态。他说："想看就多看两眼。"

于是顾新橙大着胆子歪过头往那边看，傅棠舟顺着她的视线看过去，那儿坐了个戴着耳机的年轻帅哥——她看的不是傅棠舟。

傅棠舟："……"

他微微转了一下头，以一种不易察觉的姿势把顾新橙的视线挡住。

顾新橙："你让一下，我看不见了。"

傅棠舟像是没听见，啪地合上杂志，然后说："我睡觉了。"

说罢，他往皮椅上一靠，将那位当红炸子鸡的身形遮得严严实实。

这下顾新橙什么都看不见了。她只得收回目光："我也睡了。"

她调整好座椅的倾斜角度，躺下来，找出眼罩戴上，完全没有察觉出傅棠舟的言行举止里流露出的一丝醋意。

飞机在平流层底部平稳地飞行，舷窗之外，洁白的云朵仿佛柔软的鹅毛被一般。

没有云翳的遮挡，刺目的阳光直射而来，顾新橙的侧脸被照亮了。

傅棠舟微抿薄唇，静静地看着她。

她额角细碎的发丝映着金色的光芒，嫩滑的脸蛋好似新鲜的蜜桃。

傅棠舟嘱咐空姐把遮光板降下来，再拿一块毛毯给顾新橙披上。

一切就绪，他躺进皮椅里，伸出手握住了顾新橙的手。

她被惊扰到，轻轻一颤，没躲开他的手。

傅棠舟的手掌向来是温暖而干燥的，这会儿两个人的手藏在毛毯下交握着，这让顾新橙恍惚之间有一种回到读书时代的错觉。

那时候总有小情侣趁着老师讲课的时候在课桌底下偷偷牵手，这种隐秘的小暧昧能让人心悸一整天。

顾新橙无奈地撇了一下嘴角，同他十指相扣。

想当初，他天天在外面忙这个忙那个，也就晚上有空施舍给她一星半点儿的温情。

怎么现在他年纪越大越黏人了呢?

头等舱的座椅格外舒适，顾新橙这一觉直接睡了六七个小时。

醒来时，身上的毛毯随着她的动作滑落到地上，她伸手去捞。

“醒了？”熟悉的男声在她的耳边响起。

她一抬眼，正对上傅棠舟深沉的目光——他比她醒得早。

“嗯。”她点了点头，移开目光，看到傅棠舟的面前摆了一个餐盘。

头等舱的餐饮标准挺高，各色美食丰盛无比。

她的脑子晕晕乎乎的，还没彻底清醒。

她盯着一颗红彤彤的小圣女果，这种鲜红的颜色能刺激她的视觉神经。

傅棠舟用叉子将它叉起来，递到她的唇边。顾新橙愣怔片刻，然后将这颗小圣女果咬进嘴里，汁液迸溅。

这样亲昵的小举动拉近了两个人之间的距离。顾新橙不再拘束，开始同他聊天。

“你们公司差旅费不少，”傅棠舟说，“出差都坐头等舱了？”

“我这是免费升舱。”顾新橙解释道。

“你运气够好的，赶明儿带你去拉斯维加斯试试手气。”

“我才不去。”

插科打诨了两句，他们聊到了近期手头儿的工作。

“我听说致成最近也在做手机人脸识别业务，”顾新橙说，“你为什么要投两家业务相似的公司？”

她不太懂傅棠舟的投资策略。他就不怕手底下的项目形成竞争，产生内耗吗?

“做 PE 和 VC 不一样，VC 不能错过，PE 不能做错，只要能赚钱都一样。”傅棠舟说，“致成在成长期，易思智造在成熟期，二者暂时没有成为直接竞争对手的可能。”

“可是……”顾新橙欲言又止。

“你做好自己手头儿的事儿就成，别的不用想太多。”傅棠舟说。

顾新橙点了点头，表示知道。

她又说：“我这趟是来美国谈判的，有一家科技公司拥有一项专利，全球领先。如果我们能拿下专利使用权，以后在国内市场会有很大优势。”

傅棠舟温和地笑笑，然后问她：“你有信心拿下吗？”

“应该没问题。那个公司的老板正好是我在美国认识的朋友，和我的关系很好。”顾新橙指了指另外一颗葡萄。傅棠舟立刻会意，又起来送到她的唇边。

傅棠舟很欣慰。顾新橙逐渐有了属于她自己的人脉资源，现在也知道了如何整合资源谋求更大的利益。比起以前，她进步了不少。

他借机敲打她一句：“关系有多好？别忘了，商场上没有永远的朋友。”

顾新橙顿了一下，然后说：“他在美国挺照顾我的。”

她隐去了某些无关的细节，比如安东尼曾经和她表过白。

都说女人有直觉，男人也有所谓的第六感。

傅棠舟的第六感告诉他，她口中的这个朋友和她的关系非比寻常，即使她长大了成熟了，她的小心思依然瞒不过他的眼睛。

他默不作声地切了一小片面包，没有搭腔。

一提到安东尼，顾新橙似乎有滔滔不绝的话要说：“一开始我们公司的技术人员跟我说，这项专利不卖给美国本土以外的企业，还好我认识他，不然可能连谈判的机会都没有。”

她的话语里颇有那么一两分邀功的意思。

傅棠舟的神色有了微妙的变化，他冷冷地说：“你们的关系真好。”

顾新橙没听出他的弦外之音，继续说：“那当然，我去他的家里做过客。他家就在旧金山，我还见过他的家人。”

傅棠舟握着刀叉的手陡然一僵，然后攥紧。

顾新橙在波士顿上学，居然横跨美国大陆跑到加州的朋友家玩……她甚至没见过他的家人，却见过那个朋友的家人。

回溯顾新橙回国的那一天，他在机场碰见她，她的身上多了一丝前所未有的女人味。

他不知道这是岁月带给她的，还是其他男人带给她的。

至今他都未曾问过她，在他们分手的那段时间里，她有没有找过其他男人。

他不想问，更不敢问。

如果不知道那个人是谁，他可以装作无所谓——他对她的前男友就是这样的态度。

可一旦知道了……他怕嫉妒和愤怒的火苗会吞噬他的理智。

“新橙。”傅棠舟打断了她的话。

“嗯？”顾新橙以为他要发表什么高明的意见。

话噎在嗓子里，他说也说不出，咽也咽不下。

顾新橙歪着脑袋，浅色的眸子里写满了不解。

傅棠舟斟酌半晌，然后问：“你今晚住哪儿？”

“秘书帮我订了酒店。”

“哪一家？”

“JW……”顾新橙试图回忆那个复杂的英文名。

“万豪？”傅棠舟直截了当地说。

“哦，我忘了中文名是万豪。”顾新橙问，“你住哪儿？”

傅棠舟本想说他在湾区有一套半山别墅，转念一想，却说：“我没地方住。”

“你出来旅游不订酒店吗？”

“我都是走到哪儿住哪儿。”

顾新橙没和他一起旅行过，对他这方面的习惯不甚了解。

她以前听说过有些人从不提前订酒店，因为这样就不能随心所欲地根据心情安排行程。

顾新橙又问：“那万一你去的地方酒店订满了怎么办？”

傅棠舟看她一眼，悠悠地道："那我就睡大街。"

顾新橙："……"

她一听就知道他是在逗她。

飞机安全抵达旧金山机场，空姐提醒头等舱的旅客先下飞机。

傅棠舟调整了腕表的时间。旧金山比北京晚十五个小时，他深谙于心。

他对这地方太熟了，这儿简直像是他的第二故乡。

二人结伴走下廊桥，夕阳将整个机场镀上了一层薄金，一架架飞机从跑道上起航。热风卷起顾新橙的裙摆，荡出一层波浪。

她连忙用包挡住裙子，一想到这是鱼尾裙，风吹不起来，于是又将包放下了。

顾新橙去取行李，傅棠舟在等她。

别墅里应有尽有，所以他没带什么行李。

顾新橙搬回行李箱后，他帮她拿着，一提，箱子很沉。

"你带这么多东西？"

"是啊。"

"我不在的话，你打算让谁拎？你的朋友吗？"

顾新橙心想，自己可以拎，为什么要麻烦别人？

这时，一阵铃声打断了两个人的对话——安东尼打来了网络电话。

她扬了下手机："我朋友的电话。"

她接通电话，安东尼关切地问："顾，你到旧金山了？"

"我刚下飞机。"

"太好了，我派人去接你了，今晚我请你吃饭。"

"太感谢了。"

"一会儿见。"

顾新橙挂了电话，注意力回到傅棠舟这边。她说："我的朋友派人过来接机了，一会儿我要和朋友去吃饭。"

傅棠舟漫不经心地说："你去吧。"

顾新橙嗯了一声。

傅棠舟："我不介意。"

顾新橙："……"

这话怎么听上去怪怪的？

甭管他介不介意，她都得去吃饭。可他这么一说，好像他很大度似的。

她来出差，他来度假。两个人只不过是在飞机上碰了一面，之后的行程理应没有交集。

算了，她不计较了。

傅棠舟沉默地拉着行李箱，轮子嘎吱嘎吱地碾过地面。两个人之间的气氛安静得有些古怪。

顾新橙主动挑起话题："你怎么选这个时间点来度假？"

傅棠舟答得很简单："我想来就来了。"

过去的三年里，他鲜有假期，更没有心情度假。即使出差，他也没空转悠。

他的生活被工作安排得满满当当，这是他三年来休的第一个长假——他本打算来陪陪她，谁知半路杀出了个程咬金。

顾新橙悠悠地叹了一口气，如果哪天能做到像他这样来去自如就好了。

可是现在她还得为未来奋斗。年轻的时候不奋斗，以后想来去自如也没有财力支撑。

出了机场，顾新橙一眼就找到了前来接机的人。

那个牌子上写了个大大的"GU"，旁边还画了一只橙子。

顾新橙会心一笑。以前安东尼问过她，她的名字在中文里是什么意思。她说是orange（橙子）的意思，没想到他竟然会用在这种地方。

对方热情地为她打开车门："顾小姐，请。"

顾新橙冲傅棠舟摆了摆手。她正准备上车时，他瞥了一眼腕表，突然问："八点前能回酒店吗？"

"嗯？"

"美国治安不好，八点以后少出门。"

顾新橙一时无语。她说："我不确定，万一餐后还有别的活动

什么的……”

傅棠舟的眼神倏然冷峻起来，他问：“什么别的活动？”

顾新橙心想，这得是东道主安东尼来安排，她哪儿能擅自做主？

接机的人见面前的二位叽里咕噜地说着中文，一时之间丈二和尚摸不着头脑。

他小心翼翼地提醒：“顾小姐，别让安东尼先生久等。”

顾新橙没有回答傅棠舟的问题，只说了一句：“我走了。”

然后她坐进车里，将门嘭地关上了。

傅棠舟望着渐行渐远的红色的车尾灯，冷嗤一声，转身上了停在马路对面的劳斯莱斯。

傅棠舟上车之后，司机问：“傅先生，送您回家？”

傅棠舟揉了揉太阳穴：“不。”

“那去哪儿？”

“万豪酒店。”

傅棠舟靠着后座，将车窗降下一道缝儿，一阵风灌入车内。

闪烁的车灯映入他的眼底，仿佛一团跳动的火焰。

他像一尊雕像一般绷着下颌，神色晦暗不明。

良久，他升起车窗，闭上眼睛。

顾新橙正在欣赏旧金山的城市风光，窗外的景致不断变换着。

高楼大厦、跨海大桥、海湾灯火……旧金山是一个好地方，但平心而论，她更喜欢北京。

她的手机忽然一振，傅棠舟发来了消息。

傅棠舟：你去哪家餐厅吃饭？

顾新橙：不知道。

傅棠舟：不知道你就去？

顾新橙：人家订餐厅还要提前通知我吗？

傅棠舟：你去吧，我不介意。

顾新橙：我知道你不介意。

傅棠舟：你不知道。

顾新橙心想，傅棠舟今天吃错药了？

车轱辘话来回说，也不知道他什么意思。

她等了半天他也没发来新消息。罢了，不理他。

半小时后，顾新橙到达目的地，这是一家西班牙餐厅。

近两年未见，安东尼还是一如既往地高大帅气。

他颇为绅士地为她拉开椅子。她和他寒暄几句，便想直奔主题，问问他关于购买专利的事儿。

安东尼将餐巾垫到脖子底下："顾，今天是老朋友叙旧，不聊工作。"

顾新橙识相地收起了工作的话题。两个人聊起以前的事儿，不禁开怀大笑。

她刚吃了两口蔬菜，手机屏幕又亮了，傅棠舟又给她发消息了。

傅棠舟：开始吃了吗？

安东尼试探着问："这么晚了还有工作要处理？"

"没有，是我一个朋友。"顾新橙叉了一块儿鸡胸肉放入口中，夸赞道，"这家餐厅真不错。"

"这家的西班牙海鲜饭是我在美国吃过的最正宗的，"安东尼说，"待会儿你尝尝。"

过了一阵子，傅棠舟的微信又来了。

傅棠舟：马上八点了，该回来了。

这时安东尼有个电话要接，顾新橙才得空儿回傅棠舟的消息。

顾新橙：我才刚开始吃。

傅棠舟：我到万豪了，今晚我打算住这儿。

顾新橙：住呗。

傅棠舟：可是房间全被订满了。

顾新橙：那换一家。

傅棠舟：新橙，你能不能收留我一晚？

顾新橙觉得蹊跷，现在不是旅游旺季，JW 这种高端酒店怎么可能一间空房都没有？

她打开手机 APP（小程序），看到她入住的那家酒店下面显示着房间已被订空。

她下意识地去看其他酒店的情况，这才发现，整个旧金山除了JW，别的高端星级酒店都有空房。

洁白的餐布上摆了一个描金烛台，上面有几根白色的蜡烛，烛火忽明忽暗。

顾新橙放下红酒杯，将脸颊边的一缕碎发勾回耳后，露出耳垂上坠着的珍珠耳饰。

“顾，出什么事儿了吗？”安东尼挂了电话，用餐刀切了一片香肠。

“我一个朋友说没订到酒店的房间。”顾新橙说。

“旧金山的酒店挺多，我让助理帮忙订一间？”安东尼问。

“不用麻烦。”顾新橙推辞道。

傅棠舟这样的人要是真想住酒店，哪有住不到的道理？她替他操什么心？

“没事，你的朋友就是我的朋友，来加州找我就对了，”安东尼分外热情，“让他来我家借宿也可以，我家最近只有我一个人。”

顾新橙思忖片刻，心想一会儿问问傅棠舟好了，总不能真让他去睡大街。

烛光晚餐一直持续到了九点。

顾新橙从餐厅的窗户向外看，旧金山的迷人海湾尽收眼底。

“时间不早了，我得回酒店休息了。”她说。

安东尼没有挽留，她越洋飞行得倒时差，想必她也很累。

他说：“我送你回酒店，顺便看看你的朋友的事情怎么解决。”

她点头应允。

一路上，傅棠舟的微信就没停过，每隔十分钟就来一条。

她竟不知原来他休假时可以那么闲——以前他总是忙得不见人影，主动给她发消息的次数屈指可数。

车子终于到达了酒店。这家万豪的地理位置极其优越，四通八达。

整座楼体的设计别具匠心。大楼层层叠叠，分外雄伟。

奇怪的是，网上明明显示酒店处于满房状态，却有一大半的房间没有亮灯，她不知旅客是尚未入住还是已经休息了。

安东尼把顾新橙送进了酒店大堂。

金碧辉煌的大堂内，她远远地就看见傅棠舟优哉游哉地坐在皮沙发上。他的两条长腿交叠着，一条胳膊撑着沙发扶手。

他指骨分明的手正在把玩打火机。

咔嗒，火焰升起。吧嗒，火焰熄灭。

他的眼皮微微下垂，整个人的状态自在又慵懒，浑身上下有一种难以言说的贵气。

他往那儿一坐，周遭一切喧哗的人声都沦为了陪衬——怎么看，他都没有要去睡马路的落魄样儿。

顾新橙快步走了过去。

酒店大堂的瓷砖上映出一道纤细的人影，傅棠舟轻抬眼眸。

他将顾新橙仔细打量了一番，妆发干净利落，衣衫整整齐齐。他的嘴角忽地扯了一下。

然而，那嘴角下一秒又恢复了一贯的弧度。

顾新橙的身旁还有一个金发碧眼的男人，年纪和她相仿，打扮得还挺正式——比大街上的任何一个美国人都要正式。

这就是她说的那位朋友了。

“这就是我的朋友，他叫安东尼。”顾新橙介绍道，“这位是我们公司的投资人傅棠舟，也是我的朋友。”

她言下之意，两个人的交情不仅限于工作。

傅棠舟不得不从沙发上站起来，摆出商场上的职业笑容，同安东尼握手。

两个男人握手握了快半分钟，彼此互相审视着。

安东尼看傅棠舟的眼神略怪异。

他既不像是在看一个新朋友，也不像是在看一个情敌。

终于，安东尼将自己的疑惑说了出来：“傅先生，您长得和我的邻居有点儿像。”

安东尼回过头对顾新橙说："顾，你不记得了吗？你来我家的时候，我们打扰过他。"

经他一提，顾新橙隐约记起了这件事。

当时大家讨论过安东尼的邻居，中国人、很有钱、常常住在中国……哪一条傅棠舟都符合。

唯一遗憾的一点是，顾新橙没有亲眼见过那位邻居。

安东尼的话也提醒了傅棠舟，傅棠舟全想起来了。

这位美国小伙好像真是他的邻居，他们还见过面——安东尼的无人机曾经掉到了他家院子里的树上，他还收了安东尼送来的饺子。

两个人想到了同一处。安东尼说："傅先生，当时我给您送了一盒饺子，是顾包的。那天我们在院子里开 party（聚会），正好剩了一些饺子。"

傅棠舟的手倏然收紧，然后他将手收了回来插进兜里。

所以说，那天顾新橙真的在隔壁？他吃的饺子还是她包给别人剩下的？

那天他想她想到夜半难寐，谁知她竟在他的隔壁，睡在另一个男人的家里。

啧，这该死的缘分。

然而，傅棠舟不能承认。

顾新橙要是知道他在加州有间豪华别墅，今晚恐怕……

傅棠舟的面色毫无破绽，他说："中国人长得差不多，你认错人了。"

"是吗？我觉得也差不多。"安东尼大笑，然后毫不吝啬地表达了对顾新橙的赞美，"不过，顾不一样，她很漂亮。"

傅棠舟的眼神从顾新橙的身上扫过，她顿时无语。

明明人和人长得不一样好吗？

"傅先生要是不介意，晚上可以去我家借宿，"安东尼很热情，"或者我让助理给你另外安排一家酒店。"

"这就不打扰了。"傅棠舟说。

安东尼是看在顾新橙的面子上才向傅棠舟发出邀约的，现在人

家不想去，安东尼也不强求。

订酒店并不是什么麻烦事儿，如果傅棠舟真有需要，安东尼很乐意提供帮助。

安东尼对顾新橙说：“顾，你今天早点儿休息。明天我再来找你。”

她点点头，目送他离开酒店。

安东尼刚踏出酒店大门，傅棠舟就一把拉住顾新橙的手，将她带到身边。

“今晚吃什么了？”他问。

“一家西班牙餐厅。”她没有挣开他的手。

“好吃吗？”傅棠舟的嗓音很低沉。

“挺好吃，那家餐厅的西班牙海鲜饭真不错。”顾新橙答得一丝不苟。

傅棠舟发出一丝冷哼：“我还没吃饭。”

顾新橙看了一眼时间，这会儿已经十点多了。她问：“刚刚你怎么不去吃？”

傅棠舟用一种幽愤的眼神看着她：“我在等你回来陪我吃。”

“可我已经饱了……”话说到一半，顾新橙发现，他以前从未流露过这样的目光，于是她问，“傅棠舟，你吃醋了？”

傅棠舟矢口否认：“没有。”

顾新橙嘟哝一句：“那你干吗要这样……”

傅棠舟没有再提这茬儿，而是对她说：“陪我去吃饭。”

言语里带着不容拒绝的态度。

顾新橙越想越觉得不对劲。她说：“我记得你以前在加州上过大学。”

傅棠舟嗯了一声。

“我还记得你在美国有房产。”

“还没结婚你就惦记上了？”

他这话说得顾新橙哑口无言，她只是想知道安东尼说的话是真是假。

被他这么一说，好像她在探他的家底似的。

她果断地闭了嘴，没再追问下去。

两个人前往酒店的餐厅，服务员将他俩迎到空座旁。

顾新橙坐下之后撑着下巴问他："你今晚打算住哪儿？"

傅棠舟不疾不徐地说："有一句话，你听说过吗？"

"什么？"

"滴水之恩，当涌泉相报。"

"你说这话是什么意思？"

"我收留过你一次。"

"所以呢？"

"现在轮到你报恩了。"

"……"

菜单被送上餐桌。顾新橙挪开视线，终止了这个话题。

她想，反正也不是没有一起住过，大不了让他睡沙发——虽然他不一定肯。

餐厅吊顶上的水晶灯晃得顾新橙眼花。她眯了下眼，看傅棠舟点餐。

他对西餐的菜式很熟，飞快地报着菜名。

一见他又要点多了，顾新橙连忙制止说："我真吃饱了。"

"随便再陪我吃点儿。"傅棠舟翻过一页菜单，完全没把她的话放在心上。

上菜以后，傅棠舟貌似无意地问："今晚和他聊天开心吗？"

"开心，"顾新橙用小勺舀了一小块儿杧果，"安东尼这个人特别幽默，还会讲笑话。"

傅棠舟正在优雅地切牛排，一听这话，放下了刀叉。

他说："三分熟的牛排和五分熟的牛排走在大街上，为什么互相不说话？"

顾新橙："为什么？"

傅棠舟："因为它们不熟。"

顾新橙眨了一下眼，愣了三秒才反应过来，顿时起了鸡皮疙

瘩——她真被这个笑话给冷到了。

傅棠舟："不好笑吗？"

顾新橙用手指抚着鱼尾裙的边缘，皮笑肉不笑地扯了一下嘴角："真好笑。"

傅棠舟似乎看出了她的敷衍，之后便不再言语，沉默地吃着晚餐。

这顿晚餐在一种诡异的氛围中结束了，吃到最后，两个人有点儿不自在。

吃完饭，两个人走进电梯，中间隔了一个人的位置。

电梯上行时，顾新橙下意识地看向电梯上方，那儿有个监控摄像头，小红点一闪一闪的。

她忽然想起第一次和傅棠舟出去开房的时候，一进电梯他就不由分说地吻了她。

那是他们之间的第一个吻，来得急促又热烈，当时她的脑子是蒙的。

傅棠舟顺着她的目光看到那个摄像头。

两个人的回忆碰到了一处，她回过头与他对视。

她闪烁的眼眸里像是藏了星辰大海一般，他漆黑的瞳孔更是深不见底。

狭小的电梯内，气氛暧昧到极点。这时，只听叮咚一声，电梯到达指定楼层。

## 第十六章
# 春风一度

顾新橙踏出电梯，傅棠舟自然而然地跟了出去。

她打开房门。他关门落锁，将防盗链闩好。

傅棠舟拧开壁灯，房间霎时被点亮。室内的装修以白和灰为主色调，分外素净。

他观察着房间的格局，平复着心情。

这个房间规格不高，比不上他平时住的酒店，除了卧室和浴室，没有更多空间。卧室正中央只有一张大床，以及一张狭窄的沙发，沙发根本不能躺人。

顾新橙打开行李箱，蹲下来翻找洗漱用品——美国的酒店大多不提供这些，旅客得自备。

她把东西收拾得整整齐齐、有条不紊，和她这个人一模一样。

她拿好洗漱包，发现傅棠舟堵着路了，于是说：“让一让。”

傅棠舟静静地瞥她一眼，挪开了脚步。

顾新橙走进浴室，用一根皮筋将头发扎了起来，然后拧开牙膏盖，往牙刷上挤着牙膏。

傅棠舟悄无声息地跟上来，从后方揽住她的腰。她娇小玲珑的身体被拢在他宽大又温暖的怀抱里。

顾新橙抬起眼，看向镜子。

只见傅棠舟的臂膀环抱着她，带着胡楂的下巴轻轻挨着她的后脑勺儿，亲昵地蹭了一下。

“怎么了？”她打开水龙头，接了一杯水。

“抱抱你。”傅棠舟的声音很低沉，却富有磁性，能给她一种安全感。

顾新橙的唇角倏然扬起一个弧度。说实话，她不讨厌被他抱着的感觉。

她对着镜子刷牙，傅棠舟就这么搂着她。淡淡的海盐薄荷的气息萦绕在她的鼻尖，清爽又干净。

刷着刷着，顾新橙隐约察觉到一丝危险的信号，他的手掌正在她的鱼尾裙上流连。

她吐掉嘴里的泡沫，腰往旁边扭了一下，咕咕哝哝地说：“别碰……”

傅棠舟用手扯了一下她的裙子：“你的裙子怎么这么短？”

“短吗？”顾新橙下意识地一看，这裙子刚好遮到膝盖上方的位置，怎么也不算短吧？

下一秒，她意识到傅棠舟说这种话是在和她调情，嫩白的面颊上浮现一抹浅浅的绯红。

她将漱口杯搁到盥洗台上，在洗漱包里找出卸妆乳和洗面奶，然后说：“我要洗脸了。”

言下之意，她嫌他在这儿有点儿碍手碍脚的。

“不洗澡吗？”傅棠舟摸索到她裙子的拉链，将拉链扣捏在指间把玩。

“洗，等你出去我再洗。”

刚刚她没有拧紧水龙头，一股清凉的水柱断断续续地从水龙头里流了出来。

“新橙，”傅棠舟忽然贴近她的后背，嘴唇碰到她耳朵上的那

粒浅咖色的小痣，说道，“这儿有水。”

他将水龙头一点儿一点儿地拧紧，深沉的眼眸注视着她。

他的暗示再明显不过，这一番耳鬓厮磨让顾新橙难以招架——果然，她让他住这儿，就是引狼入室。

这时，她的手机上来了一条新消息。

她拿起来一看，是安东尼发来的语音。

她没有多想，直接点开，手机自动外放：“顾，明天我去酒店接你，几点钟比较方便？”

顾新橙思忖片刻，对着手机话筒说：“上午九点，可以吗？”

这正好是上班时间，她没有忘记这趟来旧金山的目的。

安东尼又发了一条语音：“十二点好了，你早上多睡一会儿，中午正好和我一起吃饭，下午再去公司。”

既然安东尼这么说了，顾新橙也没有不答应他的道理。于是她说：“OK。”

几秒之后，他的语音消息又来了：“顾，晚安。”

嗓音温柔又迷人。

顾新橙也回了他一句：“晚安。”

她放下手机之后才发现傅棠舟不知何时将他不规矩的手臂收了回去。他一只手插着兜，冷眼睨着她，脸上仿佛挂了一层冰霜。

“我要洗澡了。”顾新橙说。

他一言不发地出了浴室，背影显得尤为倨傲。

她扯了一下嘴角。他这又是在干什么？

洗完澡，顾新橙连头发都没来得及吹干，便急着给傅棠舟腾出浴室。

她用毛巾将半湿的头发包起来，走进卧室时，看到他居然裹着被子在睡觉。

顾新橙轻手轻脚地走过去，伸出一根手指戳了戳他，小声问：“你不洗澡吗？”

傅棠舟睁开眼睛，纤长的睫毛在温暖的壁灯的照射下落了浅浅一层阴影，遮住他眼底复杂的神色——他似乎并没有真的睡着。

他盯着她看了几秒，然后翻了个身，背对着她说：“累了。”

顾新橙："……"

傅棠舟这人有点儿爱干净的毛病，虽然算不上洁癖患者，可是很少在睡前不洗澡。他说不洗澡睡不着觉。

现在看来，他不是睡不着，是还没累着。

今天他只不过坐了一趟飞机，竟然就喊累了？

也不知道刚刚试图对她动手动脚的人是哪位？

顾新橙冷笑着说："你现在体力这么差啊。"

这句似嘲非嘲的话传到傅棠舟的耳朵里，他的身体陡然一僵。

男人的忌讳有很多，"体力差"算得上是其中一条，关键这还是挺要命的。

顾新橙得意地放下毛巾，甩了两下，打算去桌边拿矿泉水喝。

她刚离开床边一步，胳膊就被猛地一扯。下一秒，顾新橙感到一阵天旋地转，然后重新跌落到床上。

惊魂甫定的她扭着纤细的手腕，想挣脱束缚。谁知他却攥得更紧了，她立马动弹不得。

顾新橙抬起眼看着他。灯影之下，他额头上细碎的发半遮住浓黑的长眉，一双眼眸似鹰隼一般锋利，他看她的眼神仿佛在看一只猎物。

他紧抿薄唇，凸起的喉结动了一下。他威胁她说："你想试试？"

顾新橙暗道不妙。最近她真是被他的糖衣炮弹唬住了，傅棠舟哪里会甘心当一只家养犬呢？

他分明就是一匹野性难驯的狼，有獠牙和利爪的那种。

好在她深谙他某方面的秉性，适时地卖乖："傅棠舟，你真的不去洗澡吗？"

他这人就是这样，吃软不吃硬。

他深沉的眼眸自上而下地审视着她。下一秒，他松开她的手腕，下了床，往浴室走去。

顾新橙揉着自己的手腕。就刚刚这一会儿的工夫，她的腕上就被他勒出一抹红痕，可见他的力度不小。

顾新橙捏着一瓶矿泉水，半靠着枕头。

清凉的水滋润了她的嗓子，也替她抚平了心跳。

浴室里传来淅淅沥沥的水声，顾新橙忽然不困了。

百无聊赖之中，她用遥控器打开电视机，打算看看美国的电视节目。

她随意地调着台，正巧看到一个知名的脱口秀综艺节目，于是专心致志地看了起来。

大约十分钟后，傅棠舟出了浴室。

他穿着酒店的睡袍，前襟开得挺大，呈一个大大的V字，腰带松松散散地绑在腰间。

他身上的水尚未完全擦干，透明的水珠顺着胸膛的肌肉向下缓缓滚动，隐入布料之中。

顾新橙见到他，神色微动。

她往床这边挪了半个身位，替他空出位置。

傅棠舟上床之后依旧一言不发。

他板着一张扑克脸，冷峻的目光扫过电视屏幕，神色阴沉。

主持人说了一个关于现任美国总统的笑话，全场哄堂大笑，顾新橙也情不自禁地跟着笑了："这个综艺还挺有意思的。"

她似乎想在傅棠舟这里寻求某种认同，转过头瞥了他一眼。

荧光映在他英俊的脸庞上。他正目不转睛地看着电视，可是他的脸上半分笑意没有。

顾新橙放下遥控器问他："不好笑吗？"

傅棠舟连一丝假笑都懒得装，也没有搭她的腔，想来他的心思不在这档电视节目上。

顾新橙恍恍惚惚地意识到了一件事，傅棠舟是在和她闹脾气吗？

她想不通。她哪里惹他了？今晚她都勉为其难地收留他了，他还想怎样？

"傅棠舟，"顾新橙问他，"你在生气吗？"

"没有。"他嘴上这么说，脸上却写着大大的"不高兴"。

顾新橙觉得莫名其妙，于是又问："那你干吗这个表情？"

他没回答她，而是直接躺下，把被子一扯一裹，闷声说："我睡觉了。"

她发现傅棠舟这个男人对她的影响还是大得超出她的想象。

本来她看脱口秀看得兴高采烈，他这副死样子一摆，她哪儿还有心情看脱口秀？

于是她把电视一关，往被子里一钻："我也睡了。"

顾新橙越想越纳闷。以前他虽然对她不是特别上心，可从来都不会跟她冷战。

很好，非常好，看来他是不想追她了。

不大的房间内，呼吸声此起彼伏。

两个人相互背对着躺在床上，顾新橙盯着窗户的方向看，傅棠舟盯着浴室的方向看。

谁也不挨着谁，谁也不搭理谁，标准的冷战姿态。

像是过了一个世纪那样漫长的时间，傅棠舟终于开口说话了："你就这么睡了？"

顾新橙瓮声瓮气地说："你不也睡了吗？"

"我没睡。"

"哦，怎么没睡？"

"睡不着。"

傅棠舟总算翻过身，挨了过来。他说："你不懂我的意思吗？"

顾新橙问："你是什么意思？"

"你就不能——"傅棠舟欲言又止。

顾新橙回过头来，追问道："不能什么？"

他回答她的是沉默。

"你不说我怎么知道？"顾新橙说。

"自己想。"

很好，非常好，他都学会跟她打哑谜了。

顾新橙皱着眉说："傅棠舟，你知不知道你这样很幼稚？"

三十岁的男人了，还跟她一个小姑娘来这套？

她重新闭上眼睛，强迫自己入睡。半梦半醒之间，一双臂膀揽住她的腰，将她往怀里一捞。

"新橙。"傅棠舟低声叫她的名字。

"嗯。"顾新橙的声音浅浅的。

他终于放下了姿态："你能不能……"

顾新橙等着他继续说。

他将脸埋入她的发间，深吸了一口气，这才说："别和他走太近？"

她一时之间觉得又好气又好笑。再成熟的男人，吃起醋来也幼稚得要死。

她清了清嗓子说："我和安东尼只是普通朋友。"

"你把他当普通朋友，"傅棠舟说，"他未必把你当普通朋友。"

"你怎么知道？"顾新橙眨了下眼，轻声问道。

傅棠舟冷嗤，没有回答。

男人对男人的心思简直太了解了。

顾新橙翻过身："你不是说你不介意吗？"

再说，她也没有和安东尼走得太近吧？

"介意，介意得要死。"傅棠舟把温热的嘴唇压上她的额头，将她搂得很紧，"新橙，有事儿别瞒着我。"

顾新橙觉得以前的事情没有影响她和安东尼的交情，所以没必要提。

可是话既然说到这份儿上，她再遮遮掩掩反而显得不坦诚。

她小声说："安东尼以前跟我表白过……"

傅棠舟捏着她的下巴的手指倏然收紧。她又说："可是我拒绝他了。"

"现在他打算和你再续前缘？"他的语气很冷。

"没有啊，再说了，我也没有这个打算。"

"你不喜欢人家就跟人家说清楚，别让人家误会。"

"误会什么？"

"误会他还有机会。"

"可是我还要和他谈专利的事儿。"

"所以呢？"

"你不是教过我吗？做生意，讲究的是人情。"顾新橙振振有词，"我现在跟他那么说，他不卖专利了怎么办？"

傅棠舟沉默良久，然后说："那谈完这事儿再跟他说。"

"人家又没要和我怎么样，我说这种话不是很奇怪吗？"顾新

橙说，“再说了，我现在单身，讲道理谁都可以追求我。”

“哦，”傅棠舟像是挨了一记闷棍，“那我算什么？”

“追求者……”顾新橙补充道，“之一。”

傅棠舟听了这话，将手臂收了回来，头靠在枕头上，一言不发。

顾新橙难得见到他这副醋样，反客为主地逗他说：“我这里现在是自由竞争市场，不是你的垄断市场。”

傅棠舟把被子一掀，再度翻过身背对着她：“我睡觉了。”

顾新橙把手搭在被子上：“我也睡了。”

黑夜中，她的唇角止不住地上扬。

哎，原来他真的会吃醋啊？

他还怪可爱的。

第二天早晨九点，顾新橙是在傅棠舟怀里醒来的。

他将她抱得很紧，两个人的姿势极其亲昵。

她准备起身洗漱，刚想挣脱他的怀抱，他却忽地用力，不让她动。

“傅棠舟，我要起床，”顾新橙说，“都九点了。”

他悠悠地睁开眼，垂眸看她：“你就这么着急去见他？”

顾新橙：“……”

隔了几秒，他把胳膊一松，神色微愠：“你去吧。”

你看看，又来了，他这醋劲儿是过不去了。

顾新橙从床上盘着腿坐起来：“我昨天陪他吃饭，陪你睡觉。你有什么不满意的？”

傅棠舟：“你这是打算‘东食西宿’？”

顾新橙哭笑不得：“那今天你俩换换。”

傅棠舟：“不换。”

他冷着一张脸掀开被子下床，进了浴室，动静不小。

顾新橙心想待会儿再哄哄他，男人的臭脾气不治治怎么行呢？

她趿拉着拖鞋走到窗边，将窗帘拉开，灿烂的晨光倾泻而下。她打开窗，一阵清风吹拂起她的黑发。

她伸了一个大大的懒腰。

早安，旧金山。

然而，这份惬意没有持续多久，一通电话就打了进来，是易思智造的大 boss 严凌。

顾新橙接通了电话："严总。"

"你在旧金山出差？"

"嗯，来谈一项专利的合作事宜。"

"升幂资本的傅总现在也在旧金山。"

严总一提到傅棠舟，顾新橙的眼神就不经意地瞟向浴室的方向。她察觉出严总打这个电话是傅棠舟在作祟。

"哦，这样啊，"顾新橙说，"我都不知道。"

其实两个人昨晚同床而眠。

"傅总一直非常关心我们公司，也很关注你们部门的研发进度。他说想跟你一块儿去那家公司看一看。"严总乐呵呵地说，"傅总是谈判的一把好手，有这么好的机会，你跟着他多学学。你们以前不就认识吗？"

顾新橙把手指捏成拳，赔着笑脸说："认识。"

严总嘱咐了两句，言下之意，这位金主爸爸咱们得罪不起，他要干什么咱就干什么，让咱往东咱绝不往西。

顾新橙可得替公司好生伺候着这尊大佛。

挂了电话以后，顾新橙一个箭步走到浴室门前："傅棠舟，你是不是给严总打电话了？"

然而浴室里一点儿动静没有。

顾新橙越想越气。好嘛，她就知道他投资易思智造没安好心。

她好不容易翻身农奴把歌唱，他一通电话就能让她乖乖伏低做小。

她敲了敲门，他还是不开。

于是她改成了拍门，这时门突然被拉开，她的掌心直接贴上了他滚热的胸膛。

她像是触电一般把手收了回来，定睛一看，傅棠舟刚洗完澡，全身上下只有腰上裹了一条不宽不窄的浴巾。

傅棠舟单手撑着门框，嗓音慵懒，说道："看什么呢？"

顾新橙连忙收回视线，脸颊泛起一抹红云。

不容她多说，他径直将她拽进浴室，拎着她的腰抱到盥洗台上。

冰凉的触感激得她浑身一颤。

“你不是说要陪我睡觉吗？”他将她抵在镜子上，“昨晚我不太满意。”

低回的嗓音带了一丝喑哑，像优雅的大提琴音。

“是不是你找的严总？”

“是又怎么样？”

“傅棠舟，你……”

顾新橙本来还想哄哄他的，这下……想得美。

她想推开他，可他犹如一尊石像岿然不动。

她用小拳头捶着他，埋怨着：“傅棠舟，你要流氓！”

“新橙，”傅棠舟一把握住她的拳头，“我这儿可没那么自由。”

顾新橙一愣，弱弱地问：“什么？”

他逐步逼近。她无处可躲，被狠狠撞了一下。

他居高临下地看着她：“我看上的东西，只能由我垄断。”

她羞愤难当：“傅棠舟，你个小人……”

傅棠舟笑得胸腔一震：“我从来没说过我是君子。”

说罢，他俯下身，一个炽热的吻自上而下地落在她的唇上。

他刚刚刷过牙，薄荷的气息灌入她的口中。

清凉的是薄荷，柔软的是舌尖。

她先是拒绝，慢慢地放弃了抵抗，任由他掠夺。

这个吻，他们等得太久了。

时光在这一刻被悄然拉长，顾新橙的呼吸渐渐被他夺走。

她好似一块奶糖，一点点地在他的口中溶化。

傅棠舟哑着嗓子问：“要吗？”

顾新橙小口喘着气，意识逐渐回笼。她小声嘀咕着：“我还没有答应你……”

“那就以后再答应。”

“没、没有那个。”

她从来不会和他发生不安全的亲密行为。傅棠舟在这方面比她更谨慎——毕竟他是个金贵的人物，哪能随随便便播种呢？

傅棠舟沉默了一秒。等了三年才等到这个机会，顾新橙终于默许，他哪能轻易放弃呢？

他加深了这个吻，抛出渣男经典语录：“没有就不用了。”

顾新橙瞬间清醒，纠正他的说法：“没有就不做了。”

有时候，一分钱就能难倒英雄汉。

而现在，一个套就能难倒傅棠舟。

他离开她的唇，扫了一眼盥洗台，上面只有顾新橙带来的洗漱用品。

他又打开柜子，试图寻找——五星级酒店极少为客人提供这种隐私物品。

顾新橙平复着心跳，内心分外纠结。

她怕他找到，又怕他找不到。

然而，他真的没找到。

傅棠舟又吻了一下她的唇：“我让司机去买。”

“你在旧金山还有司机？”

“不行吗？”

顾新橙逐渐想明白了：“你和安东尼真是邻居吧？”

“是又怎样？”

“你居然骗我？”

“我骗你什么了？”

“你跟我说你没地方住。”

“我这不是想和你住吗？”

“……”

两个人正在打情骂俏，顾新橙的手机又响了。

她一看，是安东尼的电话。

傅棠舟手疾眼快地摁住了她的手腕。两秒钟后，他只能又松开——谁让那小子手里握着专利呢？

安东尼：“顾，我没打扰到你吧？”

顾新橙：“没有没有。”

傅棠舟用口型说了一个“有”。

顾新橙无奈地瞥他一眼，然后说：“傅先生今天要和我一块儿

过去，他是我们公司的投资人。”

她的话断了一下。傅棠舟在吻她的下巴，刻意制造某种暧昧的氛围。

她故作镇定，脸不红心不跳地继续说：“他很关心我们部门的研发进度。”

顾新橙忽然咝的一声倒抽了一口气——他竟张口咬了她的脖子。

“顾，怎么了？”安东尼问。

“没事，”顾新橙转头一看，镜子里的她，脖子上有一个异常清晰的齿痕，“所以他也想去你们公司看一看。”

“哦，这样。”安东尼说，“那你起床了吗？我先去接你。”

傅棠舟用手指轻巧地解开顾新橙的睡衣腰带。她立刻去拍他的手，制止他的胡作非为。

“我已经起床了。”顾新橙说。

“好的，”安东尼又说，“中午我们一起吃饭。”

傅棠舟坏心眼地掐着她的软肉。她被折腾得难受，只想快点儿结束这通电话：“嗯，一起吃饭。”

他突然加大力度。

顾新橙只得补充一句：“傅先生也要来。”

安东尼的语气平平：“那好吧。”

傅棠舟这才满意地松了手。

挂了电话以后，顾新橙把被扯开的衣领拽上肩膀，然后说：“傅棠舟，你闹够了没？”

他吊儿郎当地说：“没够。”

“傅棠舟，”顾新橙被他惹出一丝火气，“以前我可没有这样打扰过你工作。”

每次他有重要的工作电话，她都会主动回避，哪里会像个要吃糖的孩子瞎闹腾？

“新橙，”傅棠舟的语气里带着一丝讥讽，“以前我可没有当着你的面给女人打电话。”

她哼唧一声：“那就是背着我打了？”

傅棠舟郑重地道：“也没有。”

顾新橙蓦地一怔。

虽说以前他对她不太挂心，但这方面还真挑不出错来。

或许那时候的她只能在他的世界中占据一小部分位置，可这已经是他的感情世界的全部了。

想到这里，她心头倏然一暖。

她从盥洗台上滑下来："我要洗澡，你先出去，等会儿我们一块儿过去。"

傅棠舟点了下头："那你快点儿。"

顾新橙在浴室里忙着洗澡、穿衣、化妆。她现在是职业女性，得把工作摆在第一位。

傅棠舟在外面耐心地等她。他知道，女人这么一打扮，再快也得一两个小时。

于是他用手机打开邮箱，里面有于修发来的资料。

这是关于安东尼的公司的资料。昨天下飞机之后，他就让于修找人整理了一份。

知己知彼百战不殆，他得先考察清楚那位"竞争对手"的底细。

十一点四十五，顾新橙终于收拾妥当。

她化了浓淡适宜的妆容，穿了一身商务休闲风的连衣裙，腰肢显得纤细婀娜。

两个人一道出了电梯。安东尼正站在大厅里等顾新橙，见两个人一起过来，略有疑惑。

顾新橙主动打了个招呼，貌似无意地解释一句："傅先生昨晚也在这儿下榻，正巧在电梯里碰见了。"

安东尼笑逐颜开，同两个人握手："车在外面，咱们出发吧。"

他备的车后座很宽敞，司机躬身为他们拉开门。

顾新橙本想让傅棠舟先上，他却以眼神示意她先上车。

她只好拎着包上了车，坐在最里面靠窗的位置上。傅棠舟顺其自然地坐在她的旁边，安东尼在最外侧。

他像是一道天然的屏障隔在她和安东尼之间。

傅棠舟在人前时完全没有了昨晚的别扭劲儿，更没有对安东尼表现出敌意。

除了在顾新橙的面前偶尔会流露出的另一面，他向来是沉稳的，很符合他作为投资家的气质。

他用可与 native speaker（母语使用者）媲美的流利的英语与安东尼交谈，聊天的主要内容围绕着安东尼的科技公司。

“贵公司成立两年就掌握了不少高精尖的专利，前途无限。”傅棠舟与安东尼侃侃而谈，“据我了解，这项专利是全球唯一，识别速度比传统方法提高了百分之五十？”

顾新橙发现，傅棠舟显然是有备而来的。

他把说话的尺度拿捏得很好，不经意间流露出一种欣赏和赞美之情，又没有急切地去试探安东尼的态度。

两个人有来有回地探讨着这个问题，说到最后，傅棠舟恭维道：“你们公司接受外来投资吗？我有点儿心痒。”

安东尼笑着说：“以后公司要是缺钱了，我第一个找您。”

顾新橙：“……”

傅棠舟真是不放过任何一个潜在的投资机会，哪怕是“情敌”，也能化干戈为玉帛。

他这胸襟、这气度令她称奇。

谁能想到他昨晚竟然在吃安东尼的醋？

今天中午他们吃的是法餐，安东尼特地从家中的酒窖里拿了一瓶珍藏的葡萄酒，这瓶佳酿为午餐增色不少。

傅棠舟执起高脚杯，品了一口葡萄酒，淡淡地说道：“这酒不错。”

安东尼问：“傅先生也懂葡萄酒？”

傅棠舟答：“略懂一二。”

他仅靠葡萄酒的色、香、口感就推测出了这瓶葡萄酒大致的产地和年份。

安东尼分外震惊。难得寻到知己，两个人谈笑风生，顾新橙反倒像个局外人。

顾新橙规规矩矩地坐着，一只手搭在膝上，另一只手用银色的小勺舀着奶油浓汤。

这时，她放在桌底的那只手忽然被一只温暖又熟悉的手掌握住。

她怔了几秒，看向傅棠舟。

他根本没有在看她，而是一本正经地和安东尼聊着法国波多尔葡萄酒的酿造工艺。

谁能知道，他和她的手正在桌底交缠着呢?

顾新橙的唇角弯了一下。她偷偷将他的手掌展开，用小指挠他痒痒。

他的面色依旧波澜无惊。说完一句话后，他靠上来，用中文小声提醒她一句："口红。"

她垂眸一看，勺子的边缘的确沾了一点点口红。她竟没有发现。

看来傅棠舟一直在用眼角的余光观察着她，连这种小细节都注意到了。

顾新橙放下勺子，用餐巾拭了一下口，微笑着对安东尼说："我失陪一下。"

她去化妆间对着镜子补好妆回来时，他俩已经聊到了今年的美网比赛。

安东尼见顾新橙款款落座，便将话题带到了她这里："顾，上次瑞秋来找我，我们还聊到你了。"

顾新橙微笑着说："是吗？"

"她在洛杉矶工作，有空咱们可以一道去找她。"安东尼说，"或者我把她叫过来。"

顾新橙用餐刀小心翼翼地切着鱼肉："好呀，我也挺想她的。"

这是傅棠舟完全不认识的人。顾新橙和安东尼之间有一段他从未插足的过去，他们有共同的回忆，而那段回忆里没有傅棠舟。

他不动声色地饮了一口葡萄酒，忽然在这酒里品出了一丝不易察觉的酸味。

服务员前来询问是否要上甜品，安东尼给顾新橙点了一份可丽饼。

傅棠舟却说："给她来一份焦糖布丁，她爱吃这个。"

他对她的口味似乎更了解。

焦糖布丁上来后，她用小勺敲碎顶部的焦糖。冷热交融的焦糖布丁在口中溶化，有苦涩也有甜蜜。

这有点儿像爱情的滋味。

下午，三个人一同前往安东尼的公司。

这家新兴科技公司坐落于旧金山湾区，站在明亮的落地窗前，可以俯瞰恢宏的大厦建筑群。辽阔的海平面上，巨型轮渡划开平静的水面，水中泛起白色的水花。

他们走进会议室，秘书送来茶水。谈判即将开始，顾新橙拿出了百分之两百的专业态度。

她出差之前准备了不少材料，但现在用不上。

安东尼既然愿意见她，就说明已经决定要卖她这个人情了。

可是，朋友是朋友，商人是商人。

他开出的价码很高，易思智造每生产一台设备，他就要抽成百分之五。

这超出了易思智造的预算——他们想把每年的专利使用费压缩在一百二十万美元以内。按照安东尼提的抽成比例，他们每年至少得支付两百万美元。

顾新橙："我们公司在中国根基深厚，而智能手机在中国拥有广大的市场。即使将提成压缩到百分之三，也是一笔非常可观的利润。"

安东尼："顾，如果你们公司用了这项专利，市场占有率会大大提高。"

顾新橙本来也没打算一天就谈下这笔交易。她预留了一周时间，方便和总部进行沟通。

她知道安东尼已经很给她面子了，可还是企图"得寸进尺"。

"贵公司想继续开拓人脸识别领域，想必需要不少神经生理学、脑神经学方面的专家。"傅棠舟冷不丁地说。

见安东尼神色微动，他继续说："如果能和 Biocreate 合作，一定能事半功倍。"

"傅先生认识 Biocreate 的高管吗？"安东尼问。

"不太熟，"傅棠舟的嘴角勾起一个极小的弧度，"但我是 Biocreate 的第三大股东。"

此话一出，安东尼喜笑颜开。

他并不缺钱，缺的是某些资源，而傅棠舟恰好戳到了他的痛点。

安东尼将抽成从百分之五降到了百分之二点五，比顾新橙预想的还要低。

当然，作为交换，傅棠舟得帮忙撮合安东尼和 Biocreate 的合作。

顾新橙仅花了半天时间就完成了谈判，快到不可思议。

谈判结束以后，安东尼热情地邀请两个人去他家做客，并且表示要再尝一尝顾新橙包的饺子。

顾新橙从安东尼这里得了不少好处，没有理由拒绝这个邀约。

傅棠舟更没有理由拒绝——他得看着顾新橙，防止她在外头拈花惹草。

一行人上了车，顾新橙想到一件事："你和安东尼不是邻居吗？"

傅棠舟挑了一下眉，表示默认，却并不打算和她解释。

车开上了山坡，顾新橙望着这片金色的海岸，暗想这究竟是怎样神奇的缘分。

那一天，所有人都见到了傅棠舟，除了她。

她现在想想，也许他们错过是为了更好地相遇吧。

那时候的她的确不够自信，也不够勇敢。

她的患得患失并非完全因为他的不上心，更多的是由于她潜在的自卑心理——她觉得她配不上他，没有资格拥有他全心全意的爱。

而现在，对于他的示好，她不再受宠若惊，而是心安理得地接受。

在对的时间遇上对的人，这样的爱情才能长久吧。

她和傅棠舟的重逢是上天的安排。

下车之后，安东尼指着对面那栋房子说："傅先生，我不骗你，你和我家邻居长得真挺像的。"

傅棠舟淡定地说："是吗？有空的话，我想去拜访他。"

安东尼笑着说："这不行，他现在应该不在家。"

傅棠舟家门口空旷的庭院令顾新橙唏嘘不已："原来你家的院子也是这样。"

"怎样？"

"什么都不种，只种草。"

"美国人都这样。"

"种点儿菜不好吗？"

傅棠舟想象着每天早晨推开家门，看到的不是一望无际的草坪，而是一片绿油油的菜园……画面太美，他不敢看。

这要是在中国并不奇怪。可要是放在美国……就是异类。

“你想种的话，以后给你辟块地。”

“我哪儿有空种地？”

“我也没空。”

这段无厘头的对话被安东尼的声音打断：“到了。”

一栋漂亮的灰色建筑映入顾新橙的眼帘，这里和两年前几乎一模一样。

厨房里摆着用人买来的食材。顾新橙挨个儿拿出来看，打算包虾仁青瓜饺子。

饺子皮是现成的，馅料他们得现和。

她在厨房里忙活，两个大男人在客厅里其乐融融地看着球赛。

顾新橙正专心致志地调着馅料，一双臂膀从身后伸了过来，将她的腰揽住。

她吓了一跳，一回头，看见傅棠舟。

“你不是在看球赛吗？”顾新橙问。

“球赛哪有你好看？”傅棠舟将下巴搁到她的肩上，鼻尖轻蹭她的秀发。

顾新橙扭捏道：“你松开，这是在别人的家里。”

她不安地向客厅的方向瞟了一眼，安东尼似乎并没有注意到厨房这边的动静。

顾新橙取了一片薄薄的饺子皮摊在掌心，开始捏饺子。

她忽然想到什么：“今天谢谢你了。”

“什么？”

“谈判的事儿。”

傅棠舟轻笑：“还用跟我说谢谢？”

顾新橙悠悠地叹息：“要不是有你帮忙，今天恐怕谈不成。”

“你跟他谈，可能多费点儿时间，”傅棠舟说，“也不一定真的谈不拢。”

“我还得学很多东西。”顾新橙说。

“这不是学不学的问题，”傅棠舟说，“实力是谈判的底气，话术不过是锦上添花。”

顾新橙沉默片刻。想拥有实力比学习话术更难，她得慢慢积累。

这时，傅棠舟拨开她的发，在她的耳边说：“你不是要谢我？亲我一口。”

顾新橙又看了一眼安东尼，这才飞快地在他的唇上蜻蜓点水地碰了一下，然后心虚地垂下眼——她怎么有种在偷情的羞耻感呢？

傅棠舟满意地松开胳膊，往客厅走去。

顾新橙今天包了六七十个饺子，本来还担心吃不完，谁知竟被一扫而空。

他们吃完饭，时间已经到了八点。

安东尼要安排车送他们回酒店，傅棠舟说：“不了，我约了朋友来接。”

道别之后，两个人出了院子，一辆纯黑的劳斯莱斯等在路边。

顾新橙：“这是你的车？”

傅棠舟：“不然呢？”

她猜得没错，傅棠舟口中的那位朋友就是他自己。

“你这车平时停哪儿？”

“车库吃灰。”

“……”

啊，万恶的资本家。

顾新橙跟着他上了车。这辆车绕着这座山头跑了一圈，最终回到原点——车停到了安东尼家对面的那栋别墅门口。

“不回酒店吗？”顾新橙用手撑着座椅，忽然碰到一个袋子，“这是什么？”

她拿过来一看，无语到极点。

一整袋的套套，什么款式什么香型都有。

再看看车窗外的独栋别墅，她意识到了今晚即将发生什么，不禁两腿打战。她嗫嚅着说：“用不完啊……”

“以后慢慢用，”傅棠舟随便拣了一盒，“今晚把它用完，行吗？”

顾新橙一瞧，橙子味，顿时从脸红到耳根。

漫天星光之下，一栋白色的建筑背靠大海，面对广袤的草坪。

美国富人区的别墅不像中国开发商打造的别墅区那样千篇一律，每栋别墅的设计都独树一帜。

这套独栋别墅具有多利亚风格，据说是美国某个建筑工作室为傅棠舟量身打造的。全木系建筑的外墙由白色木片覆盖着，落地窗外搭建着宽敞的露台，带有浓郁的自然风情。

傅棠舟先行下车。他站得笔直，一只手搭在车窗上方，衬衫袖口被向上拉起，纯黑的袖扣在月光下折射出一抹淡淡的光。

那个鼓鼓囊囊的袋子被他不知羞耻地挂在手腕上，在顾新橙心中，他此时此刻宛若衣冠禽兽。

她僵直着脊背，一动不动。

傅棠舟微微佝偻着，冲她伸出一只宽厚的大掌，礼貌且绅士地问：“你不下车吗？”

朗朗月色映在他的眼眸里。他这番邀约像是在舞会上邀她跳一支舞，又像是请她入瓮。

顾新橙犹豫了半天，最终还是认命地将手搭在了他的掌心上。

他拉住她的手，将她整个人拽下了车。

她直接栽到了他的怀里，他趁机揽住这个柔软馨香的身体。

顺滑的发丝蹭过他的指尖，他不经意间收紧了搭在她腰侧的手指。

他这么一抱，便再也没松开。

车内本是温暖的，这会儿一阵飒飒的海风裹挟着湿气拂过顾新橙的裙摆，抖出海浪一般的波纹。

草叶上挂着湿润的水珠。她的身上本带有一阵清淡的玫瑰香，现在沾染了寒露的气息，仿佛一枝带着露珠的红玫瑰在深夜里悄然盛放。

傅棠舟搂着她往大门的方向走去，两个人拾级而上，来到廊下。他一刷指纹，大门洞开。

他先进了屋，穿着皮鞋踩上木质地板，然后侧过身，眸色沉沉地对她说：“过来。”

顾新橙望着锃亮的地面，想到刚刚两个人从草坪上踏过，便问：“不脱鞋吗？”

他们平时在家的时候是会换鞋的。

“入乡随俗，”傅棠舟搂着她的腰的胳膊稍一用力，将她带了进来，“美国人都不脱鞋。”

顾新橙回忆起她之前去安东尼家做客时好像也是这样，大家没有脱鞋，索性就不再问这种傻问题了。

傅棠舟将门轻轻合上，大门带出一阵风，她挂在包上的小穗子摆出弧度。

整个屋内只有玄关亮着一小盏灯。房间的内部设计依然是温和的木系风格，搭配少许现代元素，有一种度假小屋的风情。

顾新橙问：“不开灯吗？”

傅棠舟笑着将她抵上门板：“不开，别让他发现我们在这儿。”

他指的是安东尼。邻居家的屋子要是亮了灯，他肯定会注意到。

顾新橙一时无语。好好的关系，被傅棠舟一说，搞得好像他俩在背着安东尼做坏事一样。她这么一想，心中又平添了几分激动。

不得不说，傅棠舟确实是调情的高手。

他的气息拂过她敏感的耳尖，一个吻不由分说地落了下来。她的身子颤了颤，逐渐开始迎合他。

既然她跟着他来了，就没有反悔的道理了。

至于这一夜过后会发生什么事儿，她无暇多想。

时隔三年，熟悉又陌生的两个人彼此探索着。

有的东西变了，也有的东西没变。

一吻毕，傅棠舟一只手扶着她的后背，另一只手穿过她的膝弯，将她打横抱了起来。

她发出一声惊叫，双臂下意识地勾住了他的脖子。他抱着轻盈的她一步一步向室内走去。

月光好似一捧轻沙从落地窗外洒进来，柔柔地照在浅色的木地板上。

她仰头看他，从她这个角度只能瞧见他清晰的下颌线，以及凸起的喉结。衬衫的纽扣被一丝不苟地扣到最上面一颗，薄薄的衣料被拉扯出几条褶皱，勾勒着肌肉的形状。

今夜月色正好，他的半边脸落在皎洁的月光之下，整个人恍若神祇。

顾新橙竟看得有些痴迷了。她靠着他的衬衫的前襟，听着他的心跳声，扑通、扑通，坚实而有力，散发着属于成熟男人的荷尔蒙。

顾新橙垂下眼，强压下小鹿一般怦怦乱跳的心脏，嘴角勾起一丝甜蜜的弧度。

她明明已不是少不更事的小女孩，内心却充满了期待。

她不得不承认一件事——能和这样的男人春风一度，她怎么也不算亏。

她本以为他要抱她去卧室，谁知他走到客厅的沙发旁就把她放了下来。

她的后背碰到沙发，身体像一条活泼的小鱼弹了两下，这才勉强坐稳。

她用手撑着皮沙发，摇了一下晕乎乎的脑袋，地板上有他俩朦胧的影子。

傅棠舟半跪在羊毛地毯上，这姿势竟有点儿像求婚。

她瞬间清醒，应该……不至于吧？求婚什么的，她根本没做好心理准备。

她还没想到嫁给他那一步啊。

事实证明，她想得有点儿多，他也没想到这一步。

这种时候，傅棠舟的话极少。他握住她的膝盖的手隐隐用着力，手背上青筋暴出。

她甚至被他抓得有点儿疼，可见他温柔之下藏着凶悍。

一束明亮的车灯晃过幽暗的室内，灯影迅速闪过。刚刚司机开的那辆车正缓缓驶入蝙蝠洞一般的地下车库。

为了缓和紧张的心情，顾新橙主动和傅棠舟聊了点儿别的。她问：“你是不是有一辆黑色的法拉利？”

傅棠舟皱着眉思索片刻，在脑中搜寻一番。他年轻时酷爱跑车，的确购置过这么一辆，就停在地下车库里。

“你怎么知道？”

“上次碰巧看见了，”顾新橙说，“你下次开车得注意点儿。”

“注意什么？”

“车速别太快，”她用手指点了点他的衬衫衣领，“很危险的。”

傅棠舟眼底有浅浅的笑意：“你见过？”

顾新橙点了一下头：“上次安东尼带我去加州一号公路兜风，你是不是也去了？你开得太快了。”

这还真让顾新橙说着了。前一天他的心情不好，第二天他便决定出门开车散散心。

北京的路况不适合开跑车，他也没在北京开过那么快的车。

但是他开上了加州一号公路之后，绝美的公路景观令他的心情舒适不少，不知不觉速度就飙了上去。

不过，一想到她居然还和其他男人去兜风，他觉得心底就有一阵醋意在翻涌。

“没事儿，”傅棠舟抬起头，哑着嗓音对她说，“我车技好。”

顾新橙的手指没入他利落的黑色短发间，她嘟哝着问了一句：“有多好？”

袋子突然发出一个刺耳的声音，接着是金属扣磕碰的声音，一阵窸窸窣窣的响动之后，她的鼻尖嗅到他身上淡淡的薄荷海盐的香气。

他握住她的手轻声说：“带你见识见识。”

第二天一早，顾新橙在大床上醒来。

晨光刺得她双目眩晕，她眨了眨惺忪的睡眼，纤细的手腕无力地垂在大床的边缘。

垃圾桶里的东西是昨夜的战果，她一点儿不怀疑他昨夜对她许下的承诺。

昨夜的记忆逐渐浮上心头。她试着抬了一下腿，似有千钧重。

这时候，她又想起了林云飞之前说过的那句话：

男性过了三十岁，各方面能力会下降。

现在，她只想说，微信上的文章果然都是谣言！

一夜过后，顾新橙现在进入了无欲无求的贤者时间。她用余力开始重新定位她和傅棠舟之间的关系。

他们是普通朋友吗？他们肯定不是了，哪有普通朋友像他们这样相处的？

他是她的男朋友吗？他好像也不算啊。当初她陪他做这做那，他都没肯明确地给她一个身份。她现在哪能这么容易就便宜了他？

她正在凝神思索，傅棠舟的手臂一用力，她又滚到了他的怀里。

他悠悠地睁开眼。日光照过来，她甚至能在他的眼里看清自己的脸。

她垂下眼，一时无言。

傅棠舟很自然地亲了一下她，嗓音慵懒：“醒那么早？看来昨晚不累。”

顾新橙生怕他又打什么坏主意，连忙说：“我累，我累。”

傅棠舟蓦然一笑，胸腔微微震动。他半靠着床头，拿了一只松软的靠垫放在腰后。

他拉开床头的抽屉，里面躺着一盒烟。

他思忖半秒，把抽屉又推了回去——他现在不想抽烟，因为身边有比烟草更让人上瘾的东西。

他将怀里的人搂紧了。顾新橙贴着他，脑子里乱糟糟的一片。

果然，冲动是魔鬼。

上一次，他泡到她只用了不到两个月的时间。

这一次，这个过程变成了四个月，整整多了一倍。她的进步还真是不小呢。

想到傅棠舟近来种种嚣张的行为，她越发觉得今天过后，自己即将失去主动权。

这时，傅棠舟轻抚着她的秀发问：“新橙，可以答应我了？”

“答应什么？”顾新橙问。

“我这算是追到你了吧？”他的眼底有一丝戏谑的神色。他有点儿像是在嘲笑她。

顾新橙想，在傅棠舟的心目中，睡到就等于追到吗？

呵呵，他真是想得美。

“傅棠舟，你这才追了多久？”

“你就告诉我追到了没有？”

“没有。”

“这还不算追到？”傅棠舟用指腹轻轻蹭着她柔嫩的下唇，似乎在提醒她什么。

“我们现在，算是一种开放式关系。”顾新橙一字一顿地告诉他。

傅棠舟的面色陡然一沉。

他全心全意地在追她，谁知道她竟然那么想？

顾新橙见他这副模样，忽然觉得有些好笑。

她半开玩笑地说：“傅棠舟，咱们都是成年人了，看对眼睡一觉，你不会当真了吧？”

傅棠舟沉默片刻，然后将抽屉再次打开，找了一根烟含在唇间。

他垂下头，拢着打火机，咔嚓一声，烟头被点燃。他有意和她避开一段距离——他现在很少在她的面前抽烟。

傅棠舟狠狠地吸了一口烟：“那我什么时候能转正？”

顾新橙说：“我考虑考虑。”

傅棠舟的指间夹着烟，烟雾缭绕间，他转过头，又问：“还得看表现？”

顾新橙点点头，拍了拍他的肩膀，郑重地说：“革命尚未成功，同志仍需努力。”

她欢快地下了床，往浴室走去。

傅棠舟弹了弹烟灰，看向窗外的景致，外面的草坪一望无际。

说他不郁闷是不可能的。

难道是他昨晚表现得不好吗？

浴室里有一个椭圆形的大浴缸，浴缸边缘浮着些许白沫。

地砖上有几块已经干透的水渍，这是昨夜溅出来的。

顾新橙想看看柜子里有没有植物精油，找了一圈，没看见任何女性用品——看来这屋子里从来不住女人。想到这儿，她不禁唇角微扬。

卧室里一点儿动静都没有，她猜傅棠舟在睡回笼觉。

俗话说，没有犁坏的地，只有累死的牛。

他昨夜一下掏空家底，八成得休养生息两日才能缓过劲儿来。

唉，他毕竟是三十岁的男人，一把年纪伤不起啊。

顾新橙泡了一个舒服的澡，疲乏的筋骨终于得以舒缓。

她不着寸缕地站在镜子前，望向镜中的自己。

镜中的人容光焕发、神采奕奕。一夜过后，她仿佛回炉重塑，重新做回了女人。

浴室的架子上搁了一件干净的白色纯棉T恤，是傅棠舟的。T恤上散发着木质香，换上之后，她犹如置身于森林之中。

她对着镜子将下摆拉了拉，遮住大腿。内衣不知所终，她出门去寻，走动之间，两条纤细的腿带起衣摆。

卧室里一个人影没有。顾新橙纳闷，傅棠舟去哪儿了？

她光脚走出卧室，轻手轻脚地下楼，听到厨房的方向传来动静。

她走近一看，傅棠舟居然在下厨。

白衬衫的袖子被他卷了几道，挽在手肘处。他的小臂上有一条微凸的青筋，蜿蜒向上。

窗外春光明媚，一缕阳光打过来，在他纤长的睫毛上镀了一层淡金。

他抿着薄唇，专注地盯着灶台，那认真的样子像是在处理一笔千万级别的交易。

这时，门铃响了。

傅棠舟一转头，看见顾新橙正用双手扶着门框，露出半个脑袋在看他，像是一只好奇的小猫。

“去开下门。”他说。

顾新橙哦了一声，正要过去，他又叫住她：“你别去，我去。”

她这才意识到自己这身打扮不适合出现在外人的面前。

傅棠舟回来时怀里抱了一个大纸袋，里面有一堆食材。她靠近中岛台，只见平底锅里躺着两只圆溜溜的荷包蛋。

“早上吃三明治。”他拿出食材，把纸袋挪到一边。

顾新橙主动帮忙，将这些东西往冰箱里塞。

她在心底直犯嘀咕，他干吗要下厨呢？想吃什么出去吃不就好了，这是他以前说的。

冰箱里的凉气一阵阵往外散，她把牛排放进了冷冻柜。

烤面包机发出嘀的一声，弹出两片焦香松软的面包片。平底锅滋滋地冒着油星，偌大的室内飘着食物的香气。

宁静的清晨配合着烟火气，让顾新橙生出一种幸福的感觉。

往后余生，如果每一天都能如此，似乎也不错。比起那些虚无缥缈的东西，她更希望拥有这样一份踏实的陪伴。

她合上冰箱门，安静地看着傅棠舟。

他拿了一瓶番茄酱在掌心里摇晃着，瞥见她娇娆的身姿：“站这儿做什么？”

“等你啊。”她的唇角勾起微小的弧度，柔软的黑发搭在肩头，手腕搭着中岛台。

地板有点儿凉，她的脚趾微微蜷缩了一下，涂着护甲油的趾甲好似清透的玉片。

“去那儿，坐着等。”傅棠舟扬了扬下巴，指着不远处的白色餐桌说。

餐桌上有一只花瓶，瓶子里斜插着今天早晨刚被送来的红玫瑰。

十分钟后，早餐好了。

这看似是一份普通的三明治，面包片里夹着培根、生菜、芝士和荷包蛋。

然而，顾新橙无法忽视傅棠舟用番茄酱在饼皮上画的那颗爱心，这令她莫名地联想到妈妈做给孩子的爱心早餐。

她正盯着这颗爱心出神，一盒开了口的酸奶被递了过来。

她一瞧，果然是她闻所未闻的酸奶品牌。仅凭这浓郁的奶香，她就知道一定很好喝。

傅棠舟这般贴心，反倒让顾新橙浑身不自在。她总觉得他另有所图。

她拿着刀叉，迟迟不肯开动。

见状，傅棠舟问："怎么不吃？"

"你怎么会想到亲自下厨？"

傅棠舟切着三明治，悠悠地说："开放式关系下没人会给你做早饭。"

顾新橙："……"

原来还惦记着这个呢，看来他对于这个身份非常不满。

他们吃完早餐，把碗碟往水池里一放，等用人来洗。只做饭不洗碗，烹饪的乐趣大大提升。

顾新橙搂着抱枕坐在沙发上，双腿并拢："我的行李还在酒店，我没衣服穿了啊。"

傅棠舟给她拿了一杯鲜榨橙汁："等会儿我让人送两件过来。"

"没有必要，我——"

"有必要。"

"嗯？"

"开放式关系下没人会给你买衣服。"

"……"

他这是跟她杠上了？

顾新橙这会儿正无聊，索性用遥控器打开电视。正好主持人又在吹牛，她打算看一看。

傅棠舟靠过来，将她一提，抱到腿上。

T恤下面是真空的，她洗澡时顺便把自己的内衣也洗了。

这姿势让她倍感羞赧："傅棠舟，你这是干什么？"

他说得理所当然："我陪你看电视。"

顾新橙无语。果然他度假时很闲，连看新闻都提上了日程。

"不用你陪，我自己可以看。"

“开——”

“没人会陪我看电视！”顾新橙打断了他。

傅棠舟稍怔，忽然一笑：“你知道就好。”

顾新橙：“……”

他这到底是多么耿耿于怀？

顾新橙放下遥控器质问他：“你不是来度假吗？你不出去转转吗？”

“你陪我，我就出去。”

“我没衣服穿，怎么出去？”

“那就别出去，在家能做很多事情，比如……”他的指尖从纯棉T恤的下摆滑进去。

顾新橙一把按住他蠢蠢欲动的手，制止了他的胡作非为。

傅棠舟见她这副娇羞的模样，唇畔扯出一丝笑，低声在她的耳边问：“昨晚我让你满意了吗？”

她用手指缠绕着他腰上的线绳，愤愤地说：“不满意。”

傅棠舟哦了一声，用手扶着她的腰，淡淡地道：“服务不满意，今晚继续，直到你满意为止。”

顾新橙一愣，改口说：“我满意。”

“既然满意，那就再来几次，我又不收费。”

“……”

他的歪理真不是一般多。顾新橙决定闭嘴，结束这个少儿不宜的话题。

她端起橙汁尝了一口，沁人心脾。一不留神，她就把这杯橙汁全喝光了。

接下来的时间里，她就这么窝在他的身边看电视。

不知过了多久，她的肚子忽然隐隐作痛。她心想，是不是果汁太凉，喝坏了肚子？

她从沙发上起身，把遥控器塞到傅棠舟的手里：“我去趟洗手间。”

顾新橙坐在马桶上，下身有撕裂感。她不禁腹诽，傅棠舟还真是……宝刀不老？

她来不及思考这成语用得恰当不恰当，因为现在肚子和被刀捅了没什么区别，疼得要命。

她想换个姿势，感觉越发不对劲儿。

再一看，她永远不准时的“大姨妈”比上个月提前了整整一周。

她平时有痛经的毛病，不至于疼得死去活来，但肯定是要难受上一两天的。

她简单地处理了一下，然后拖着疲惫的身躯从卫生间出来了。

傅棠舟见她这副模样，于是问：“怎么了？”

顾新橙思忖两秒：“我亲戚来了。”

这是很隐晦的说法。

“你哪个亲戚？来美国做什么？”

“……”

原来傅棠舟偶尔也会化身钢铁直男。

她本来觉得肚子疼，这会儿又有点儿想笑，脸色却逐渐变得苍白。

傅棠舟看了她几秒，这才顿悟。他抿了下唇，一时也没了主意。

曾经，这种日子对他而言只不过是在提醒他某方面的运动得停止几天。

现在，看顾新橙这副楚楚可怜的样子，他哪儿还想得了其他？

他将遥控器放下，然后问：“缺东西吗？”

顾新橙虚弱地点了下头。

傅棠舟拿出手机，想打个电话给用人。

可一想到用人一来一去起码得耗费一个小时，他立刻打消了这个念头。

他拣了一串车钥匙，嘱咐说：“你在家等着，我出去一趟。”

下了这座山就有个便利店，他亲自过去，很快。

顾新橙想在沙发上垫点儿纸，找来找去，在玄关处发现一份新送来的报纸。

她捂着小腹，只觉得一阵痉挛，像是一根锋利的细绳在勒着她一样，疼得喘不过气来。

她大概等了十分钟，傅棠舟就回来了。他把一只纸袋给了她，

她接过来。

“要不要我扶着你？”傅棠舟问。

“不用……”顾新橙颤颤巍巍地说。

她还没有那么柔弱。

她扶着门走进洗手间，恍恍惚惚地想到一句话。

少年强，则少女扶墙。

唉，昨天她和他胡闹了一宿，现在真是自作自受。

她坐上马桶，打开纸袋，嘴角勾起一丝苦笑。

不知道傅棠舟是怎么放下他的面子替她买来这个的？

他这样养尊处优的人恐怕挺忌讳这种事儿，老一辈人总说不吉利。

她以前从不让他撞见，只会隐晦地告知他身体不方便。他不会刻意为难，也不会多加关心，态度一般挺平淡。

顾新橙出来之后，脸色依旧煞白，面上还浮了一层虚汗。

“还疼吗？”傅棠舟问。

她点了点头，连说话的力气都没有了——这次真是史无前例地疼，身体深处像是被划开一道口子，她感觉灵魂要升空了。

“你去楼上休息。”

他把她抱回卧室，用掌心探了探她脑门的温度。

“又不是发烧。”她轻轻推开他的手，觉得有点儿好笑。

“要不要吃药？”他第一次这么照顾女人，一时有点儿病急乱投医。

“有布洛芬吗？”

“我去找找。”

不一会儿，傅棠舟拿了药和水过来。

美国人没有喝热水的习惯，这是他在厨房现烧的热水。顾新橙就着水将药丸吞下，重新躺回床上。

“还难受吗？”他问。

“药效没那么快，”她又问，“有没有热水袋？”

肚子一阵阵泛着凉意，她快受不了了。

热水袋是真没有。

“帮你焐焐，行吗？”

“不用……”

她从来没有让男人为她做过这种事情。

然而，下一秒，他的手掌就隔着T恤贴了过来。

他轻抚她的肚子问：“是这儿吗？”

“……”

怎么搞得跟她怀孕了似的？

不过他这么一焐，真起了安慰剂的作用，疼痛似乎被缓解了。

她将他的手稍稍向下挪了一点儿：“这里。”

她双眉紧蹙，用牙齿咬着下唇来忍耐疼痛。

傅棠舟摸了摸她惨白的小脸：“真这么疼啊？”

她吸了下鼻子，颇为委屈地说：“有本事你试试。”

“真有本事，我就替你受着了。”

可惜他没本事，这得她自己来扛。

布洛芬开始发挥药效，疼痛逐渐消失，她的脸色缓和了不少。他问：“以前也这么疼吗？”

顾新橙摇了下头，小声说：“这次特别疼。”

“为什么？”

“你说为什么？”

两个人一阵缄默。

顾新橙靠在枕头上，闭着眼睛。过了好一阵子，傅棠舟靠了过来，捏住她的下巴说：“张嘴。”

她睁开眼睛，看见他的掌心里有一颗剥好的牛奶糖。

“嗯？”

“吃点儿甜的，就没那么疼了。”

她乖乖地张嘴，将奶糖含入口中。

浓郁的奶香在口中蔓延，肚子也暖融融的。

那种疼痛似乎真的被治好了。

原来糖也可以当药吃啊。

这一天，小腹的疼痛如同潮汐般起起伏伏。

顾新橙像个病号一样躺在床上。傅棠舟寸步不离地陪在她的身边，还说要找家庭医生来给她看病。

她只得再次强调："这不是病。"

晚上，傅棠舟是抱着她睡的，宽厚的手掌一直搭在她的肚子上，替她缓解疼痛，另一只手轻轻拍着她的后背，像是在哄孩子睡觉。

顾新橙突然想到，两个人分手后的那一周她发了一场烧。

室友白天出门上班后，她只能自己照顾自己，还差点儿从梯子上摔下来。

有时候，完完全全的独立挺可悲的，身边有个人能陪伴她、照顾她，是她的幸运。

傅棠舟的眼皮微微往下耷拉，睫毛向下垂着，手的力度稍稍轻了点儿。

拍打她后背的那只手渐渐停了下来。隔了一两分钟，他猛地惊醒，继续重复这个动作。

昨晚伺候了她一宿，今天又照顾了她一天，他应该很累吧？

顾新橙小声道："你睡吧。"

傅棠舟抬起眼看她："还疼不疼？"

她摇了下头："不疼了。"

他像是松了一口气，把她搂得更紧了些："我这辈子除了你，没照顾过别人。"

当初她喝醉酒的时候，他也照顾过她一宿，第二天她却不领情。

现在，他又做了同样的事。他认栽了。

顾新橙枕着他的臂膀，他的身上有一种令她安心的味道。

傅棠舟这样的人，锦衣玉食、天之骄子，一直高高在上地活着，连一件衣服、一双碗筷都没洗过。从来都是别人伺候他，哪有他伺候别人的道理？

现在，他在她的身边活得像一个普通男人，她竟有点儿五味杂陈。

各人有各人的命，她一时没有办法迅速成长到与他比肩的高度。

所以，他纡尊降贵，走进了她的生活。

一对身高不同的情侣，若是想接吻，总得一个人抬头、一个人低头。

她抬头抬了太久，终于轮到他低头了。

接下来的一周时间，顾新橙的肚子不像最初那样疼痛了。

傅棠舟在旧金山生活过五六年，带她走遍了旧金山的大街小巷。金门大桥、渔人码头、九曲花街……各大景点都留下了他们的足迹。

他还载着她去了加州一号公路兜风，车速很慢，简直委屈了这辆身价不菲的法拉利。

他们迎着海风，拥抱着一望无际的海岸线。

顾新橙忽然悠悠地叹了一口气。

“叹什么气？”傅棠舟问。

“我明明是来出差的，”顾新橙说，“现在搞得跟度蜜月似的……”

话说出口，她觉得稍有不妥，可已经收不回来了。

傅棠舟顺着她的话茬问她：“以后想去哪里度蜜月？”

顾新橙捂着乱舞的裙摆，脸色微红。

他手握方向盘，嘴角漾开一丝笑意，向下踩油门，车速猛飙，惹得她尖叫一声。

这一周里，他们几乎做了所有新婚宴尔的夫妇会做的事情，除了上床。

他们回北京之后，傅棠舟亲自将她送回家。

她临下车时，他问她：“明晚去我家吗？”

“我去你家做什么？”顾新橙明知故问。

“履行义务。”傅棠舟说得义正词严。

她就知道他是黄鼠狼给鸡拜年——没安好心。

## 第十七章
# 冰释前嫌

顾新橙手中的致成科技的股权被升幂资本收购。除去各项交易费用，她入账近四千万，瞬间跻身小富婆的行列。

如果她熬到B轮融资，恐怕会更多。可她不愿再等，选择套现走人。从此以后，她与致成科技再无瓜葛，一心一意为新东家卖命。

这么一通操作下来，升幂资本成为致成科技名义上的最大股东。然而，由于投资条款的限制，公司的实控人依然是季成然，这也是他先前敢和顾新橙叫价的原因——即使她把股份卖给别人，公司的控制权也不会有变动。

然而，傅棠舟的态度不显山不露水。

他表示，季成然可以继续带领致成科技开拓业务。傅棠舟作为投资方，不插手公司的管理，并且，必要的时候还可以提供帮助。

这让一直处于提防状态的季成然更起疑心了。他利用手头的资金回购了一些员工手中的散股，集中了部分股权。

公司股权结构越单一，他越有危机感。他想寻求第三方的加入，

牵制升幂资本。

这个第三方很快就像鲨鱼闻着味儿来了——这就是升幂资本的死对头，隆鑫资本。

隆鑫资本之前投资的扬华科技没能撑到下一轮融资就黄了。据说是 CEO 将大笔投资资金用于个人消费，伪造账目，最终导致项目爆雷。

隆鑫资本折戟之后，痛定思痛，重整旗鼓。

他们再度找到季成然，想和致成科技合作——最近升幂资本增持股份，加上扬华科技陨落，各大企业纷纷看好致成科技的发展。

隆鑫资本也想来分一杯羹。

顾新橙曾经告诫过季成然不要引入两家对立的投资机构的投资，这容易引发内部摩擦。

可是，季成然觉得在这种情况下，恰恰就该引入隆鑫资本来与升幂资本抗衡。

隆鑫资本的想法很简单，只有两个字，赚钱，要是再加上四个字，那就是，越多越好。

这项投资计划最终被送到了傅棠舟的办公桌上。

根据相关规定，公司增加注册资本须由股东做出决议，且必须经代表三分之二以上表决权的股东通过。

傅棠舟翻动着文件，嘴角扬起一丝冷笑。

于修说："傅总，您看这……"

他想说这季成然也太不识好歹了，居然来试探傅棠舟——傅棠舟不是说不插手公司事务吗？那他就通过决议啊。

傅棠舟倒是格外大度。他取出钢笔，直接签了字。

于修略感惊讶。傅棠舟这人脾气并不算好，尤其是在项目里碰到隆鑫资本时。

现在傅棠舟居然轻轻松松地让决议通过，赞成季成然引入隆鑫资本。

隆鑫资本注资八千万，从稀释的股权里分了百分之三十。

目前，致成科技内部是三足鼎立的局面——创始人、升幂资本、隆鑫资本。

顾新橙也很惊讶：“你居然同意了？”

傅棠舟倒是悠然自得：“有钱赚，何乐而不为？”

这话不假，隆鑫的这次注资提高了致成科技的估值，升幂资本手里握着的股份价值水涨船高。

然而，估值高对于管理团队来说并非一件百分之百的好事。

市场期待越高，越要把业务做好。一旦没有达到投资方的预期，公司会面临巨大的压力。

季成然很清楚这一点，所以也在为致成科技寻找新的业务增长点，就是手机人脸识别技术——这下致成科技恰好和顾新橙所在的部门成为最直接的竞争对手。

顾新橙不懂傅棠舟到底想做什么，广撒网，重点培养吗？

投资人的心思难以捉摸，她懒得管，横竖是为了赚钱罢了。

这像是内部赛马，又像是养蛊。

两个一模一样的项目，只要成了一个，那他就稳赚不亏，所以两边都得捞着点儿。

下班之后，顾新橙照例在公司楼下看到了傅棠舟。

他最近真的很闲，闲到不用加班，也不用应酬。

“你怎么又来了？”顾新橙问。

“我来找你，”傅棠舟大摇大摆地牵起她的手，“晚上你想吃什么？”

“随便。”顾新橙不想考虑这个问题。

“那就去超市看看有什么想吃的。”傅棠舟说。

“嗯？”

“我给你做。”

美食评论家要变身为星级主厨了。

不对，她仔细想了想，如果要做饭，那就必须有厨房。

哪儿有厨房呢？只有他家里有厨房啊！

她顿时无语。他看似是个温柔“煮夫”，可拐了十八个弯，最终目的还是骗她去他家。

好一个心机 boy（男孩）。

这间超市在国贸地下，面积还挺大。傅棠舟将车停在地下车库，

然后带着顾新橙在生鲜区闲逛。

看到货架上新鲜的瓜果蔬菜，她想到一件事："幸海优鲜的无人超市现在搞得怎么样了？好久没关注了。"

当初这项合作是顾新橙谈成的，她想了解后续情况。

傅棠舟只说了一个字："亏。"

"亏了吗？"顾新橙有点儿纳闷，"明明我去看的时候感觉还挺好的。"

"这个概念比较新，顾客的消费习惯暂时没法儿改变，"傅棠舟从货架上拿了一捆小葱，"不过这个尝试还是很值得的。"

"亏了怎么办？"顾新橙又问。

"亏就亏了，"傅棠舟说得云淡风轻，"不管是做生意还是投资，总会有风险，哪有稳赚不赔的？"

在她的印象里，傅棠舟在商场上几乎无往不胜。他对名与利有着强烈的渴望。

可面对一项失败的投资时，他的淡定倒是出乎了顾新橙的意料。

顾新橙套现成功之后，一直在思考该把这笔钱花到什么地方去。

她关注了几家知名信托机构的业绩表现。单从盈利水平来看，隆鑫每年甚至比升幂资本赚得还要多。

顾新橙将自己的疑惑提了出来："我看了升幂这两年投资的项目，有几家公司似乎一直在亏损，你怎么不撤资呢？"

一个理性的商人在项目连年亏损以后应当及时撤出止损。

"哪个项目？"傅棠舟问。

"有一个叫潜临生物的，"顾新橙说，"我看升幂投了好几笔，一直在亏。"

"这家公司我还会继续投。"他莞尔一笑，从货架上又拣了两个西红柿，放进购物车里。

"为什么？"顾新橙好奇。

"这家公司在做创新药，前期投入非常大，"傅棠舟解释，"要收回投资，至少要等五年。"

投资周期越长，意味着风险将呈几何层级上升。有这笔钱，傅棠舟大可以投那种两三年就能收回投资的项目，而不是放长线钓大鱼。

“新橙，做投资并不只是在赚钱。”

“嗯？”

“这家生物公司将来如果出了成果，受益的不只是投资人，”傅棠舟的语气严肃了不少，他说，“还有所有癌症病人。这种价值是无法估量的。”

顾新橙愕然，他却没有继续聊这个话题的意思。他敲了敲购物车的把手：“我去称点儿冰糖。”

她将一颗橙子放入塑料袋里：“买冰糖做什么？”

傅棠舟勾唇，笑意浅浅。他说道：“我给你做糖醋排骨。”

顾新橙是江南人，嗜甜如命，这是她最爱的一道菜。

以前她的妈妈在家做糖醋排骨时，得放半袋冰糖。

她把橙子装好，看到对面有盒装草莓，便走了过去。

绕过一个半人高的货架后，她忽然发现走道里站了一个小女孩。

小女孩年纪不大，最多三岁，怀里抱了一个洋娃娃。她站在原地，一声不吭地盯着草莓看。

顾新橙以为她的家长在附近，就没管，径直拿了一盒草莓。

她刚要走，衣服下摆忽然被拽了一下，一低头，发现正是这个小女孩在拽她。

她奶声奶气地说：“我要吃草莓。”

顾新橙看了看手里没结账的草莓，试图和她交流：“小朋友，让你的家长给你买。”

小女孩皱了下鼻子，不高兴地撇撇嘴：“可是爸爸丢了……”

顾新橙环顾四周，水果摊前的顾客络绎不绝，没有任何一个人注意到这个小女孩。

她这才意识到，原来小女孩和家长走丢了。

顾新橙蹲下身，柔声柔气地问：“小朋友，你知道你爸爸的手机号吗？”

小女孩皱眉思索一番，开始报数：“187……523……”

然后就卡壳了。

她原本并不慌乱，这会儿背不出手机号，突然急了，眼见着就要哭了。

果然，下一秒小女孩就哇哇大哭起来，眼泪跟不要钱似的往下掉。

不管顾新橙再问她什么，除了哭，她一个字也说不出来。

顾新橙心想，家长丢了孩子应该也挺着急吧？

她从小女孩口中问不出什么有用的信息，只好去寻求超市工作人员的帮助。

然而，当务之急是稳定小女孩的情绪。

顾新橙从包里掏出纸巾替她擦眼泪和鼻涕，极尽耐心地哄着她：“别哭呀，我带你去找爸爸，好不好？”

傅棠舟拿着一袋冰糖回来时，看到的就是这样一幕。

顾新橙身着浅卡其色风衣，丝袜裹着的两条细腿折叠着，半蹲在地上。

风衣的腰带垂落在身侧，优雅的脖颈抬高，侧脸皎洁如月，黑发泛着一层淡淡的光圈。

她正在和一个小女孩说着话。小女孩稚气的脸蛋上挂着泪痕，胖乎乎的小手拽着洋娃娃的裙子。她不住地点着头，像是听懂了顾新橙的话。

傅棠舟看得竟有些入了神，神色微怔。

这或许是日常生活里常见的一幕，可放在顾新橙的身上，却令他情绪涌动。他不禁攥紧了手中的那袋冰糖。

这样温柔的她、耐心的她，将来会是一个很好的妈妈吧。

“一会儿找到爸爸，姐姐的这盒草莓送给你。”顾新橙正替小女孩擦拭眼泪，地板上映出一道黑色的人影。

她一抬眼，见是傅棠舟回来了，立刻说：“这个小女孩跟她爸爸走丢了。咱们把她送到服务台吧，看看能不能让超市放个广播。”

傅棠舟打量着那个小女孩，软糯的脸蛋，乌黑的眼珠，细软的头发被扎成两个羊角辫。

他向来不喜欢孩子，可这一刻竟然觉得小孩有时候也挺可爱的。

傅棠舟说：“行。”

顾新橙站起来向前方张望了一下：“把她抱到购物车里吧，服务台挺远的。”

傅棠舟把小女孩放到购物车前面的可活动座椅上。她稳稳当当

地坐了上去，不哭也不闹了，抱着洋娃娃四下张望着。

他半开玩笑地和顾新橙说："你还挺会哄小孩，她也不怕咱俩是坏人。"

顾新橙拍了一下他的胳膊，面露不快，说道："别乱说话，好不容易哄好的，她再被你吓到了怎么办？"

两个人推着购物车从冷藏柜前走过时，一对头发花白的老夫妻也正推着车过来。

两辆购物车碰到了一块儿，傅棠舟把车往后拉了一下，让他们先走。老奶奶笑呵呵地评价了一句："这一家三口，长得真俊啊。"

顾新橙一听，耳朵忽地红了，却也懒得和陌生人解释——毕竟三言两语也解释不清他们的关系。

傅棠舟的唇边勾起一抹淡笑，他根本不打算解释。

他从冷藏柜里拿了一盒老酸奶放进购物车："这种老北京酸奶，我小时候经常喝，没想到超市还在卖。"

"一直都有啊。"顾新橙说。

"这个味道挺不错，淋点儿蜂蜜更好吃，"傅棠舟说，"给你当睡前甜品。"

"睡前"这两个字戳到了顾新橙的心里。

今晚……唉，是福不是祸，是祸躲不过。

以前和他在一起的时候，大部分时间是她在迎合他的喜好。而现在，他会更多地考虑她的感受。

说句真话，她觉得她比二十岁的时候更享受这种事情了。

小女孩坐在购物车里，两条肉嘟嘟的小腿晃来晃去，嘴里咿咿呀呀哼唱着什么，看来心情挺愉悦。

顾新橙看着她，不禁想到自己小时候不管去哪儿也爱抱着个玩偶，甚至愿意将它当成自己的宝宝来看待。

女人似乎有一种天生的母性，渴望爱，也渴望被爱。

傅棠舟不动声色地观察着顾新橙，清了下嗓子，然后说："你喜欢小孩，可以自己生。"

顾新橙瞥他一眼，心想她今年才二十四，哪有生孩子的打算？她连结婚的打算都没有。

他用手撩开她耳侧的头发，露出她戴着圆形耳环的小耳朵。

他故意压低声音问：“要不要我帮忙？”

她推了他一下，愤愤地说道：“谁要你帮忙了？”

傅棠舟：“不然你还想找谁帮忙？”

顾新橙一本正经地说：“到时候我上街贴小广告，富婆重金求子。”

她现在也是身家几千万的小富婆了，还怕没男人？

傅棠舟：“我不要钱，给你省点儿钱不好吗？”

顾新橙悠悠地道：“便宜没好货，好货不便宜。”

傅棠舟：“……”

得，现在她是彻底被他惯坏了。他说她什么，她都得犟上两句，偏偏说的话还挺气人。

这时，超市的广播突然播送了一则消息。

“湛小雯小朋友请注意！湛小雯小朋友请注意！请听到广播后立刻到服务中心来。”

顾新橙问小女孩：“你叫湛小雯是吗？”

她眨巴眨巴眼睛，点了点头。

顾新橙松了口气，看来这件事算是解决了。

她拉了下傅棠舟的胳膊：“咱们快点儿过去，别让人家的爸妈等急了。”

两个人快步来到服务中心，那里果然坐着一对夫妻。

女人拿着纸巾一边哭一边骂旁边的男人，男人说：“别急啊，肯定能找到的，超市有监控，雯雯还在超市里。”

女人又说：“让你看着孩子，那么大个孩子还能弄丢了。要是雯雯没了，咱俩这日子也算是过到头了！”

傅棠舟将雯雯从购物车上抱了下来，雯雯脆生生地喊道：“爸爸！妈妈！”

女人擦眼泪的手一滞。见到雯雯的那一瞬间，她再次喜极而泣，连忙跑过来一把抱住雯雯。

男人在旁边说：“我就说丢不了吧。”

女人瞪他一眼，他这才走过来向顾新橙和傅棠舟道谢。

顾新橙说：“这孩子在水果摊那边，说要吃草莓。你们当家长

的下次要多留点儿心，别让孩子乱跑了。”

“哎，真是给你们添麻烦了。太感谢了！”男人对雯雯说，“雯雯，还不快谢谢姐姐！”

雯雯很乖地说：“谢谢姐姐！”

一家三口得以团聚，开开心心地走了。

顾新橙久久没回过神来。

她今天来一趟超市，竟然还做了一回活雷锋。

傅棠舟牵起她的手，视线追随着那一家三口。

他忽然觉得像这样的生活也挺有意思的。如果他和顾新橙能有个女儿，他应该会很爱很爱这个孩子吧。

他在脑海中勾画着那幅画面，不禁会心一笑。这是他以前从未想象过的，他和她的未来。

他越是这么想，心中的渴望越强烈。

他甚至有种冲动，今晚就回家和她造小人。

顾新橙轻轻掐了一下他的手，打断他的思绪：“东西还没买呢。”

两个人重新回到生鲜区，卖猪肉的大叔说：“排骨卖完了，下次你们得早点儿来。”

顾新橙看了下今天猪肉的价格，高到令人咋舌。

哎，怎么一个个都那么有钱呢？她想吃排骨还得抢破头。

傅棠舟扬起下巴，指着不远处的水产区问她：“改成糖醋鱼，行吗？”

顾新橙有段日子没吃鱼了，便答应了。

水产区的玻璃缸里插着氧气泵，各色鱼类摆着尾巴游来游去，享受着上餐桌前最后的时光。

顾新橙想买草鱼，傅棠舟却说买鳜鱼，因为鳜鱼没有刺。

缸中有好几条鳜鱼，每条重量都不同。

卖鱼的大叔拿着网兜问顾新橙：“看中哪条了？”

顾新橙观察了一阵子，用手指点了点玻璃缸：“这条。”

“哟，这是条大的。”大叔麻利地将这条鳜鱼捞了出来，放到案板上替她处理。

“看来你今天饿了，”傅棠舟打趣说，“这鱼个头儿可不小。”

"我选它是因为它最坏，总是咬别的鱼。"顾新橙说出一种替天行道的气势来。

两个人满载而归。傅棠舟毫不费力地拎着沉重的塑料袋，另一只手悠哉地拿着车钥匙摁电梯上楼。

顾新橙的心随着楼层数的变化跳动着，看来今晚她是回不去了。

电梯在指定楼层停下，两个人一前一后进了门。

傅棠舟提着东西不方便，顾新橙主动将门关上，一转身便撞上了他。

"不是要做饭吗？"她问，"站这儿做什么？"

"不急。"他将袋子放到地上，双手搂住她的腰，俯下身在她的唇上印上一吻。

这个吻来得短暂且温柔，顾新橙尚未品尝到他舌尖的滋味，他便撤离了。

他拎着东西去厨房了。她垂首，手指抚着下唇，蓦地一笑。

据说，会吃的人也会做饭。傅棠舟在这方面的领悟力的确惊人。

顾新橙窝在客厅沙发上刷手机，他一个人在厨房忙活。

从她的角度看过去，透过重重的木柜，她能隐约瞧见他颀长俊逸的身影。男人做家务的样子有一种别样的魅力。

她把手机揣进兜里，蹑手蹑脚地走过去，查看当前的进度。

他好像没有发现她过来。于是她伸出手，悄悄地在他的后腰上飞快地挠了一下。

傅棠舟反应挺快，瞬间躲开。下一秒，他又恢复原状。

他瞥了她一眼，神态自若地说："吃完饭再收拾你。"

至于怎么收拾，他俩心知肚明。

顾新橙一时无语，傅棠舟问："你过来做什么？"

"来监工。"她凑过去，探出半个脑袋。

这厨房许久没人用，锅碗橱柜锃亮如新。流理台上放了一份烧好的糖醋鱼，他正在摆盘。

他切了点儿彩椒圈撒在鱼身上，整道菜顿时变得赏心悦目起来。

顾新橙说："在家做饭还搞得花里胡哨……"

傅棠舟又择了一点儿香菜叶摆在最上头，然后解释："这叫仪

式感。”

食物的香气刺激了顾新橙的味蕾。她中午吃得少，这会儿真有点儿饿了。

傅棠舟却说：“再等等，还有两个炒菜，很快，几分钟就好。”

他在一旁的电饭煲里煮了米饭。这会儿电饭煲发出叮的一声，提示饭已经熟了。

顾新橙拿了两只碗，打算盛两碗米饭端到餐桌上。

这时，她的手机突然响了。

一看来电显示，居然是严总。她不敢耽搁，立刻接听电话：“喂，严总。”

“你下班了吗？”

“已经到家了。”

“今晚临时有个手机厂商攒的饭局，你跟我过去。”严总说得理所当然，“你家在哪儿？我让司机去接你。”

顾新橙面色稍窘地看了一眼傅棠舟。

他们部门目前正在全力开拓手机人脸识别市场，最关键的是要攻克各大手机厂商。

现在难得有这么一个机会，她不想放弃。

可是……傅棠舟辛辛苦苦给她做了晚餐，如果她就这么去了，总觉得对他有些歉疚。

顾新橙欲言又止。他不动声色地看着她，轻声说：“我送你。”

她连忙对严总说：“不麻烦严总了，您把餐厅地址给我，我自己过去。”

她挂了电话。他洗了手，将挽起的袖口放下，系好袖扣，然后问：“地方在哪儿？”

她上车之后，他一言不发地开着车。顾新橙心想，他应该有点儿生气吧？

以前有那么一次，她在家包了饺子等他回来，他也没回来。

那天晚上她虽然装得挺平静，但是说不失望是不可能的。

前方有红绿灯，傅棠舟松开油门，玉璧下方的穗子一阵摇晃。

顾新橙把目光从窗外移到车内，他的神色隐在微弱的灯光下，看不清晰。她说："对不起，我——"

傅棠舟说："不用说这种话。"

他的声音没有任何情绪波动，顾新橙猜不透他此时此刻的想法。

他转过头看着她，眼底有一层潋滟流光。他说："我等你就行，别太晚。"

顾新橙提着的心放了下来："我少吃点儿，回来再陪你吃。"

她想了想，觉得不妥，又补充道："你要是饿了，就自己先吃，垫垫肚子。"

傅棠舟浅笑："我又不急。"

绿灯亮了，傅棠舟踩下油门，车子在马路上飞驰。

到了地方，顾新橙松开安全带，正要下车时，车却落了锁。

他的手掌从方向盘上挪开，抚上她的纤腰，将她带回身边。

他轻轻揉捏着她耳垂上的那颗小痣，哑着嗓子问："你是不是忘了什么？"

顾新橙的心陡然一颤，他在向她……索吻吗？

她没有拒绝他的请求，侧过身，在他的唇上落下浅浅的一吻。

这是今天的第二个吻了。

然而，这次和上次不同。

他不知餍足地与她唇舌纠缠，难解难分。

直到顾新橙的手机铃声再次响起，他才依依不舍地松开她。

顾新橙迅速整理着装仪容，快步下了车。

眼见着她即将走远，傅棠舟降下车窗，叫了她的名字："新橙。"

她脚步一顿，回头看他。他神色微动，叮嘱了一句："少喝酒。"

她的胸口像是有一阵暖流淌过。

她嗯了一声，然后说："我知道。"

夜色里，她冲他粲然一笑，眉眼弯弯，笑意浅浅，动人心弦。

今天这场饭局的攒局人是星耀集团的董事长匡峻，星耀旗下的手机品牌在国内的市场占有率高达百分之十五。

如果易思智造能为星耀提供人脸识别技术支持，这将是一笔巨额交易。

饭局上，匡总谈到目前手机市场即将革新换代，人脸识别会逐

步替代指纹识别和密码识别。

星耀在今年下半年将推出一款重磅新产品——心悦系列。这款手机的卖点之一就是采用人脸识别技术。

面对这样重要的潜在合作伙伴，顾新橙没有怯场，落落大方地谈起他们部门的研发情况："我们刚从美国 ZERO-X 公司手中购买了一项专利技术，这项技术如果应用在手机上，识别速度可以比其他手机快百分之五十左右。"

匡总很有兴趣。他问："你们现在就能提供技术吗？"

顾新橙说："预计六月份之前能完成，不会影响贵公司新款产品上市。"

匡总用手指碰着酒杯壁，似乎在估算着什么。他说："时间上要是能早点儿就更好了，我们还得进行测评。"

如果要加快研发速度，研发部门的工作人员就得没日没夜地加班。顾新橙本没有这种打算，可是……当务之急是取得匡总的信任，至少得在他的备选方案里争取一个名额。

顾新橙应了下来，说最迟在五月中旬完成。

饭局上，大家聊得挺愉快。顾新橙作为唯一的女性，自然饱受关注。

"听说顾部长之前在致成科技供职过，"有人问，"致成科技现在也做人脸识别吧？"

顾新橙泰然自若道："我离职挺久了，不太清楚。"

又有人说："上次我听到消息，升幂和隆鑫两家投资机构同时增持致成科技的股份，看来他们的市场认可度还可以啊。"

顾新橙笑笑："升幂现在也是我们易思智造的大股东之一。"

言下之意，易思智造同样被看好。

顾新橙隐约觉得傅棠舟在等待时机从高位退出，否则两家公司迟早在视觉识别领域中斗起来。

他把她手里的股权买走，真的是因为看好致成科技的发展，还是出于其他目的呢？

顾新橙在餐桌上鲜少动筷，怕自己吃多了，回去真吃不下了。

"难怪顾部长这么瘦，这自制力，佩服。"匡总往椅背上一靠，半眯着眼，用手抚了下肚皮，“这男人变老啊，就是每过一年，腰带的孔都得往后挪一个。”

饭局上的人纷纷恭维：“匡总说的哪里的话，您这身材保持得很好啦。”

顾新橙笑着，没有搭腔。

这场饭局有严总在，顾新橙倒也没多喝酒。

真有人劝酒，严总也能帮她挡了：“顾部长是干事儿的人，不是喝酒的人。”

顾新橙恍惚想起傅棠舟帮她挡酒的那一次，有点儿羞愧。

换成严总来挡酒，她竟并不觉得有什么不妥。只有他……果然，还是他在她心里的位置太特殊了。

不过，他那时候也有他的不对。

他是怎么想的呢，竟直接用她的杯子喝酒……

如果他像严总这样说话做事，不做出更多暧昧的行径，恐怕也不会让旁人看笑话。

这场饭局进行到晚上九点多才散场。严总说要让司机送她回去。可顾新橙暂时还不想让旁人知道她今晚在外面过夜，便礼貌地拒绝了。

她拎着包往会所外面走，正打算叫一辆出租车送她，谁知竟在室外停车场看到了那辆熟悉的白色保时捷。

傅棠舟过来接她了？还是说，他根本没走？

她在原地愣怔片刻，车灯忽地一闪，随后鸣笛声响了一下。

她知道这是傅棠舟在提醒她。

顾新橙步态轻盈地走过去，车锁应声打开。她坐在了副驾驶座上。

车内有一阵极淡的烟草香气，刚刚他们来的时候是没有的——他抽烟了。

夜色中，他的侧脸像是一幅黑色的剪影，线条格外清晰。

他沉声问：“喝酒了吗？”

顾新橙摇了摇头：“没有。”

傅棠舟轻嗤一声，不太信。

这种饭局他去过很多次，极少有能不喝酒的人。

顾新橙说："严总帮我挡了。"

这话一入耳，傅棠舟搭在方向盘上的手指僵了一下。他不说话了。

顾新橙猜他肯定在心底吃闷醋了，觉得有点儿好笑。

她没有系安全带，而是靠到他的身边，像只小猫一样蹭着他，跟他卖乖："我真没喝。"

她这话有避重就轻的嫌疑。

可是，她娇软馨香的身子往他这儿一贴，一双如玉的手轻轻搭上他的腿，有一下没一下地摸着他光滑的西裤——这暗示的意味太明显了。

她身上只沾了一点儿淡淡的酒气，清馨的香气更明显。

傅棠舟闭了下眼，她什么时候学会跟他玩这套了？

这明摆着是一个美色陷阱，可他现在只想心甘情愿地掉进去。

他掐着她的下巴，将她的脸抬高："那我回去可得好好闻闻。"

浑厚的嗓音才是最浓烈的酒。

在他们回家的路上，一路的街灯在车窗外飞逝而过，他开得比来时快多了。

顾新橙说："傅棠舟，之前那次……是我不好。"

他轻蹙眉头，半秒后问："哪次？"

"就是幸海的许总请客的时候，你帮我挡酒那次。"她用手撑着座椅上毛茸茸的坐垫，"但你得注意一下方式，不能用我喝过的酒杯……"

傅棠舟静静地开着车，听她讲完这话，这才说："我是被你气昏头了。"

那一夜的遭遇，他不愿回想。

两个人都有错，都有理，谁也不肯让步，最后造成了那个局面。

然而，后来想想，他觉得也不是坏事。如果没有那件事情，恐怕他也很难从她的口中听到她真实的想法。

"你生我什么气啊？"顾新橙喃喃地问。

"气你不把自己的身体当回事，"傅棠舟说，"把我的好心当成——"

后面的话他不想说。

“你敢说你那时候一点儿私心没有吗？”顾新橙不信。

傅棠舟没有遮掩：“我一直有私心。”

谁让她是特殊的人呢？

看到她一杯接一杯地喝酒，那一刻，他是心疼的，包括她醉酒后说的那些话。

他以为他可以冷静克制地等她一点点成长起来，可事实证明，她藏在坚强背后的柔弱一面还是直戳他的心窝子。

谁愿意看自己摆在心里的女人受苦、受委屈呢？

那一刻，他想给她一切她想要的，并且告诉她：“你可以不用活得那么辛苦。”

车内静默片刻。

顾新橙垂下眼，似乎在思考着什么。

她问：“那你从我手里买走致成的股份……也是出于私心吗？”

“新橙，我对你没有办法做到公私分明。”傅棠舟说，“你着急脱手，我帮你一个忙，这没什么。”

顾新橙并不纠结这件事。她是怕傅棠舟为了帮她而接个烂摊子，有损他的一世英名。

她说：“你就这么确定致成以后的估值还能涨？万一……”

她在致成待过，所以心里很清楚致成没那么糟糕，但也没有她在工作报告中写的那么好——适当美化美化公司的业务和业绩，无可厚非。

“你怕我亏钱啊？”

“是啊。”

“自信点儿，要亏也轮不到我亏。”

“……”

她总觉得他在打什么坏主意。

顾新橙端正了坐姿：“这件事还是得谢谢你，帮我承担了风险。”

“新橙，”傅棠舟勾勾唇，“游戏玩输了，我什么时候让你掏过钱？”

她怔住了。

这不也是个游戏吗？击鼓传花的游戏。

谁也不知道公司明天会发生什么意外事件，所以……赢了她把钱拿走，输了他替她兜着，是吗？

只不过这次的筹码不是一两百，也不是一两千，而是五千万。

或许这笔钱对傅棠舟而言并不算什么。

可这一刻，顾新橙相信，如果她的手里有一个更大的雷，他也会毫不犹豫地替她接过来。

接下来的时间里，两个人都没有说话。

他们回到家时，厨房里的那条糖醋鱼已经凉了，酱汁变成黏糊糊的一团。

顾新橙说："我把鱼放在微波炉里热一下，你再炒两个菜。"

傅棠舟问："你刚刚真没吃饱啊？"

"没有，"她撒娇着说，"我替你留着肚子呢。"

傅棠舟欣然一笑，手掌抚上她平坦的肚子，下巴轻轻蹭过她的发梢，说道："那可得一直为我留着。"

"嗯？"

"咱们以后也生个女儿，好不好？"

话题跳得太快，顾新橙有点儿眩晕。

"好什么呀，"她跺了跺脚，有些羞赧地说，"你还在追我呢。"

"嗯，一边追一边……不耽误。"他吻过她的耳朵，"你要是喜欢，我追你一辈子。"

这天晚上，傅棠舟切切实实地履行了他的责任和义务。

情之所至，他在她的肩上咬了一口。顾新橙毫无防备地一颤，疼得快要冒出眼泪来。

她明明很疼，却又觉得非常快乐。

只可惜，快活了一夜，顾新橙第二天就尝到了苦果。

早上九点上班，她醒来时已经十点了！

看到手机上的时间的那一刻，她整个人快要晕厥过去了。

而罪魁祸首正躺在她的身旁，睡得格外惬意。

昨夜令人脸红心跳的记忆浮上心头，她发誓以后一定要在这方面节制一点儿，起码不能耽误正事。

他是老板，没人管得了他。可她只是个辛苦的打工仔。

这时，人事部门打电话来了。

顾新橙听着那催魂一般的铃声，只想缩进被子里当一只鸵鸟。

傅棠舟这会儿已经睁开眼了。他问："你怎么不接电话？"

顾新橙愤愤地看了他一眼："我迟到了。"

"迟就迟了，请半天假，在家休息休息，你肯定也累了。"傅棠舟说得云淡风轻，"你也是身家几千万的人了，还在乎扣这点儿工资？"

顾新橙只得硬着头皮接起电话。

"喂，顾部长，"对方询问道，"你今天早上没来上班吗？打卡记录里没有你啊。"

顾新橙犹豫着说："我今天……上午就不去了。"

对方关切道："怎么了？生病了？"

顾新橙瞥过自己光洁的肩膀，上面那个齿痕太深了，一碰就隐隐作痛。她甚至怀疑有点儿破皮了。

"没生病，"她说，"我被狗咬了。"

对方一听，这可比生病严重多了，赶忙说："哦，那你是去医院打针了吧？打过了吗？"

顾新橙说："打过了打过了。"

顾新橙下午才去公司上班，没请病假，而是请了个事假。

自从变得有钱以后，这么点儿工资对她而言不过是毛毛雨，她完全不心疼。

这种时候，她不禁联想到傅棠舟。哎，他挥金如土的时候，恐怕也是这么想的。

三点钟，她组织部门员工开会。

在会上，她提出了下个阶段的工作计划，力争将研发时长压缩一个月左右的时间。

"现在各个公司都在加班加点，咱们不能落后，"顾新橙说，"等项目完成了，该有的奖金、假期，都会有的。"

为了方便顾新橙在部门内部展开工作，严总给了她较多的自主管理权。

她说了一番鼓舞士气的话之后，员工们个个儿干劲儿十足。

“行了，这个会就到这里，回去忙吧，”顾新橙说，“一会儿我给大家点饮料喝。”

大家三三两两地出了会议室，唯独有一个人留了下来，是技术组的章亮。

章亮是易思智造的老员工了，有四五年的工作经验。

他原来在无人车部门工作，后来公司成立了新的部门，就申请调过来了。

“顾部长，我找您有点儿事情。”章亮说。

顾新橙将收拾到一半的材料放了下来，然后问：“什么事情？”

“我的老婆上个月刚怀了二胎，家里人商量了一下，决定让她辞职，在家安心带两个孩子。”章亮拿出公司老人的姿态来，“我在公司干了四五年了，讲道理也该涨涨工资了。”

顾新橙听了这话，甚是无语。他决定要二胎之前没考虑过这个问题吗？难道公司还得为他养家糊口买单吗？

“你在公司待了四五年，想必也知道咱们公司每年组织评定两次，分别在六月和十二月。这种事情，你得先跟你们技术组的组长谈好了，我才能决定。”顾新橙全程微笑，语气也很温和，委婉地拒绝了章亮的请求。

“我跟他谈也没用啊，”章亮颇有些不耐烦地嘟囔，“工龄两三年的技术员和我拿一样的工资……”

顾新橙静静地看着章亮，在脑中捋了捋他这个人在部门里的关系。

他对技术组的组长不太服气，因为组长是从其他公司跳槽来的。他是易思智造的“土著”员工，论资排辈也得是他当组长。

现在他又拿其他技术员的工资和自己做对比，更是犯了职场上的忌讳。顾新橙隐隐明白为何章亮这人在公司混了四五年还是个技术员了。在职场上，这种心态是要不得的。

顾新橙换了个思路劝说他：“咱们现在做的这个项目，按计划五六月份就能完成。只要你做得好，公司评定这块肯定没有问题。你的老婆刚怀孕，现在应该也不着急辞职吧？”

她不是对员工苛刻的领导，但是章亮在这种时候来和她提加薪，理由还是养二胎，这简直让她匪夷所思。

这种奇奇怪怪的涨薪要求都能通过，那其他人知道了怎么想？她以后还怎么管理部门呢？

章亮没再坚持，转身出了会议室。

顾新橙以为这事儿就过去了，谁知周一的时候竟然收到了章亮的辞职信。

章亮在这儿干了四五年，一直无功也无过。可现在是全部门拧成一股绳朝着一个目标努力的时候，他却因为没涨薪提辞职，简直……

偏偏她一时半会儿还真找不到合适的人来代替他，一个机器少了一个零部件运行起来会困难重重。

顾新橙思前想后，觉得不能因为这件事耽误公司的大局，于是只好找章亮谈话，并承诺给他涨百分之二十的月薪——这个提薪幅度很不错了。

可章亮铁了心要离职，她这才觉得蹊跷。难道是，他已经找好下家了？

再一打听，她发现竟然是致成科技在挖人。

对方说，只要他肯跳槽过去，就给他开双倍工资，未来的晋升渠道也很多，他不用苦哈哈地在易思智造熬了。

两倍工资……顾新橙这下确定致成科技在搞恶性竞争了。

他们完全可以用两倍工资去雇个更厉害更有经验的技术员，而不是章亮。

恐怕致成科技是想拖延易思智造的研发进度，才想了这么个损招儿。

顾新橙耐着性子和章亮谈，告诉他去致成科技并不是一个好的选择。

章亮听不进去，反而摆出趾高气扬的态度来，说他只是想换个工作环境。

劝说无果，她也不好留人，只能提醒道：“你和公司签过竞业协议和保密协议，真要去致成科技工作，得支付违约金。你要想清楚。”

章亮不屑一顾：“他们公司会出这笔钱。”

从员工提出离职到正式离职中间至少得隔一个月，顾新橙必须得在这段时间里找人接手章亮的工作。

技术组那边的工作到了瓶颈期，他们碰上这件事，更是雪上加霜。

如果他们不能按照计划出成果，那手机人脸识别的市场肯定要被其他公司占领。

她内心忧虑不安，每天还要精神饱满地出现在员工的面前，可想而知她的压力有多大。

某个周五的晚上，傅棠舟来公司楼下接她，她有心事，恍恍惚惚地竟然没看见他，和他擦肩而过。

直到傅棠舟叫她的名字时，她才回过神来。

“你走路都不看路吗？”

“看了呀，我一直在看路。”所以她没看见他也是情有可原的。

今晚傅棠舟说要给她煎牛排，她没有意见。

两个人保持这种关系有一段时间了，每周见两次左右，也不是每次她都会去他那儿过夜。

他这是出差刚回来，两个人有一两周没见了。顾新橙想他，但也不觉得寂寞，还有工作陪她。她最近加班特别频繁。

回去的路上，傅棠舟问：“你最近有心事？”

顾新橙叹了口气：“工作有点儿不顺心。”

他又问：“怎么了？”

她思忖片刻，决定将这段时间发生的事情告诉他。

这是个难关，也许她很快就能渡过，可还是希望有个人能倾听她的心事。

傅棠舟听完之后也没针对这件事发表什么意见，而是向顾新橙透露了一个消息：“我想让易思智造收购致成科技。”

顾新橙猛地一怔，转过头呆愣愣地看他。

他打了转向灯，两只手松松地握着方向盘，稍微调整了一下坐姿，让两条长腿更舒适些。他说：“如果致成被收购，这种竞争就没了，以后易思智造肯定能在视觉识别领域拔得头筹。”

“到时候，让季成然给你当下属，行不行？”傅棠舟半开玩笑地和她说。

顾新橙望着车窗外流动的灯火："季成然不会同意吧？"

站在她的角度看，这是一个双赢的策略。

致成科技想更上一层楼很难，被易思智造这样的大企业收购也算得上是善始善终。

可她隐约觉得季成然不会同意。他是个有野心的人，不愿意替别人打工，想自己当老板，做高高在上的那种人。

"这事儿还得筹划筹划，"傅棠舟说，"他要真不答应，也没辙，只能说他——"

他不评价了。

好吧，说来说去，顾新橙也不能完全指望靠这个方法替她解决现在的问题。

她重新靠上皮椅，思索着该怎么帮易思智造拿下手机人脸识别市场。除了星耀集团，其他几家大型手机厂商她也得想办法开始接洽，多在人家的面前刷刷脸，也能多争取一个机会。

"不要慌，有点儿自信。"傅棠舟指点了她几句，"这东西不是光靠技术就行。你可以想点儿别的办法，比如怎么去包装宣传，让你们公司脱颖而出。"

顾新橙懵懵懂懂地点点头。

晚上，两个人吃完了饭，傅棠舟要回两封邮件，顾新橙先去浴室里洗澡。

淋浴间里，她闭着眼，热水自上而下地浇透了她，水珠顺着她雪白的肌肤向下滚动。

本该是放松的时刻，她脑子却依旧被工作占据着，到底该怎么做才能……

这时，浴室的门被打开了，傅棠舟若无其事地走进来。

他衣冠楚楚，而她不着寸缕。她下意识地想躲开他的视线，转瞬间又打消了这个荒唐的念头。

傅棠舟解开了衬衫的扣子，紧接着，皮带的金属扣发出咔嗒一声，长裤应声落地。

一切准备完毕，他推开淋浴间的门走进去，踩碎一地水花。

顾新橙靠在他的怀里，听见他有力的心跳时，不知为何长舒了一口气。

现在有他在身边，她不论做什么都非常安心。

再出浴室时，她是被打横抱着的。

她勾着他的脖子，看着他俊美的侧颜，决定今晚不再想工作了。她只想要他。

傅棠舟提出的收购计划果然被季成然否定了。

即使易思智造愿意开出近三亿的价码，并承诺替致成科技承担全部债务，他也固执地不肯卖。

他拒绝的理由是："我的公司，我自己做主。"

而隆鑫很支持他的想法——毕竟他们才刚刚入局，现在就卖了套现，一来一去赚得很少。

隆鑫看好致成科技将来的估值不是没有道理的，紧接着，致成科技就传来了好消息。

致成科技召开了一场发布会，宣布他们率先一步革新了当前的人脸识别技术。

发布会上，季成然胸有成竹地展示着目前致成的成果。

不论是识别的准确度还是识别的速度，相较于市面上其他公司的技术都有显著提升。

顾新橙在电脑上收看了这场发布会，闷闷不乐。

论技术，易思智造只要能做出来，绝对比致成的产品更好。

问题是现在成果没出来，她没有办法说服手机厂商啊。

正当顾新橙愁思百结之际，另一件意想不到的事情发生了。

秦雪岚给她打了电话，说顾承望住院了。

这个消息犹如晴天霹雳，让顾新橙的心狠狠地向下坠去："爸爸生什么病了？"

"脑溢血。"

这三个字给了她沉重的一击，她的脑子顿时空了。

她从来没想过爸爸竟然会突发这种重症——听说这种病致死率很高。

“今天早上上班前他突然说头疼，以前也有这毛病，我们都没太当回事儿，谁知道……”秦雪岚说话间带着一丝隐忍的哭腔。

顾新橙急得眼泪都要流出来了，赶忙问：“抢救了没有？”

“医生说要做开颅手术，但是手术有风险，搞不好……”说到这里，秦雪岚哭了出来，“你爸爸才刚过五十岁……”

顾新橙第一次意识到，父母真的会有离开她的那一天。

世事难以预料，这一天或许会很迟，或许会很早。可她从没想过会是这样一个稀松平常的工作日。

“妈，你现在在哪家医院？”顾新橙用手指擦掉眼底的湿痕。这种性命攸关的时刻，她不能软弱。

秦雪岚报了当地一家医院的名字，又说：“我和你的叔叔他们正在商量要不要托关系，转院去南京做手术。你爸已经昏迷快两小时了，医生说最佳手术时机是二十四小时以内。”

这种时刻，一点儿岔子不能出。

即使有了几千万，顾新橙的社会关系网尚在构建中。她不认识任何医疗系统的人，遇到这种事儿，实在是有心无力。

钱不是问题，怕就怕有钱也买不回一条宝贵的生命。

事不宜迟，顾新橙立刻开始订票。

她的手抖似筛糠。她一想到这趟回去也许要和爸爸生离死别，眼泪就止不住地往外涌。

平日里与爸爸相处的片段像过电影似的在她的脑海中浮现，她越想越崩溃——她根本无法接受这样的事情发生。

这时，她忽然想到了傅棠舟。

以前她拔智齿的时候，他说一句话就能为她请到全北京最好的牙科医生。

现在，他能不能再帮帮她呢？

顾新橙拨通了傅棠舟的电话，那几声嘟嘟嘟的声音从未如此漫长过。

她的脑子混沌一片，神志也有点儿恍惚。

终于，傅棠舟接通了电话，低声说：“在开会。”

他那边的背景音里隐隐有人讲话的声音，像是有人在做工作汇报。

顾新橙管不了那么多了，哽咽着说：“傅棠舟，我的爸爸他、他……”

傅棠舟似乎听出了什么不妙的苗头，出声让汇报停下。

“出了什么事儿？你慢慢说。”

“他今早突发脑溢血，现在人在医院里，医生说要做开颅手术……”顾新橙强忍着眼泪，将情况简单复述了一遍。

听到这儿，傅棠舟已经懂了。顾新橙怕手术风险太大，想求助于他。

那可是她的爸爸，把她养这么大的爸爸，傅棠舟不会袖手旁观。

“新橙，别急，”傅棠舟安慰她，“我找医生问一问，会没事儿的。”

顾新橙慌乱地点点头。

挂电话前，傅棠舟又说：“你先别急着买票回家，如果可以，我接他来北京做手术。”

顾新橙和公司请了假，一时又不知道该去哪儿。

她不停地打电话和秦雪岚沟通。明明她也很慌乱，却还得稳定妈妈的情绪。

父母都上了年纪，她不想让妈妈再劳心劳神了。

她就这么浑浑噩噩地走在大街上，四月的暖阳驱散不了她心底的寒意。

不知不觉间，她竟然来到了升幂资本所在的写字楼下。

这时，傅棠舟又打来了电话：“我和医生沟通了，你把片子和那家医院的联系方式先发过来，专家组可以会诊。”

他的语气格外镇定，这给顾新橙打了一针强心剂。

“考虑到你爸的情况，转院去上海更合适，”傅棠舟说，“有个全国首屈一指的脑外科医生现在就在上海。”

北京虽然有全国最好的医疗资源，可是长途飞行危险太大，他们不能冒这个风险。上海也是个非常不错的选择，总比在本地做手术强。

顾新橙望着高耸入云的摩天大厦："那我现在就去上海。"

"等等，"傅棠舟说，"我跟你一起去。"

他们乘坐最早的一班飞机抵达了上海，与此同时，载着顾承望的救护车也一路飞驰前往上海。

到了指定医院，顾新橙一路奔向救护车，看到昏迷不醒的顾承望时，她的眼泪一下子决堤了。

专家会诊结束，他们告诉傅棠舟，这场手术的成功率大约有百分之五十，不算低，但也不能算高。稍有不慎，顾承望轻则变成植物人，重则当场去世。

傅棠舟听完之后，神情冷峻、凛若冰霜。他说："我要百分之百。"

专家们很是为难。这已经是目前这种情况下最好的结果了，全国任何一个地方的专家不可能给出更高的成功率。

医生不是掌控生死的神仙，傅棠舟知道这一点。

他说这句话，要的是全体医生全心全意地拼尽全力、不留遗憾。

他不想让顾新橙小小年纪就经历这样的事儿，这对她来说太残忍了。

做手术必须得家属签字。傅棠舟将情况如实地转达给顾新橙，没有刻意隐瞒。

他可以为她找来最好的医生，但她必须得自己做出判断和选择。

"百分之五十……"顾新橙喃喃地重复着这个数字。

这就像是把生死交给抛硬币来决定，听上去有点儿随便。

沉思良久，她还是在手术确认书上签了字，这是她和妈妈共同的选择。

不做手术，顾承望只有死路一条，做了手术……还有一线生机。

可是，只要签下名字了，不管最后是什么结果，她和妈妈都得坦然面对。

顾新橙眼睁睁地看着顾承望被推进了手术室。那盏灯亮起的时候，她的泪水再度模糊了双眼。

走廊里充斥着消毒水和酒精的味道。她靠在冰凉的墙壁上，望

着手术室门口的计时器，在心底求各路神佛保佑爸爸。

秦雪岚坐在门口的椅子上，一直在擦眼泪。顾新橙走过去抱住了妈妈，像是在给予她力量。

傅棠舟站在不远处，静静地看着这对母女。

他的成长环境和顾新橙截然不同，他现在渐渐理解她的想法了。

为什么她执着地想要一段婚姻、一个家庭？因为她在这样的环境里是幸福的。

单身对她而言不像他这样潇洒恣意，而是孤苦伶仃。

那一天在故宫前，他曾向她许诺，如果能追到她，他会给她一段婚姻、一个家庭。

他会给她她想要的一切，即使这不是他想要的。

现在，他和她一起经历了那么多事情，他发现，他想给她的是后半生的幸福。

他想照顾她一辈子，保护她走过风风雨雨。

他想和她结婚，组建家庭，再生一两个孩子，像她的父母这样呵护着孩子长大。

这对他而言何尝不是一种幸福呢？

想到这里，傅棠舟缓步向这对母女走去，走廊的瓷砖上映着他高大颀长的身影。

最先看见他的人是秦雪岚，然后才是顾新橙。

秦雪岚问："橙橙，这位是……"

顾新橙犹豫片刻，然后说："傅棠舟……"

她似乎在想究竟该给他一个什么身份。

傅棠舟直接说："我是新橙的朋友。"

"朋友"是非常寻常的关系，这一声"新橙"却非同寻常。

秦雪岚在这种时刻没有顾得上揣摩这话中的意思，只是说："谢谢，太感谢了。"

她知道是这位傅先生为顾承望找的医生，不论救不救得回来，道一声感谢总是应当的。

傅棠舟在顾新橙旁边的空位上坐下，三个人一起等，像是在等

死神的宣判结果。

这种情况下，他不能当着秦雪岚的面将顾新橙搂进怀里安慰她。他只能用目光告诉顾新橙他在这儿，别怕。

手术进行了快四个小时，顾新橙仿佛在这几个小时里度过了自己的一生。

那盏灯终于灭了，她第一时间冲上前去，却在医生出来时猛然刹住了脚步。

她发现她还是没有勇气面对手术结果。

这时，傅棠舟走上前轻轻握住她的手，然后问医生："结果如何？"

医生摘下口罩："过程还算顺利，七十二小时的危险期过了，病人应该没问题了。"

顾新橙先是松了一口气，紧接着心脏又提了起来。

傅棠舟和她相握的那只手倏然抓紧了，他说："别担心，会没事儿的。"

顾新橙点了点头。她想跟着手术车进 ICU，却被医生拦住了。

她只能在 ICU 的门口远远地看着顾承望。他的头上包满了纱布，手上还吊着针，依旧昏迷不醒。

病床旁的仪器在检测他的生命体征。在这七十二小时内，他随时可能苏醒，也随时可能死亡。

这对顾新橙而言是一场折磨。接下来的三天，恐怕她得不吃不睡地守着顾承望了。

即使这对顾承望而言没有任何意义，可她还是希望这份拳拳之心能打动上天，给她爸爸留一条生路。

到了夜间，顾新橙打了一个哈欠。

秦雪岚说："你去病床上睡，我在这里看着。"

顾新橙却摇摇头："妈，你去休息吧，我来。"

她知道父母有早睡的习惯，而她还年轻，可以熬夜。

两个人都不肯去休息，这时，傅棠舟说："你们去睡吧。我在这儿，有情况会第一时间通知你们。"

秦雪岚这时已隐约猜出傅棠舟与顾新橙的关系不一般了，朋友

帮忙找医生已是仁至义尽，哪还有守夜的道理呢？今天一天，他哪儿也没去，一直在医院陪着顾新橙。

只是这位傅先生从衣着打扮到行为举止都不像是普通人，顾新橙是怎么认识他的呢？

她压下心底的疑虑，对顾新橙说："橙橙，你去睡会儿，我过几个小时去替你。"

顾新橙见推托不了，看了一眼傅棠舟，这才离开——她有点儿怕秦雪岚和傅棠舟单独说话。

事实上，秦雪岚并没有问。

不管他们是什么关系，现在都不要紧，等顾承望醒了再问也不迟。

这位傅先生仪表堂堂，又古道热肠，秦雪岚相信他起码不会是坏人。

顾新橙这一觉睡到了早上五点。最开始她半梦半醒，后来由于太疲累，还是支持不住睡了过去。

她睁开眼睛的时候，发现秦雪岚正睡在她旁边的小床上。秦雪岚并没有叫醒顾新橙。

顾新橙赶忙掀开被子，往ICU的方向跑。

她看见傅棠舟还坐在那儿，岿然不动。他甚至连瞌睡都没打，一直在观察病房里的情况。

等走近了，顾新橙才发现他的眼白里布满了红血丝。

他一夜没睡，替她守到了现在。

"傅棠舟……"顾新橙昨天哭了挺久，这会儿嗓子是沙哑的。

"醒了？"傅棠舟的语气淡淡的。

顾新橙吸了下鼻翼，止住泪意，然后说："你去睡吧。"

傅棠舟没再坚持。临走前，他抱了一下顾新橙。

他身上的淡香早已散尽，可顾新橙还是闻到一种令人安心的味道。

他揉了一下她的头发："新橙，别怕，会没事儿的。"

顾新橙在他的怀抱里点点头，说了一声"嗯"。

下一个夜间，依旧是这样。

顾新橙熬到凌晨三点去休息了，傅棠舟替她守着夜。

医生说，病人的各项体征趋于正常。不出意外的话，他即将平安度过危险期。

这一夜，顾新橙得以安眠。

她梦见爸爸牵着她的手蹚过地上的雨水，一路将她送到学校。

第二天，顾新橙醒来时已是早上八点。

她第一时间赶往 ICU，医生告诉她："你爸爸已经醒了，转到 VIP 病房了。"

爸爸醒了？她欣喜若狂。

可是怎么没人来通知她呢？

顾新橙小跑着赶往 VIP 病房。病房的门没有关，留了一道不宽不窄的缝儿。

她想推门进去，忽然听到里面传来对话的声音。

她从门缝儿里看过去。只见傅棠舟正坐在床边的椅子上，拿着一把水果刀为顾承望削着苹果。

两个男人似乎在说悄悄话。顾新橙屏气凝神，终于听清了。

顾承望说："你知道我家橙橙最怕什么东西吗？"

傅棠舟的神情很专注，苹果皮一圈一圈地向下垂着。他倏然一笑："知道。"

苹果皮完整地落到了垃圾桶里。他用水果刀将苹果一切为二，把其中一半递给顾承望，然后淡淡地说："她最怕青蛙。"

顾承望咬了一小口苹果："橙橙刚上小学的时候，有一天下雨，她去上学，我去上班。老师突然打电话给我，说橙橙今天没去上学。"

傅棠舟安静地听他讲。

"我就纳闷，她是逃课还是路上遇见坏人了？我沿着她上学的路找啊找，终于，让我给找着了。"顾承望笑了笑，"她啊，半道上遇见几只青蛙，被吓得走不动路，躲在角落里发抖呢。"

"后来呢？"傅棠舟问。

"我把那几只青蛙赶走了，牵着她的手，一路把她送到了学校。"

顾承望说，“后来每逢下雨天，我都会亲自送她去上学。这一送，我就送了十来年，直到她去北京上大学。”

顾新橙听到这话，眼泪不争气地流了下来。

“北京有青蛙吗？”顾承望问。

“也有，很少。”傅棠舟说。

“唉，希望她以后别再遇见青蛙了，”顾承望叹了一口气，“要么，有个人能像我这样，一路给她牵过去。”

傅棠舟的脸上有浅浅的笑意，他说：“会有的。”

一阵清风将门推开，发出嘎吱一声。

两个男人同时向门外的方向看，只见顾新橙红着眼眶立在那里。

风拂过她墨色的发丝，衬得她的脸越发苍白清瘦。

这几天她忧心忧神，瘦了不少，细细的手腕上能清晰地看到凸起的腕骨。

“爸……”顾新橙哽咽着飞奔过来。

顾承望把手里的半个苹果搁下，叫了她的小名：“橙橙。”

顾新橙注视着顾承望的脸。也许是因为经历了一场生死攸关的大手术，爸爸一夜之间像是老了很多——也或许是，她很久没有这样近距离地观察过爸爸了。

纱布裹着他的头，只露出他银白的鬓发。他的眼角的皱纹像鱼尾，抹也抹不平。

她用颤抖的手指抚上顾承望的手背，他倒是先安慰起她来：“爸爸没事了。”

傅棠舟将水果刀折叠起来放到一旁，不动声色地看着这对父女。

他一个外人似乎不适合出现在这样的场合。

他说：“我出去买点儿早餐。”

顾新橙的目光移到他的身上。她张了张嘴唇，没有吱声。

直到傅棠舟离开，顾承望才悠悠地说道：“我家闺女眼光不错。”

顾新橙忙说：“没有……”

顾承望笑笑，鱼尾纹更加明显了。他说：“你什么心思，我还看不出来吗？”

顾新橙不说话了，视线落到被削好的苹果上——圆溜溜的，手艺倒是不错。

“他是不是去年来无锡找你的那个投资人？”

“嗯。”顾新橙没有隐瞒。

“挺好。”顾承望评价了这么一句，让她摸不着头脑。

她回溯去年春节那会儿，傅棠舟以考察项目的名义来到无锡，她带他逛了逛自己的高中校园。

后来他将她送到家附近的马路旁时发生了一起小小的意外——他挡在前面，将她护在身后。

这个举动……是出于他保护她的本能吗？

恐怕傅棠舟也没有想到，这个无心之举被顾承望看在了眼里，记在了心上。

“现在呢？”

“什么现在？”

“现在还是投资人吗？”顾承望居然一苏醒就开始探听女儿的八卦，她的终身大事果然是老父亲最操心的事情之一。

“现在……”顾新橙浅浅地抽了一口气，“是男朋友。”

喜悦、羞涩和甜蜜漾在她的心底，心跳倏然间加了速。

顾承望还想问什么，她立刻终结了这个话题：“爸，你什么时候醒的？”

“后半夜。”

差不多是她去休息后的一两个小时。傅棠舟想去叫她，被顾承望阻止了。顾承望说让她多睡一会儿，于是她一觉睡到了八点钟。

“头还疼不疼啊？”她关切地问。

“没感觉。”他说。

“爸，你以后工作不能太辛苦了，”顾新橙牵起他的手，贴上自己的脸，“医生说，你是高血压加上过度疲劳引起的脑溢血。”

“我知道。”顾承望在鬼门关走了一遭，自然明白命比工作宝贵。

“我妈呢？”顾新橙环顾四周，想起从刚刚到现在都没看见秦雪岚的身影。

“她买东西去了。”

两个人正说着话，秦雪岚和傅棠舟一起回来了。

他半路上碰见了秦雪岚。她已经买好了早餐，于是招呼他一块儿过来吃。

“傅先生，坐。”

秦雪岚将早餐放到桌面上，想给傅棠舟拉开一把椅子。他却说：“阿姨，您别动，我自己来。”

顾承望假意咳嗽两声。秦雪岚一惊，连忙问：“身体还不舒服？我去喊医生。”

“不是，”顾承望笑着指了指顾新橙，“这是咱闺女的男朋友，你别和人家太生分了。”

秦雪岚愣怔片刻，恍然大悟，情不自禁地问道：“哎，真是男朋友啊？”

“怎么不是了？”顾承望说，“刚刚她亲口说的。”

顾新橙的脸上顿时爬上一抹红云。她还没答应傅棠舟呢，这下倒好，让爸爸透了底。

她和傅棠舟对视一眼，他的眼底浮起一丝清朗的笑意，她别扭地转过头去。

接下来的这顿早餐，顾新橙全程没和傅棠舟说一句话。

她的脚趾蜷缩着刨着地，像是她做坏事被抓包了。

傅棠舟神态自若，一直在夸秦雪岚买的早餐好吃，颇有点儿拍马屁的意思。

吃完饭，秦雪岚让他俩出去，给顾承望留一点儿安静的休息空间。她一个人留下来服侍他就够了。

顾新橙来到走廊上，VIP 病房的门被关上。她这才反应过来——秦雪岚这是在给她和傅棠舟创造独处的时间。

她顿感无语，不应该是这样的啊。

网上不是说，爸妈看闺女带男朋友回家都像防止白菜被猪拱了一样防着吗？哪有主动把白菜送给猪拱的？

傅棠舟轻挑眉梢，忍俊不禁地说道：“走吧，女朋友。”

她第一次从傅棠舟口中听到“女朋友”这个词，尴尬和羞恼一并涌上心头。她嗔怪道：“你叫谁呢……”

“这儿除了你，还有谁？”走廊上空荡荡的一片，二人的身影被金色的阳光拉得很长。

顾新橙这几天寝食难安，这下得了空儿，也不敢走太远，生怕爸妈忽然有事情叫她回去。

正巧这医院离黄浦江挺近，站在高层的窗边能远远地看到滚滚的江水。

两个人迎风站立。猎猎晨风穿透窗户，扑面而来。

浑浊的江水浩浩荡荡，渺无际涯，向东奔腾。

顾新橙深吸一口气，只觉得心胸也随着这幅景致变得辽阔起来。

她侧过头去看傅棠舟。他把双手搭在窗上，阳光把他的侧脸勾勒出金色的边缘。他抿着唇，无情无欲的脸上偏有一双深沉的眼眸，藏匿着他全部的柔情。

“傅棠舟，”顾新橙说，“谢谢。”

“新橙，”他扭过头看她，“咱俩没这么生分。”

男女朋友之间说什么谢谢呢？何况这是她的爸爸。

“可我想告诉你。”

远处宽阔的江面上有快速行驶的轮渡，悠长的汽笛声传来。

时至今日，顾新橙依旧没有办法做到能与他比肩的地步。可她不再固执了。

傅棠舟的身后有强大的家庭做支撑，她妄图以一人之力扯平几代人积累下的鸿沟是不现实的。

她钦慕他，但不再有那种深入骨髓的自卑。因为他给她的感情消弭了这种差距，让她觉得这是值得的。

这种感情……是爱情吧？

女人总会固执地想听那句“我爱你”，仿佛少了这句话，就少了一种仪式感。

可是，每个人表达爱的方式不同，爱你的人也许从不会宣之于口，不爱你的人也可能对你重复说千百次“我爱你”。

她是从什么时候开始明白这一点的呢？她不禁去思考这个问题。

他带她去故宫看雪的时候？他教她一步步成长变强大的时候？还是他护送着她穿过一片蛙鸣的时候？

或者更早的时候。

即使到现在，她也捉摸不透他全部的心思。

可是不要紧，因为她从来没有像现在这样深刻地感受到过他们是属于彼此的。

想到这里，顾新橙问了傅棠舟一个问题："你有没有像我这样无助过？"

前几天，她的至亲之人曾命悬一线，这种感觉太令人绝望了。

傅棠舟永远是高高在上的，一切局面似乎都在他的掌控中，她从未见过他慌乱的样子。

他太强大，还是他将情绪掩藏得太好呢？

傅棠舟望着江水，仰起头，思索片刻，忽然一笑："有。"

顾新橙想探听他内心的隐秘，却又觉得这样戳他心窝子不好。

谁知，他竟主动告诉她："你出国的那一年。"

那时候，升幂资本的规模在短短一两年内扩大了近一倍。他在生意场上意气风发，内心却越发空虚。

鲜花、掌声和金钱织成的虚荣外衣总是在他回到家的那一刻被硬生生地扯下。

他只有让自己忙起来，才能不去想她。可是他的心像是空了一块儿，什么东西都没法儿填补。

他想去美国找她，又怕打扰她的生活。他不确定她还会不会回国，也不知道她回来后两个人还有没有缘分再见面。

纵然他们见面了……又能怎么样呢？他真的不知道。

他想知道她的消息，却又不敢知道。

他怕她交了新男友，把自己忘得一干二净，然后开始了新的生活。他还担心她沉溺在他曾经带给她的痛苦中走不出来，孤身一人在国外，遇到什么事儿只能一个人扛。

他想，也许他真的失去她了。

这或许只是阵痛，像牙疼一样，总会好的。

可整整一年过去，这种痛不但没有被治愈，反而侵入骨髓。

他沉淀了一年，试着去收敛锋芒。

他像是一只老鹰在岩石上磨喙，可磨好了喙也没有意义，因为他心仪的猎物早已不在他的掌控中了。

那是他最无助的时刻。

失去一个人，原来是这样的感觉。

感情里缘分太重要。

好在上天眷顾他，阴错阳差地又将她送回到他的身边。

在合适的时间遇到合适的人，失而复得，弥足珍贵。

“那一年发生了什么事儿吗？”顾新橙问。

傅棠舟莞尔一笑，摇摇头：“没发生什么。”

他不会在她的面前展露出无助的样子，不是因为面子，而是因为他不能被打倒。

狼狈落魄的那一面自己知道就行。他得给她一个坚实的臂弯，呵护她走过风风雨雨。

“新橙，我没你想的那么强大，但是……”傅棠舟顿了顿，“你信我，我护着你足够了。”

他从来不相信说一句“我爱你”就能留住心爱的女人，即使现在也一样。

“你信我吗？”他握住她的手。她的手柔软又细腻，而他的手温暖又宽厚。

顾新橙久久地凝望着他，然后靠在他的肩膀上，轻声说：“我信。”

# 第十八章
# 柳暗花明

顾新橙在上海待了一周，傅棠舟也陪了她一周。

确定顾承望没有大碍以后，她必须启程回北京了。时间紧、任务重，她耽搁不起。

他们下了飞机，傅棠舟将她送回住处。他说：“新橙，是时候搬家了。”

他指的是搬来和他同住。

“你住我那儿，每天通勤时间少了两个小时，”傅棠舟说，“这样的话……”

顾新橙听了这话，眼睛一亮：“那我就可以花更多时间加班了。”

傅棠舟：“……”

他想说的是他俩可以有更多时间相处。谁知道她那么热爱工作？

和工作抢爱人，大概就是这种感觉吧。

他明明心里不舒坦，还不得不给工作让步。

答应傅棠舟后，顾新橙没有拖泥带水。她和学姐简要说明了情况：

"我要和男朋友一块儿住了。"

过了两天，傅棠舟派了两个司机来给她搬家。他们一口一个"顾小姐"地叫着，态度恭敬极了。

学姐不禁好奇："这俩是什么人？"

顾新橙说："我男朋友的司机。"

"他有两个司机？"学姐惊讶。光是从配司机这一点学姐就知道她男朋友的身份不简单，配俩司机得是什么人啊……

"三个，"顾新橙眨了下眼，"还有一个今天给他开车，没过来。"

学姐："……"

她吓得不敢说话了。

顾新橙收拾到晚上快九点还没搞定。女人零零散散的东西很多。她这两天工作又忙，今晚才开始收拾东西。

傅棠舟打来了电话。顾新橙按了免提，然后继续往纸箱里叠衣服。

"还没好吗？"

"东西太多，恐怕要收拾到十二点。"

傅棠舟沉吟片刻，然后说："我过去看看。"

"哎——"不等顾新橙拒绝，他就挂了电话，看来是打定主意要来。

半小时后，学姐靠着阳台向下张望时看见一辆白色的保时捷出现在居民楼下。

车灯熄灭后，司机先行下车，然后绕至后车厢旁，毕恭毕敬地打开车门。一个男人走了下来，他身材修长，夜色也挡不住他举手投足间的贵气。

他仰起头看了一眼亮着灯的楼层，学姐连忙闪进室内。

此时此刻，她很想问一问正在打包的顾新橙是从哪儿钓来的极品男人。

三分钟后，门铃响了，顾新橙去开门，只见傅棠舟拎了个纸袋站在门口："我给你带了点儿夜宵。"

顾新橙接过纸袋一看，里面是一块提拉米苏。

"大晚上吃这个会发胖的……"她嘴上这么嘟哝着，心底却甜

丝丝的。

“你前段时间瘦了不少，补一补。”

傅棠舟一进门，瞧见了和顾新橙合租的学姐，于是说：“抱歉，深夜打扰了。”

学姐愣了几秒才回过神：“不打扰。”

他走进顾新橙的卧室，这里现在乱糟糟的。可整洁的被褥告诉他，房间的主人平时很爱干净。

房门口堆着大包小包，里面什么都有。

“这个别带了，”傅棠舟指了指那一箱锅碗瓢盆，“我那儿都有。”

“那也不能扔这儿啊？”

“留给你的室友不就行了。”

“……”

“这些被褥，你也打算带过去？”

“不行吗？”

“我那儿床大，你这铺不满。”

“万一以后有用呢？”

“你去了还指望搬出去？”

“……”

“还有这个——”

不等傅棠舟说完，顾新橙当机立断：“送送送！”

傅棠舟莅临指导一番，顾新橙最后竟然只用带三个纸箱。她猜他一定看过《断舍离》这本书，否则扔东西时怎么那么豪爽？

学姐收获一堆乱七八糟的东西，半欣喜半忧虑：“这种感觉好像吃鸡舔包啊。”

十一点，两个人回到银泰中心。

司机帮忙搬运顾新橙的纸箱。她躺在沙发上，累得够呛。

忽然，她注意到电视墙旁边摆了一株仙人掌。

这仙人掌长得快有半米高了，她隐约记起之前傅棠舟的办公室里也有一株。

当时她还纳闷，他也会养这种低级植物吗？

“这仙人掌哪儿来的？我上次来的时候没看见啊。”

“从办公室搬回来的，你不记得了吗？”

“记得什么？”

“这是你的东西。”

她在脑子里搜寻许久，也不记得自己名下什么时候登记了一株仙人掌。

他不得不提醒她：“你上次搬家时落下的，真不记得了？”

顾新橙左思右想，终于从记忆里找出零星的片段。

“这不是我的仙人掌，”她说，“这是我同事离职的时候给我的，我就顺便拿回来了。”

这话听着有点儿扎心。他辛辛苦苦养了三年，竟然不是她的东西。

他原本还指望着她看到这株仙人掌能感动得热泪盈眶，谁知……这种感觉就好像自己辛辛苦苦养大的孩子不是亲生的。

顾新橙伸出一只手掌冲他比画了一下：“还有啊，我记得那时候它就这么一点点，你怎么养成现在这个样子了？”

傅棠舟：“……”

他感觉她不是很满意？

“长大了，不好吗？”傅棠舟搂住她的腰，将下巴靠在她的肩膀上，“怎么可能一直那么小？”

“你知道那种宠物小香猪吗？好多人被骗了，把小香猪养到几百斤，”顾新橙振振有词，“长大了就不可爱了。”

傅棠舟望着那株仙人掌说：“这不挺可爱吗？”

毕竟养了三年，有感情了，他怎么看都顺眼。

“可爱吗？”顾新橙疑惑了。

“可爱，”傅棠舟拨开她耳侧的长发，亲吻她的耳垂，“跟你一样可爱。”

致成科技在上次召开发布会之后，估值一路飙升，从三个亿突破到了十个亿。

季成然这段时间可谓意气风发，按照计划，致成科技将在五月份进行下一轮融资。

这时，升幂资本突然提出要在此轮融资中全额退出。

致成科技早已在升幂资本的扶持下成长起来，升幂本来就是做风投生意的，按照投资协议的约定，B 轮是一个可以退出的时机。

升幂资本特地询问了季成然是否要进行管理层回购。

季成然的心思活泛起来。其实他一直都有这个打算，只是之前没机会罢了。

升幂当初一共投资了两千万，又花了五千多万将顾新橙手头的股份买回来。也就是说，他们的全部投资成本不超过八千万。

然而，升幂资本开出的价码极高，四个亿。

短短两年，这笔投资的回报率高达百分之五百，说升幂赚得盆满钵满也不为过。

季成然肯定拿不出四个亿来，隆鑫的人指点他，说可以想办法把手头现有的股权质押套现。

至于质押给谁……隆鑫当仁不让地站了出来。

季成然权衡利弊，认为质押给隆鑫是最便捷稳妥的方法。

于是他将手头的股权尽数质押，隆鑫又替他操作一番。最终他套现近四个亿，用来回购傅棠舟手里的致成的股份。

“四个亿？”顾新橙听到这消息后只觉得季成然是疯了，“他哪儿来的四个亿？”

“他把股权质押给隆鑫了。”傅棠舟说。

“这样做风险太大了，万一以后公司出点儿问题，就全完了。”

“他不是一向爱冒险吗？赌赢了，下一轮他的身家就能突破二十个亿。”傅棠舟气定神闲地说。显然，季成然做出这种选择在他的意料之中。

可他要是赌输了……到时候股权和一堆废纸没两样，他还得偿还隆鑫四个亿的债务。

“隆鑫怎么想的？”顾新橙觉得匪夷所思。

“他们的想法和季成然一样。”傅棠舟说。

在隆鑫的投资计划里，致成科技至少可以撑到 D 轮，未来升值空间极大。

可是升幂资本不会把股份转售给隆鑫资本，所以隆鑫就打起了季成然手头的股权的主意——这是在和恶魔做交易，双方都在赌致成将来的估值会呈几何式上升。

不过，对于傅棠舟而言，这简直是一出好戏。

如果项目爆雷，或许会上演他喜闻乐见的那一幕——双方都亏得血本无归，只有升幂资本得利。

“那你的想法呢？”顾新橙诚挚地发问，“致成科技将来还会再涨吗？”

“新橙，这得看你的本事。”

“我？”顾新橙不解。

“致成现在的估值高，是因为市场看好将来它在手机人脸识别领域的占有率。”傅棠舟解释，“一旦市场上出现强有力的竞争者……”

话说到这儿，顾新橙懂了。

如果易思智造能在这个领域打败致成科技，季成然后面的日子会很难过。

“你有信心打败致成吗？”傅棠舟问。

“有。”顾新橙说。

“你也别给自己太大压力，放轻松。”傅棠舟说，“打不赢也没事儿，反正你跟致成已经没关系了。”

顾新橙没有刻意要报复季成然的心理。可她现在为新公司卖命，对他的仁慈就是对自己的残忍。

更何况，季成然从来也没想过要对她手下留情。

章亮离职后，顾新橙从其他部门借调了一个员工，研发进度才没有被拖延。谁知道下一步季成然又会出什么招来对付易思智造呢？

她的胸腔中燃烧起一簇烈火，这场战役，她不能输。

她一定要在正面战场光明正大地击败他。

这段时间，技术组的员工个个儿铆足了劲儿攻克难关。

顾新橙每天不是在公司，就是去见各大手机厂商，向他们演示易思智造的概念成果。

然而，她和厂商谈合作的过程并非顺风顺水，而是困难重重。

致成科技那场发布会带来的效应对其他做人脸识别的公司来说挺致命的，现在市场很看好致成科技的识别技术。

就算有手机厂商不打算让致成科技提供技术支持，理由也不是他们的技术不好，而是价格贵。

顾新橙不可能将报价压得比致成低，最多做到和致成一样。价格上没有优势，愿意买单的厂商更是少之又少。

手机人脸识别的市场很大，竞争也相当激烈，他们想要脱颖而出，的确是一个难题。

技术在本质上也是一种产品。

她不禁开始思考是否可以用其他手段宣传。

就在顾新橙绞尽脑汁时，致成科技又放出了一款重量级产品。

他们在居家安防摄像头的基础上进行了一次升级改造，将这款摄像头的应用范围拓宽到各个领域。

其中一个作用是监控学生的上课情况。在概念演示中，摄像头会自动记录并分析学生的行为数据，比如听讲、玩手机、打瞌睡、举手的次数和时间，方便老师和家长及时了解课堂情况。

另一个作用是监控员工的工作情况。员工工作、偷懒、上厕所、吃零食……这些信息在屏幕中一览无余。

不得不说，致成科技在技术上已经做到了行业领先。

顾新橙看着这些概念演示，只觉得不寒而栗。

她曾经看过一本书，书中描绘了一个处处安装着电幕（监视器）的国度。那种专制的氛围让人压抑又无助。

而升级换代后的监控摄像头早已违背了顾新橙的初心。她希望AI技术能用于看家护院，而不是监视正常人。

现代人的生活早已无隐私可言，想必没有学生和员工愿意在监控下学习和工作。

学校和公司却有足够的理由站在道德高地上迫使你接受这件

事——既然你上课认真、工作努力，为什么要拒绝呢？

致成科技的概念演示在网络上流传开后，掀起了轩然大波。

网友纷纷抨击他们这是在滥用识别技术、侵犯个人隐私，并集体发起抵制。

顾新橙发现，每个行业内看似竞争激烈，对外却是一体的。网友们不会区分各大公司技术上的差别，只会一股脑地全部抵制。

这一步棋致成科技走错了，恐怕他们也没料想到竟会惹来如此大的风波。

为了稳定合作伙伴的信心，致成科技决定发布另外一款研发中的新产品——AI 换脸 APP。

利用 AI 换脸技术，APP 用户可以轻而易举地将自己的脸代入各大经典影视剧中，享受当明星的快感。

这款 APP 一经发布，各大视频网站的博主纷纷狂推，掀起一阵不小的热潮。

顾新橙的朋友圈里也有人放了自己的小视频，说这款 APP 很有趣。

她下载了这款 APP，看来看去，它仅有娱乐功能，这和她内心深处的想法相去甚远——人脸识别这样先进的技术明明可以被用来做很多有意义的事情，可致成科技的产品格局却始终没有打开。

顾新橙的思绪逐渐飘远，她在脑海中搜寻着各种技术应用场景。

她回忆起这段时间的生活，忽然间灵光一闪，立刻从床上坐了起来。

现在是深夜十二点，她聚精会神地滑着平板电脑。

“怎么还不睡？”傅棠舟将胳膊搭上她的腰，“刚刚不是喊累？”

“你睡你的，我有点儿事儿。”

荧荧亮光照着她柔美的侧脸，从他的角度来看，那张脸格外漂亮。

他半靠在床头上，将她拉到怀里：“看什么呢？给我也看看？”

他的视线落在她的平板电脑上，页面上的几个大字令他微微蹙眉。

这是一家专门发布走失儿童信息的网站，网站上林林总总的消

息令人眼花缭乱。

“怎么在看这个？”傅棠舟问。

顾新橙将她的想法告诉了傅棠舟。听完她的一系列构想，他睡意全消。

技术没有善恶之分，可使用技术的人却有善恶心。

她的善良决定了她在这件事上的格局注定比季成然要高出一大截。

她已经找到了击败其他竞争对手的方法。

时间来到五月中旬，易思智造终于如期完成了这项浩大的工程。

顾新橙决定召开一场技术发布会，向公众介绍易思智造的全新成果。

就在这个当口儿，网络上爆出一件桃色丑闻。

一位当红女星的床上视频在网上悄然传播开。这位女星向来走清纯路线，谁知背地里竟如此放浪形骸，一时引起全民讨论。

当天，该女星的工作室发了律师函，否认视频里的女子是女星本人，勒令传播视频的博主删除并道歉。

工作室的这通操作在网友看来就是坐实了这件事，网络上嘲讽这位女星不检点的言论铺天盖地，不知道的还以为她“下海”了。

顾新橙听到公司员工私下聊天都在说这件事，还得附上两句对该女星身材和床技的点评，可见风评差到了什么程度。

“小张，我让你做的表弄好了吗？过几天发布会要用的。”她的一句话就将讨论八卦的众人挥散了。

她对这件事不太感兴趣，罪魁祸首应当是发布视频的人，谁能接受别人把自己的私密视频放到网上呢？

然而，这件事引发的后果令人不寒而栗。

该女星的工作室报了警，并开始寻找证据，揪出了发布这条视频的博主“酸菜小鱼儿”。

一看可能要被判刑，这个博主立刻怂了。

他承认这条视频是伪造的，原视频来自国外某色情网站。他只

不过是用AI换脸技术将女主角的脸替换成了该女星的脸而已。

原因是他想看这位女星的成人视频寻找刺激。

警方在他的电脑里发现了大量处理过的视频，里面的人脸均被换成了现在当红的各大女星的脸。

而这位“酸菜小鱼儿”还有一个身份，那就是致成科技的技术人员。

警方仅花了两天时间就破了案，舆论哗然。

AI换脸技术被某些居心叵测的人用于各种不正当场合，据说还有犯罪分子伪造视频向老年人行骗。

原本公众就对AI识别技术抱有一种恐惧心理，现在这些事情一桩桩一件件地摆在面前，网友们义愤填膺地表示坚决不能放开这种技术，否则对社会的危害太大。

易思智造的技术发布会就是在舆情沸腾的情况下召开的。

召开发布会当天，顾新橙起了个大早。

她踩过柔软的羊毛地毯，在浴室里对着镜子梳洗打扮一番，然后去衣帽间挑了一套合身又干练的西装。

宽敞的衣帽间内，傅棠舟正在挑领带。

他有上百条款式各异的领带。要是他有选择困难症，早上恐怕得纠结挺久。

他找了几条，似乎都不太满意——今天他要和顾新橙一同出席发布会，得比平时更注意形象。

前段日子两个人一起出门时刚好碰上顾新橙的一个大学同学。那位同学见了傅棠舟，脸上露出诧异的神色。

她大大方方地介绍说：“这是我的男朋友。”

谁知她同学毕恭毕敬地叫了一声：“傅总，您好。”

她再一打听，原来她同学跳槽到升幂资本了。她不知不觉成了同学的“准老板娘”。

顾新橙挑了一套浅灰色的西装，又找了一条靛色丝巾，绕过脖子，松松地打了个蝴蝶结。

这时傅棠舟扯出一条靛色领带，对着镜子系好。

顾新橙看看他，又看看自己，恍然大悟。

不经意的同色系小配饰透露出两个人之间暧昧的关系。

这种生活细节里的小浪漫在她的心里漾开一丝甜蜜。

时值六月，阳光正好。幽蓝的天空万里无云，蝉鸣里夹杂着一丝燥热。

绿化带中的白色凤尾兰被一阵热风拂过，似风铃般摇曳起来。

这是易思智造召开发布会的日子，承办活动的酒店红毯铺地、花团锦簇。

易思智造的高管尽数出席，长枪短炮的媒体翘首以待，无数同行严阵以待。

一辆黑色迈巴赫在工作人员的指挥下缓缓停到停车场中央。

顾新橙坐在后座上，腰杆笔直，膝上放着平板电脑，此刻正对着 PPT 默念此次发布会的演说词。

傅棠舟握住她的右手："紧张吗？"

顾新橙说："不紧张。"

他觉着好笑："那你的手抖什么？"

她小声辩驳道："我激动，不可以吗？"

"现在就这么激动，"傅棠舟揶揄道，"一会儿见了媒体，还不得晕过去？"

顾新橙被他这话激得颇为羞恼，将自己的手从他的掌心里抽走："你也太小瞧我了。"

他们正说着话，后车门被打开了。

于修毕恭毕敬地说："傅总，顾小姐，请。"

傅棠舟先行下车。他身形挺拔、西装革履，踩着锃光瓦亮的皮鞋踏上红色绒毯。

他回过身，向车内伸出右手。一只白皙的手搭上他的手心，他轻轻一握，将顾新橙从车内牵了出来。

日光刺目，像是有长焦镜头的光圈自天空向下照耀。

顾新橙下意识地想用手做檐，遮挡阳光，这时一只大手搭上了

她的额头。他温和地一笑，然后说："走了。"

想要去往发布会现场，他们还得走过长长的一段红毯。红毯两侧有鲜花气球，彩带飘飞、横幅招展。

顾新橙走了两步，步子突然小了不少。两人刚拉开一人的距离，傅棠舟就停下脚步问："怎么了？"

她有点儿心虚，没头没脑地说了一句："感觉跟结婚似的……"

她之前忙着准备发布会的内容，会场布置这种事情是其他同事筹办的，谁知道搞成了这副样子。

傅棠舟听了这话，四下看了看，嘴角忽地扬起一个弧度。他说："是挺像结婚的。"

顾新橙的脸倏然一红，她心想，刚刚干吗要说出来呢？这下更尴尬了。

"放心，以后咱俩结婚，现场肯定比这儿好看。"傅棠舟直接将她拉至身边，用手揽住她的细腰，"靠近点儿，结婚哪有离那么远的？"

他这话一出，她脸上的红云直接飞上了耳朵尖，她却也没推开他。

两个人步入旋转玻璃门，正对着大门的是一块巨幅蓝色 KT 板，上书"易思智造技术品牌发布会"十一个大字。

为了召开此次发布会，易思智造花费重金，请了不少重量级嘉宾和媒体，势必要在人脸识别领域进行一场突破性的革命。

顾新橙望着那行字，莞尔一笑。在今天这场发布会上，她将成为主角。

有媒体驻扎在此，两人走近 KT 板时，闪光灯亮个不停。

镜头下的顾新橙仪态万方、容姿优雅，傅棠舟品貌非凡、从容不迫。

几个眼尖的财经记者早就注意到了他们亲昵的姿态，私下里小声讨论着。

"这不是升幂资本的总裁吗？"

"升幂是易思智造的投资方，他来不挺正常吗？"

"我知道啊，可是他旁边那女的是谁啊？参加个发布会还带女伴，太隆重了吧？”话没说完，他就被卷起的纸筒敲了一下头，“哎哟，你打我干吗？”

“让你提前做准备，又没听是不是？这女的是今天发布会的主讲人啊，你认不出来？”

“我脑子有点儿乱，”他拿了块布擦了擦镜头，“升幂资本的总裁和发布会的主讲人之间有什么关系吗？”

看样子他们的关系还挺好，都搂着腰一块儿来了。

“男女之间能是什么关系？”他的同事气急败坏地说，“这么重要的场合一起露面，你告诉我还能是什么关系？”

好吧，他问了一个白痴的问题，老老实实闭了嘴。

傅棠舟不是娱乐明星，没必要在这种时候博人眼球，更不会随随便便带女人出镜——八成是有结婚的打算。

这些嚼舌根的话传不到当事人耳中，傅棠舟半搂着顾新橙，一路踏着红毯款款步入会场。

会场内灯火通明，济济一堂。两个人一同进场时，半个场子里的人都注意到了。

他们走到第一排正中央的位置落座，傅棠舟的名牌旁边紧挨着的就是顾新橙的名牌。

她看着那两张名牌，心中感慨万千。

他的位置从来都没有变过，而她的位置却一直在变，从一个默默无闻的小场务，到和他相隔好几排，再到今天她坐在他身旁。

其间经过了多少波折，恐怕只有她自己能体会。

严总坐在傅棠舟另一侧。他见两个人一起出现，露出惊讶的神色。

这是……明修栈道，暗度陈仓？

投资人是什么时候把他麾下的得力干将收入囊中的呢？他竟毫无察觉。

“傅总。”严总打了个招呼。

“严总。”傅棠舟微微颔首，拉着顾新橙一同坐下。他坐下以后，手都没松开。

严总心底有许多问号，可他知道不宜打听这种事，心知肚明就好了——以后他可不能真把顾新橙当下属看了，态度得恭敬点儿。

傅棠舟竟主动开口：“我给她加油鼓劲儿来的。”

顾新橙的面色稍窘，他这话说得颇有点儿送小学生上学的意思。

严总笑笑：“傅总好手段，什么时候成的？以后要是有好事儿，可一定得请我啊。”

傅棠舟：“一定提前俩月给你发请柬。”

顾新橙：“……”

等等，他应该没跟她求过婚吧？今天这一遭遭的，好像两个人只差去民政局花九块钱扯个证了。

傅棠舟和严总聊起了近来的市场格局，顾新橙支起耳朵听他俩谈话，目光落在前方的贝壳形主舞台上。

舞台上流光溢彩、花团锦簇，今天这里就是顾新橙的独家秀场。

她又看向身后，会场内宾客如云、座无虚席。

她没有惶恐不安，因为傅棠舟一直牵着她的手。

明明只是一个小小的动作，却能给她无尽的力量。

这时，顾新橙在人群中看到了一个熟悉的人影，季成然。

发布会的请柬中有一部分是送给同行的，致成科技也是受邀方之一。

曾经他是她的学长、合伙人，现在他们是同行、竞争对手。

这样的转变不得不令顾新橙唏嘘。

季成然也看见她了，他面无表情的脸上忽地扬起一丝笑意。

那笑容里没有善意，更像是一种嘲讽。他不信顾新橙能做得比他更优秀。

顾新橙收回目光，却发现傅棠舟在看她。他应该也注意到季成然了，可对季成然连一个眼神都懒得给。

他安抚着她，手稍稍用了下力：“别慌。”

“我没慌呀，”顾新橙坦然一笑，“他来了更好。”

“嗯？”

“我要让他亲眼见证事实，输得心服口服。”

她志得意满的小模样映入他的眼底，他竟跟着她一起笑了。

她的每一丝情绪都牵动着他的心，这一刻，他毫不怀疑一件事——他发自内心地爱着她。

会场内明亮的灯光忽地一暗，主持人拿着话筒上场，现场响起了热烈的掌声。

主持人致辞后，邀请了严总上台。

严总的讲话非常短暂，只有不到三分钟的时间。他回顾了易思智造十余年的创业经历，业务的一步步拓展，最终将话题定格到此次发布会的焦点——人脸识别上。

他的讲话即将结束，顾新橙整装待发。

傅棠舟替她将长发拢至耳后，然后说了一句："加油。"

顾新橙点了点头，然后拿了一支话筒，迈上舞台。

聚光灯下的她像一只漂亮的小孔雀。

傅棠舟心里清楚，他的女人不光是漂亮。

漂亮只是她众多优点里最浅显的一条罢了。

台下掌声雷动，顾新橙的脸上挂着淡淡的笑容。

"各位来宾，大家上午好，我是顾新橙，"甜美的女声穿过话筒，被音响扩大，回响在会场的每一个角落里，"今天，非常荣幸能邀请到各位嘉宾、同行朋友共同见证易思智造最新的研发成果——人脸识别技术。"

她注视着台下，眼神明澈，然后神态自若地提起近来发生的一系列公众质疑事件："相信在座的各位也一直在思考这个问题，我们的人脸识别技术到底是在造福人类还是为害人类？我给出的答案，是造福人类。"

说到这里，她的嘴角漾开一丝甜笑："前段时间，我去逛超市，遇到了一个走失的小女孩。"

场下的听众聚精会神，只有傅棠舟会心一笑——是他俩一起去的，这是他和她的小秘密。

"还好超市里没有坏人，她的父母第一时间通过超市广播寻找她，最终我把她平安地送到了她的父母的身边。然而，并不是每个孩子都能像她这么幸运。"顾新橙话锋一转，用多媒体遥控器切换

PPT,“根据三方权威机构的估计,我国每年被拐卖的儿童多达七万人,总数量更是高达几十万。”

这么庞大的数字令人心惊。现场的来宾大多已为人父母,他们最听不得这种消息。

一提到人贩子,人人都恨得牙痒痒。

大屏幕上出现了一张女童的照片,顾新橙说:“这个孩子名叫萌萌,这是她三岁时的照片,而她在四岁那一年被拐卖了。”

这张照片年代久远,异常模糊,女孩的面孔却很稚嫩。

“她的父母从来没有放弃寻找她,但距离她被拐卖已经过去了整整八年。即使萌萌从父母面前路过,他们也很难认出她就是他们走失多年的女儿。”顾新橙不疾不徐地说,“孩子的相貌发生了变化,这是寻回走失和被拐卖儿童的难点之一。”

“萌萌从西部被拐卖到某沿海发达省份,若要凭人力寻找,恐怕是大海捞针。然而,就在十几天前,我们通过最新的人脸识别技术找到了萌萌。”顾新橙的话让场下的听众欢欣鼓舞。

“这是易思智造利用人脸识别技术模拟出的萌萌的相貌,这是萌萌现在真正的相貌。”大屏幕上出现了两张很像的照片,这两张照片逐渐重叠,相似度竟然高达百分之九十,在场的听众纷纷惊叹。

“我们和公安部门合作,将萌萌的人脸数据导入系统,她出现在公共场所时被镜头捕捉到。警方经过再三确认,确定了这就是已经和亲生父母分离了八年的萌萌。”

他们利用人脸识别技术帮父母找到被拐卖的孩子,这无疑是一件大大的善举。

“不仅如此,我们还从公安部门那里调出了一部分潜逃十年以上的罪犯的照片,通过人脸模拟和识别,目前已有一半逃犯落网。”顾新橙的语气非常自信,“剩下的那一半,天网恢恢疏而不漏。”

演讲刚进行到一半,听众就情不自禁地开始鼓掌。

傅棠舟目不转睛地看着顾新橙。她的脸在聚光灯下光彩熠熠。

而他眼里的爱意快要溢出来了。

“几年前,我去参加AI行业峰会,有一位嘉宾的演讲给我留下

了深刻的印象，”顾新橙说，“他在演讲中提出了一个问题，我们如何利用 AI 让人类的未来更加繁荣，而非被其压制呢？”

说到这里，她看向傅棠舟。他温柔地注视着她，笑容浅浅。

“他给出的答案是，‘友善的 AI，价值观和人类一致并且愿意和人类并肩作战的 AI’。”顾新橙说，“时至今日，这句话一直深深地烙印在我的脑海中。”

那时的她刚和傅棠舟分手，不愿听他的话。

可她不得不承认一件事，她一直都被他所吸引着。即使是分手以后，他也在另一个方面悄无声息地影响着她。

“人工智能只是一种技术，我们该提防的不是这种技术，而是使用技术的人。”顾新橙说，“技术的善恶属性会随着使用者的变换而改变。我们利用技术去做善事，那么它便是善的；如果人类不约束自我，让恶意膨胀，那么越先进的技术，就是越可怕的帮凶。”

近来发生的一系列事件已经印证了这一点。

对于一项新技术，人类必须收敛自身的欲望，否则必将招致祸害。

易思智造今天召开的发布会扭转了舆论局势——大家争论的焦点不应该是技术，而是技术的使用者。

在演讲的最后，顾新橙说：“易思智造将和公安部门、民政部门长期合作，为寻找失踪人口、抓捕逃犯提供强有力的技术支持，这是我们回馈社会的公益行动。”

“在此，我也恳请在座的各位同行心存善意，不要放任人工智能为害社会，而是要利用人工智能做善举。我们不仅是竞争对手，也是命运共同体。一荣俱荣、一损俱损。

“AI 行业的发展需要每一位同行的支持，谢谢大家。”

顾新橙冲台下深深鞠了一躬，场下的掌声经久不息。

她抬头的时候特地向季成然的方向看了一眼，他不知何时已经离场了。

发布会结束后，引发了网友们新一轮的思考。大家纷纷对易思智造竖大拇指，表示日后一定会支持易思智造的产品。

这场发布会的召开也为易思智造带来了无数机会。试问，这样一个有善心、有格局的企业怎能不让人放心呢？

至于致成科技，顾新橙已经没有闲心关注它的未来了。

她最近忙着接商务合作，有时候一天得谈七八笔生意，已经快忙疯了。

每一个加班的深夜，傅棠舟都会在公司楼下等她。

他要求她不准加班太久，要早点儿回家休息，身体最要紧。

你看看，现在他又到楼下了。

顾新橙迫不得已地开始收拾东西，小跑着下楼——他跟她立了个规矩，她迟到多久，晚上在床上就得加时多久。

起初她还不信，有一次足足磨蹭了快两个小时。

当天晚上傅棠舟把她折腾到半夜三更，她不得不跟他求饶，说以后再也不敢了。

她好恨，说好的男人三十岁以后就不行了呢？这种说法根本就是在骗人。

顾新橙踩着高跟鞋走到地下停车场。昏昧的灯光下，傅棠舟颀长的身影出现在她的眼前。

她微微一笑，跑了过去。傅棠舟张开手臂将她抱进怀里。

他的身上依旧有熟悉的雪松香气，清凉却令她心安。

"饿不饿？我给你买了点儿夜宵。"他说。

"傅棠舟，"顾新橙不满地抱怨着，"我跟你在一起以后，已经长胖好几斤了！"

他的嘴角勾起一丝坏笑，手不规矩地在她的身上揉："长这儿了？"

她立刻捂住身体，羞恼地跺脚："不准乱摸！"

"好，不摸了，"傅棠舟将她带回车里，门一关上，他继续说，"回家慢慢摸。"

他真是越来越厚脸皮了。

车子驶上熟悉的建外大街，车窗外的景致和几年前相比变化不大。

满街华灯，车水马龙，沿街的风光美不胜收。

这里是北京。

顾新橙转过头看向傅棠舟。

他专心致志地开着车，灯光汇聚成一片火海，映入他深沉的眼眸。

他察觉到她的目光，回头看她。

两个人沉默着，又相视一笑，早已形成默契。

顾新橙抬起头，苍穹之上，明月皎皎。

这些年分分合合、跌跌撞撞，她明白了一个道理。

有些事可以努力，有些人却不行。

能走到最后的人，其实一开始就是同路人。

上午十点，难得清闲的周末的清晨，两只脑袋在被窝里相互挨着。

顾新橙靠在傅棠舟的颈窝里，睡得甚是香甜。

傅棠舟醒得比她早，把肩膀给她当枕头用，这会儿不想起床。

他每天早晨睁开眼就能看见她，竟是一件如此美妙的事儿。

她的睡颜，他百看不厌。

只是……肩膀有点儿吃力，再这样下去，肩周炎迟早得找上他。

他试着挪了一下肩膀，调整姿势，却惹来顾新橙一阵不满。

他凑近了听她咕咕哝哝说的话：“小张，客户的……”

后面的话听不清了。

傅棠舟：“……”

小张是谁？她睡着的时候可从来没有喊过傅棠舟的名字。

最近易思智造收获了无数关注。他本以为她前段时间忙完能好好歇一歇，没想到她现在竟比之前还要忙，忙到睡觉的时候还在想工作。

想到这里，他心中不禁蹿起一股无名之火。

他搂着她的腰的那只手不安分地撩起她单薄的睡裙。一番折腾后，顾新橙的梦呓止住了，改成了嘤嘤的轻吟。

那声音像三月的和风细雨温柔地吹拂过来。

顾新橙的一颗心脏突突地跳动着，像是一只小鹿在不停地撞着禁锢她的樊笼。

终于，眼皮猛地一跳，她从睡梦中惊醒了。

入目的是随着微风款摆的洁白的窗纱，日光照着透明的玻璃，光和影在共舞，交织成画。

原来天都这么亮了……

她的脑子混沌一片，眼睛眨了好几下，虚幻缥缈的意识才逐渐回笼。

梦里，她在办公室里工作，小张说有个重要客户到访。

她一开门，站在门口的竟然是傅棠舟。

梦里的事情是水到渠成的。她坐在他的腿上和他谈工作，谈着谈着，他就在办公室里解她的衣服。

她又羞又恼，却没有办法阻止他，只能任由他在办公室里胡作非为。

她一边留心办公室外的情况，一边催他。

情浓之时，有人敲门。她害怕极了，说了声“别进来”。外面的人却不听，直接推开了门——

就在这个时候，顾新橙从梦里惊醒了。

她长嘘一口气，还好只是个梦。傅棠舟再爱跟她胡来，也不至于……

下一秒，顾新橙天真的想法就破碎了。

他的动作很温柔，像缱绻的海浪轻轻拍打着柔软的长滩，可这意外地拉长放大了某种熟悉又激烈的感觉。

她像是被浪潮裹挟着，一步一步积蓄着力量。

浪花翻涌着奔腾而来。

顾新橙的脸早已红得快要滴血了。她索性把眼一闭，随他去吧。

这个叫早服务很到位。顾新橙彻底不困了，非常清醒。

事后想想，她有点儿委屈。

她轻蹙眉头，语气里有一丝抱怨：“以后不能这样……”

好歹也得跟她打个招呼，让她做好心理准备吧。

“下次一定。”

“……”

听到这话，她就知道，下次肯定还会这样！

她洗完澡，收拾妥当时，已是中午十一点半了。

原本傅棠舟打算亲自下厨给她准备午饭，这个点儿怕是来不及了，不如去楼下找间餐厅将就一顿。

从昨晚到现在，剧烈运动后的两个人一点儿东西没吃，早就饿了。

她听说男人结婚前可殷勤了，说什么家务全包，一结婚，立刻原形毕露。

可她觉得这话在傅棠舟的身上不太成立。因为他从来不做家务，就连下厨也是兴趣使然。

“傅棠舟，”顾新橙换鞋的时候特地问他，“你是不是因为爱吃，所以爱做？”

她指的是他有当美食家的天赋，所以在烹饪上也格外有天赋。

傅棠舟思索片刻，然后问：“这两者之间有关系吗？”

顾新橙说：“当然有关系了，兴趣是最好的老师啊。会品味美食，下厨时就比一般人领悟得更快。”

傅棠舟倏然嗤笑，然后意味深长地说了一句：“原来你说的是这个。”

“不是这个还能是……”顾新橙话说到一半，僵住了。

傅棠舟的脑子里天天在想什么？她说的“做”指的是“做饭”好不好？他竟然能想歪到那里去。

可她仔细一想，食色，性也。这不正是他吗？

出门以后，傅棠舟自然而然地搂上她的腰，两个人一同走进电梯。

刚刚那对话着实有趣，他嘴角的笑意渐浓。他又说：“陪你吃，陪你做，不好吗？”

顾新橙：“……”

算了，她懒得搭理他。

他们住在国贸这样的繁华地段，出行相当方便。

楼下有无数餐厅。他们挑了一家川菜馆，点了几道菜，一半辣一半不辣。

傅棠舟在吃上可谓百无禁忌。可顾新橙是江南人，可以吃一点

儿辣，但吃多了不行。

两个人有说有笑地吃着饭，顾新橙的微信突然来了一条新消息。

她把手机搁在了桌子上，谁知傅棠舟先她一步将手机拿走。

他也没看，而是将手机放到一边："等吃完饭你再看。"

自从顾新橙化身为工作达人后，多少甜蜜的二人时光都被电话和短信打断了，这令傅棠舟格外不爽。

他现在也很注意这一点。陪她的时候，只要不是十万火急的事情，他都不会着急处理。

他们吃完饭时，已经是一小时以后了。

顾新橙终于拿回了自己的手机。她本以为是公事，没想到消息来自沉寂已久的大学宿舍群。

她们的四人小群连名字都没改，还是叫"回寝的诱惑"。

顾新橙记得上次有人在群里说话已经是一年前了。

现在只有顾新橙和孟令冬还在北京，剩下的两个人没留在这里。

消息是室长冯薇发来的，她下个月要结婚了！

顾新橙着实惊讶。当初她们在寝室里聊天，大家猜测谁会是最早结婚的那个，她和孟令冬均是热门人选，谁知道竟然是大学四年都没谈过恋爱的冯薇。

这消息犹如晴天霹雳，顾新橙第一次意识到，原来她们真的已经到谈婚论嫁的年纪了。

岁月不饶人啊。

冯薇在深圳工作，老公是工作以后家里介绍相亲认识的。两个人来自同一个地方，又都在深圳打拼，各方面条件都很合适，相处了大半年，就决定结婚了。

想想也很正常，冯薇高考复读过一年，顾新橙上学又早，所以她比顾新橙大两岁。今年她二十六了，正是结婚的好年纪。

顾新橙：恭喜室长大人。

孟令冬：小橙子，咱们下个月一块儿去深圳呗，梦婷你来吗？

吴梦婷：我得跟领导请个假。

冯薇：你们最好都过来，正好缺伴娘。

看到“伴娘”这个词，顾新橙恍恍惚惚地想到，她和傅棠舟第一次相遇时，她就是在给同学当伴娘。

顾新橙说：“我下个月要去给大学室友当伴娘。”

她没想到傅棠舟竟然持反对态度：“不能给人当伴娘。”

顾新橙纳闷，他一本正经地解释道：“伴娘当多了，坏姻缘。”

当初在龚雪的婚礼上，傅棠舟就是这么逗她的：“当伴娘，以后容易嫁不出去。”

隔了这么多年，他还在用这套骗小女孩的说辞。

顾新橙突然发觉自己当年傻乎乎的，轻而易举就上了他的套。

她和龚雪很久没联络了，不知她现在的婚姻是否幸福。

她问：“你还记得龚雪吗？”

傅棠舟慢条斯理地用湿毛巾擦着手：“记得。”

龚雪是他的远房亲戚，他对这位亲戚印象如此深刻，正是因为顾新橙。

不知是否是天意弄人，向来对婚姻无感的他竟在一场婚礼上遇到了此生挚爱，这或许是老天爷对他的讽刺。

“她都结婚好几年了吧？”顾新橙用手托着腮，把玩着自己的一缕头发。

“早就离了。”

“离了？”这个消息令她震惊。当初龚雪和她的丈夫恩爱至极，否则也不会一到法定年龄就结婚。

“现在的离婚率接近百分之五十，”傅棠舟将毛巾放回托盘里，淡淡地说，“离了很正常。”

“为什么离了啊？”顾新橙问。

傅棠舟斟酌一番，然后说：“过不到一块儿。”

至于真正的原因，傅棠舟不说也罢，反正龚雪他们闹得鸡飞狗跳的。还好他们没孩子，有孩子更麻烦。

顾新橙垂下眼，颇为唏嘘。

她好不容易结束了单身状态，她的同龄人都离异了？人生赛道上，她真是哪儿哪儿都落后一步啊。

她把手搭在桌面上，一小截手链上坠着一朵六棱雪花，衬得手腕纤细皓白。

一只大掌覆住了她的手，掌心的温度传递到她的手背上，给她一种踏实的安全感。

“我们不会的。”傅棠舟说道。

顾新橙看进他那双深沉的眼眸里，黑色碎发下面，她的身形落入他的眼。

他们经历过分分合合，如今已经走过了四五年。

如果真不合适，他们不会再次走到一起——爱情是需要时间检验的。

如果最开始他们有汹涌澎湃的激情，那么现在更多的一定是细水长流的柔情。

然而这种激情没有消失，而是收敛锋芒，藏进了点点滴滴的生活里。

想到这儿，顾新橙轻蹙眉头，小声嘀咕着：“傅棠舟，咱们现在还没资格谈离婚。”

离婚的前提是结过婚，他们现在只是男女朋友，还没谈婚论嫁呢。

提到“离婚”二字，傅棠舟心生不悦。

他说：“所以说，不能去当伴娘。上次你去当伴娘，结果把人家夫妻拆散了，自己也耽误了好几年。”

顾新橙不可思议地看着他，龚雪跟老公离婚是因为她去当伴娘？她和傅棠舟兜兜转转好几年，也是因为她去当伴娘？

他真是甩得一手好锅，把自己的过错择得干干净净。

“傅棠舟，”顾新橙将手从他的掌心里抽回来，“你是在说我晦气？”

“没有。”

“你就是这个意思。”

“我不是这个意思。”

顾新橙出了餐厅，一言不发地抬头走路，不看他，也不跟他说话，更不让他搂腰。

有时候，情侣吵架就是因为这种鸡毛蒜皮的小事。女孩子说不出什么道理来，可就是生他的气。

“生气了？”傅棠舟见她气呼呼的，凑上去试图牵她的手。

“没有。”她嘴上那么说，却刻意将手藏到身后，不让他碰。

以前，顾新橙从来不和他闹脾气，他说什么就是什么。

现在，他意外地在这种日常的吵架斗嘴中寻到了某种别样的乐趣。

“我没那个意思，当伴娘坏姻缘这种话不是我说的，老一辈人都那么讲。”傅棠舟振振有词地解释着，“宁可信其有，不可信其无。”

“我从来不信这些东西。”顾新橙说。

傅棠舟突然想到什么，不禁莞尔一笑。

顾新橙见他笑了，知道他肯定在心里编派她呢，于是问：“你笑什么？”

他收敛笑意：“没笑。”

“是不是在笑话我？”她问。

“没有。”他唇角的弧度更大了些。

“肯定是，”她不依不饶，“你告诉我。”

傅棠舟神神秘秘的，搞得顾新橙心里像被小猫抓了似的，挠心挠肺地痒。

“不说算了。”顾新橙的面色微沉，跟他保持着一米远的距离。

她生气的模样像极了一只可爱的小河豚。傅棠舟又想逗她，又想哄她。

正巧路过商场的安全通道口，傅棠舟不由分说地拉住她的胳膊，把她拽了进去。

厚重的门合上，安全通道里空无一人，只有头顶的荧光灯嗡嗡地亮着。

顾新橙被他抵在墙上，后背贴着冰凉的瓷砖。她转过脸去，继续和他生闷气。

他牵起她的手，在掌心里轻轻地揉捏把玩着：“新橙，是我错了，别生气了。”

他的眼角眉梢间有一抹宠溺之情。虽说他是在道歉，但听起来吊儿郎当的，没一点儿正经模样。

“你错哪儿了？”

“我不该迷信。”

顾新橙甚是无语。她说：“你根本就没有认识到自己的错误。”

傅棠舟俯下身，在她的额头上印了一个轻吻：“你说我错了，就是我错了。”

顾新橙抬起头，怔怔地看他：“你这是在干什么？”

傅棠舟说得云淡风轻：“这种小事儿不值得你跟我生气。”

他认个错就能化解的矛盾，没必要死绷着面子。

至于他错在哪儿……

“新橙，刚刚我逗你呢。”傅棠舟敛去眼底浮着的笑意，端正态度说，“你要去当伴娘，我没意见。”

“可是……”下一秒，他暧昧地抚上她的腰：“我怕新娘有意见。”

顾新橙疑惑：“为什么？”

傅棠舟的指尖像弹奏钢琴似的在她的后背上游移着。他低声说：“你长得太漂亮，抢了新娘的风头不好。”

顾新橙：“……”

她别扭地转过头，脸色绯红。

这男人太讨厌了……这样她还怎么跟他吵架啊？吵不下去了啊！

傅棠舟的手顺着她的腰往上挪，抬起她的下巴，眼眸对上她波光潋滟的眼睛。

她今天没化妆，扇形的双眼皮轻轻掀起，只余下眼尾一小截飞扬的弧度。

分明是张清纯至极的脸，细节处却透着一丝不经意的妩媚。

他垂首，在她的唇上落下一个吻。

顾新橙起先推搡着不肯让他亲，心神不安地望向安全通道门口，生怕有人会进来，撞见他俩的暧昧——今天早上她的梦境就是这样。

可傅棠舟霸道地捏紧她的下巴，不让她东张西望。

他的吻技高超，舌尖三两下就探入她软糯的唇瓣中，搅得她心神荡漾。

她的呼吸变得急促，心跳加速，手臂渐渐攀上他的胳膊，回吻着他。

接吻这种事很奇妙，这是一种双向的互动——我吻你，从某种意义上说就是你也在吻我。

很久以前，傅棠舟就爱吻她。

比如说，她在沙发上看书、玩手机，他偶尔从旁边经过时就会停下来吻她。

几秒后，他继续去做自己手头的事儿，仿佛刚刚那个吻没有发生过。

倒是她，每次都会抚着嘴角偷偷微笑，心底像吃了蜜一样甜。

顾新橙发出一声低吟："哎……"

他松开她的舌尖："嗯？"

她又在看安全通道的大门，门上有一块儿不大不小的玻璃，外头人来人往。

他低笑着吻过她的嘴角："怕什么？我又没亲别人的女朋友。"

正当他打算继续时，嘎吱一声，那扇门忽然被拉开了。

顾新橙一惊，连忙躲到他的怀里。他高大的身影笼罩着她，将她掩得严严实实。

进来的人是保洁大叔。他见到亲昵的二人，神色复杂。

傅棠舟全程淡定地看着保洁大叔，似乎在催促他快点儿走。

保洁大叔拿着拖把走远了，只留下一句长长的叹息："唉……"

他仿佛在说，世风日下、人心不古，光天化日的，小情侣的荷尔蒙真是无处挥发啊。

做这些事的人不害臊，围观群众反倒先害臊起来。

顾新橙的脸红似番茄。待大叔的脚步声远了，她这才愤愤地捶了两下傅棠舟的胸膛，瞪他一眼，拉开安全通道的门出去了。

傅棠舟跟过去，搂上她的腰，逗她说："脸怎么那么红呢？"

顾新橙说："因为我脸皮薄。"

他脸皮厚，所以脸不红心不跳。

这个小小的矛盾在经历一场小小的风波后被傅棠舟摆平了。

下午两个人本打算去看场电影，挑来挑去没什么感兴趣的片子，也就算了。

再有钱他们也不能给烂片贡献票房，是不是？

路过楼下的一排光鲜亮丽的店铺时，傅棠舟说："走，给你买点儿东西。"

顾新橙瞥了一眼，没拒绝。

傅棠舟是这店内的常客。SA 见了他，脸上笑开了花，说道："咱们店里上了些新品，这次是要给客户挑还是……"

傅棠舟直接说："给她挑的。"

SA 热络地介绍道："您看这款包，这是今年春夏最新款，咱们店就剩这一件了……"

顾新橙听着 SA 的讲解，思考着这款包的适用场合。

以前她从不买容量这么小的包，现在发现出席晚宴时用这种包装装手机和口红刚好合适。

"哟，傅总，在这儿碰上了。"一个浑厚的男声在耳边响起。顾新橙抬头一看，隐约觉得眼前的中年男子有点儿眼熟。

她记性不错，想起来了。

这不就是当初傅棠舟在林云飞的酒吧碰见的那个老总吗？

他的旁边有个年轻姑娘，漂亮得有些张扬。她拎着大包小包，正以某种揣度的眼神看着顾新橙，似乎在推测她的身份。

这一次，傅棠舟没有松开搂在她腰上的手，而是对她说："这位是华越的何总。"

他又对何总说："我的女朋友，顾新橙，在易思智造工作。"

顾新橙微笑着对何总点了一下头，以示友好。

何总露出惊讶的神色："哦，厉害厉害。"

易思智造最近风头正盛，商界人士多多少少有所耳闻。

傅棠舟毫不避讳地介绍她，这身份地位可见一斑——她绝不是随随便便的女人。

反倒是何总压根儿没介绍自己身旁的女伴，只顾着和傅棠舟寒暄。

聊了没几句，傅棠舟就说："何总，下次再聊。今儿我是来陪她的。"

何总走远后，顾新橙问："何总有老婆吗？"

傅棠舟想了想，然后说："孩子都俩了。"

顾新橙："……"

何总带来的女孩年纪和她一般大，一看就不可能是两个孩子的妈。

她不禁胆寒，还好以前很少和傅棠舟逛街——旁人的目光真会让她感到不适。

顾新橙正在看另一款包。她说："你不准和何总走得太近。"

"怎么了？"傅棠舟敲了敲柜台的玻璃，示意 SA 把下面的一款女士手表拿给他瞧瞧。

"他会把你带坏了。"她说。

"嗯，听你的，"他淡淡地应了一句，然后将这只手表戴到她的手腕上，"这只表喜欢吗？"

她垂眸看了一眼，表是挺漂亮，但也不是非买不可。于是她说了一句："还行。"

SA 用殷切的眼神看着傅棠舟，傅棠舟说："拿一只。"

他根本不问价格。

SA 从库房里取出一只全新的手表，在灯光下给顾新橙展示各种细节，讲解机械表的保养方法："不用的话您可以把表放到摇表器里，再戴就不用校正时间了。"

旁边有对情侣也在看表。女孩见了这一只表，心生欢喜。

她一问价格，六位数，顿时吐了吐舌头，打消了这个念头。

顾新橙支着下巴，不禁感慨，自己的段位比起傅棠舟来还是差远了。

什么时候她送一只手表能像送一棵白菜那样自如就好了。她也想给心爱的人送这样的礼物。

果然，她还是得好好工作才行。

嗯，她的下一个小目标就是赚到一个亿！

这家店的隔壁正好有一家珠宝店。

顾新橙前两天刷时尚公众号时看中了它家的一款四叶草耳饰。

正巧今天路过，她可以看看实物。

门店的主色调是经典的薄荷绿色，明亮的 LED 灯下，玻璃展柜中的首饰光彩熠熠。

这个展柜里展示的刚好是钻戒，二人走上前去，SA 问："要看钻戒吗？这些都是咱们家的婚戒，订婚结婚都可以戴。"

顾新橙："我想看看你家的耳饰，好像有一个四叶草的。"

SA 懂了："这边请。"

顾新橙跟着 SA 去对面，傅棠舟站在原地没动，另一位 SA 主动靠过来："先生，看中哪一款，我可以帮您拿出来。"

他扫过展柜里的一排排钻戒，这些是适合日常佩戴的款式。

不知道顾新橙会中意哪一款？如果她都不喜欢，他得提前联系设计师和品牌方定做。

他随便点了一只玫瑰金戒托的钻戒，SA 把那只钻戒取了出来。

这时，顾新橙走过来，碰了下他的胳膊："走吧，我没看中那个。"

傅棠舟牵起她的左手："试试这个。"

顾新橙垂眸一瞧，然后说："我没打算买戒指啊。"

戒指的特殊含义太多，她暂时还没考虑到这一步。

SA 看了一眼傅棠舟，想从他这儿寻求某种说法。

他面不改色地说："那以后再买。"

顾新橙嗯了一声，两个人便走出了店门。

这件小事顾新橙没放在心上。她想，傅棠舟兴许只是一时心血来潮才拉着她试戒指。

傅棠舟却一直在想这件事，顾新橙的同学已经结婚了，顾新橙一点儿都不着急吗？难道她真打算到三十岁再结婚？

到家以后，顾新橙往沙发上一躺，解放双脚，顺便看看当伴娘的事儿怎么说。

冯薇下午在群里说，在她老家有一种说法，伴娘得找二十岁以下的姑娘。

她们几个已经是“大龄少女”了，当不当得成伴娘还真没个准信儿。

顾新橙正在微信群里聊着天，傅棠舟坐到沙发上，手臂绕到她的肩膀上。

他不想跟她兜圈子，直截了当地说：“新橙，今年是你的本命年，要不就挑个日子，把证儿拿了。”

顾新橙心不在焉的，前半句话没听清，只听到后半句“把证儿拿了”。

她的朋友圈里有几个人今年报了 CPA（注册会计师）考试，这两天正鬼哭狼嚎呢。

她敲着屏幕打字，顺口问了一句：“什么证啊？ CPA 吗？”

傅棠舟：“……”

顾新橙是一点儿“恋爱脑”都没有了。

当初是谁说想要一段婚姻、一个家庭的？现在说到扯证，她的第一反应竟是 CPA？

傅棠舟清了下嗓子，郑重地说：“结婚证。”

“结婚……”顾新橙下意识地重复着，她的注意力总算被傅棠舟吸引过去了，“可我才二十四啊，现在结婚，有点儿太早了吧？”

“不早，刚刚好。”

“不是，”顾新橙放下手机，一本正经地说，“咱俩现在没必要急着结婚吧？”

她掰着手指头跟他讲道理：“结婚的目的主要有三个：一是有稳定的家庭生活，二是互相照顾，三是抚养孩子。前两条同居就能实现，第三条暂时不在计划内，所以——”

话没说完，她就被傅棠舟堵上了嘴。

嗯，他并不是用嘴堵的，而是……

顾新橙把那东西拿下来一看，竟然是一个樱花泡芙：“你什么

时候买的？”

“逛街的时候。”傅棠舟说。

中途她去了趟洗手间，正好商场有个甜品店，他就顺手买了。他把小纸袋藏在大纸袋里，打算给她当作今晚的甜点。

“你能不能少送点儿吃的？”顾新橙说，“我真要被你养胖了。”

“多锻炼，多运动，没事儿。”傅棠舟将她拥进怀里。

顾新橙咬着泡芙，外皮酥软，内馅是奶油，一口爆浆，指尖和唇角都沾上了白色的奶油。

这一幕落到傅棠舟的眼底，他的喉结不经意地滚动着。

顾新橙打算找两张纸擦擦手。谁知傅棠舟握住她的手指，张口含了进去。

“这儿也有。”傅棠舟的指尖抚过她的唇。

顾新橙的睫毛轻颤，他已落上一吻。

傅棠舟试探着她的想法：“新橙，第三条也可以提上日程了。”

“傅棠舟，”顾新橙抬起眼，眼神清亮，“我现在是事业上升期，生孩子得耽误好长时间，我的工作怎么办？”

他忽地轻嗤一声。不知道从什么时候开始，他竟纠结于那张可以将两个人捆绑起来的纸了。

除了没孩子，他们现在的状态和婚后没两样——白天各自上班，晚上回来睡觉。

他并不是让她停止工作，只是想要一个属于两个人的孩子，一个像他又像她的孩子。

他还是不喜欢小孩。但他知道，如果是她为他生的孩子，他一定会喜欢得不得了。

“新橙，工作是工作，家庭是家庭，不会耽误的。”他很少在和她亲近时谈事情，今天的废话不是一般的多。

“结婚的事儿，考虑考虑？”他亲吻她的额头。

顾新橙被他撩拨得心尖发颤，无暇思考其他的事儿，于是嗯了一声，双手抱住他的脖子，小声催促他：“你快点儿。”

所以，她得考虑多久呢？

## 第十九章
# 白首与共

某天下班后，傅棠舟约人谈事情，去了林云飞的酒吧。

这小子八卦心重得很，见他就问："傅哥，顾妹妹人呢？"

"陪客户吃饭。"

"顾妹妹现在可真忙啊，"林云飞又问，"你俩打算什么时候结婚啊？"

傅棠舟用指尖敲着杯壁，瞥他一眼："你话忒多。"

"傅哥，我说你的心怎么那么大呢？"林云飞扯着嗓门教育他，"你好不容易把顾妹妹追回来，现在又吊着人家是不是？你都三十了还不结婚，顾妹妹肯定会想，你只是跟她耍朋友。到时候她要是生气了，又跟你分手，你还指望再追一次吗？"

傅棠舟："……"

哪儿是他吊着她，现在明明是她吊着他。

这都过了一周了，顾新橙还没有告诉他到底要不要结婚——这种事儿，催又不好催，显得他很心急似的。

"傅哥，女人最看重的就是承诺。没有婚姻，算什么承诺？"林云飞的大道理很多，"顾妹妹这年纪吧，说大不大，说小也不小。再耽误两年，变数很多的。你看她那么漂亮，你以为你没竞争对手？说不定哪天她就被人挖墙脚给挖走了……"

傅棠舟："闭嘴。"

狗嘴里吐不出象牙来，真是什么话难听林云飞就拣什么话说。

林云飞瞥见傅棠舟阴沉沉的眼神，欲言又止。

杯中的鸡尾酒空了，酒保又给傅棠舟添了一杯，傅棠舟的眼神飘到远处。

舞台上有个抱着吉他唱歌的姑娘，她把忧伤的情歌唱得婉转凄迷。他静静地听着，一言不发。

林云飞察言观色一番，恍然大悟，乐不可支。

看来是顾妹妹不肯答应和他结婚。

啧啧，风水轮流转啊。傅哥，你也有今天。

林云飞可不敢当面嘲笑傅棠舟，这种行为就是在找死。

他说："傅哥，我有一哥们儿专门做婚礼策划。要不给你策划策划？"

"策划什么？"

"求婚啊，你不求婚，就指望人家答应你？你做梦吧。"

在林云飞提出这个建议前，傅棠舟真没想过这件事。难道顾新橙迟迟不肯表态，是觉得差一个求婚仪式？

他轻嗤一声，不置可否。

"傅哥，你就说要不要办吧？"林云飞问。

傅棠舟将杯中的鸡尾酒一饮而尽，搁上吧台："办。"

第二天，两个人一道来到林云飞的哥们儿的婚礼策划公司。

他的哥们儿名叫郭凯，做这一行有两三年了。

"求婚？"郭凯问，"你们已经确定要结婚了吗？"

傅棠舟思索片刻："是吧。"

他是非她不娶，至于顾新橙，她应该也没有嫁给其他男人的打算……吧？

郭凯问：“你们见过家长了没？”

林云飞：“求婚不是惊喜吗？都敲定了还算什么惊喜？”

“求婚不是表白，是正式结婚前给女方一个浪漫的回忆。”郭凯振振有词地道，“万一你大张旗鼓地搞了，人家拒绝了你，你说丢人不丢人？”

傅棠舟：“……”

顾新橙会拒绝他吗？他没想过这个问题。

郭凯不愧是商人。他将一个册子递给傅棠舟，追问道：“预算是多少？预算不同，规格不同。”

既然他是林云飞带来的人，想必不差钱。

傅棠舟看了一眼那个册子，放到一边：“哪种成功率最高？”

“那当然是规格越高，成功率越高了。”郭凯指着册子说，“这个十万的套餐，从来没有失败的。”

“十万？”林云飞惊叫。

“怎么了？”

“你瞧不起我傅哥？”

“……”

傅棠舟将这份套餐的策划方式浏览一遍，然后说：“她不是这种俗人。”

郭凯说：“这你就不懂了吧？女人啊，都是嘴上说不要。真要搞，阵仗越大越好，最好让全世界都知道她是你要娶回家的女人。”

这天中午，顾新橙点了一份外卖。今天工作特别忙，她打算趁着午休时间再看看文件，所以没有下楼吃饭。

公司的员工一般在茶水间吃外卖。她有独立办公室，不必和他们挤在一块儿。

这时，有人打进来一个电话。

她一看，竟然是林云飞。

“喂，顾妹妹，我没打扰到你吧？”

“没有，”顾新橙拆开餐具袋，“你找我有什么事儿吗？”

“我那酒吧那事儿，想找你聊聊。”

这酒吧林云飞开了好几年了，现在雇了个职业经理人帮他打理。

她不知道林云飞要找她聊什么，便问："你的酒吧怎么了？"

"电话里说不清楚，你什么时候有空？我请你吃个饭，咱俩慢慢聊。"

顾新橙扫过办公桌上的日历，上面被她标满了行程。

她总算找出一个还算空的格子："你急吗？不急的话，周五晚上，你看行吗？"

林云飞是傅棠舟的亲友，也算是她的朋友，这种邀约她得赏光。

"成，那就周五，回头我把餐厅地址发到你的微信上。"

"嗯。"

挂电话之后，顾新橙没多想。

吃完饭，她收拾好餐盒，去茶水间扔垃圾。

茶水间的门开了一道缝儿，里面隐隐约约传来一阵讨论的声音。

"升幂的傅总？天哪，难以置信。"

"投资方爸爸啊，身家得有多少？"

"身家是其次，你们不知道，"这人压低了声音，"傅总家里头啊……"

一阵窃窃私语后，众人惊呼。

"这厉害了啊。"

"顾部长这是要飞上枝头变凤凰？"

上次召开发布会之后，她和傅棠舟就已经是公开的恋爱关系了。

她听了一耳朵，不禁轻嗤，原来公司里也有人在背地里嚼她的舌根。

"哎呀，人家本来就是凤凰好不好？学历高，能力强，人还漂亮。"

"就是就是，年纪轻轻，事业有成。嫁入豪门也是凭自己本事。"

"对啊，要是没本事，人家凭什么看上她？"

顾新橙当实习生时，她的同事点评他俩的关系，都说傅棠舟只是和她玩玩，而她和他在一块儿是想走捷径。

或许现在还会有人那么想，可她不在意了。

两个人配不配，她自己心里清楚，无须他人评说。

周五晚上六点，顾新橙忙完一切工作后，收拾东西去赴林云飞的约。

这家餐厅就在国贸，是当初幸海优鲜的许总攒局的地方，离她的公司很近，在某座高层大厦的顶楼。

今天她穿了一件开襟的中袖白衬衫，配了一条牛油果绿的中裙，端庄中透着一丝清新。

临走前，她去洗手间对着镜子补了个妆。她每天上班会化妆，妆容不浓，主要是为了显气色。偏偏以她这样的长相，淡妆是最能放大优点的，这为她省了不少事。

到了那座大厦，顾新橙拎着包，踩着高跟鞋，步态优雅地走进电梯。

她曾经和傅棠舟在这家餐厅闹过不愉快。他为她挡酒，而她不要。

那时的她固执地要和他撇清私人关系，可没想到竟然会再度和他纠缠到一起。

她看向电梯镜中的自己，依旧年轻漂亮，却不再稚气。

傅棠舟前段日子说的那个提议浮上了她的心头——她现在就和他结婚，好像也不是不可以

可结婚也不是嘴皮子一碰就能决定的，这是两个家庭的事儿。

傅棠舟的家人……真的愿意接受她吗？还是说，他根本不把家人的想法放在心上？她倾向于后者。

但是，作为他的爱人，她更希望他和家里的关系能缓和，而不是变得更糟糕。

顾新橙的思绪被电梯内叮的一声拉了回来。

她走下电梯，环顾四周，这家餐厅的布置和她记忆中不太一样。

格调挺高一餐厅，处处装饰着玫瑰花、彩色丝带、心形蜡烛……这是要变成情侣餐厅吗？

服务员迎了上来：“您有预约吗？”

“林先生。”

“这边请。”

她跟着服务员一道穿过半圆形的走廊，大厅里稀稀拉拉坐着几位客人。

周五晚上是餐厅的高峰期，今天怎么就这么点儿人？

高跟鞋踩过地面上的玫瑰花瓣，空气里飘浮着玫瑰的暗香。

她总觉得有点儿奇怪，却又说不上来为什么。

“顾妹妹，我在这儿。”林云飞坐在窗前冲她招手。

身姿窈窕的顾新橙提着包走过去，在他的对面坐下：“我来迟了。”

“不迟不迟，刚好，”林云飞打了个响指，对服务员说，“可以上菜了。”

顾新橙心想，他这人活得真随性，自己一人就把两个人的菜点了。

她抿了一口杯中的茉莉花茶，然后问：“你的酒吧怎么了？”

林云飞却笑了笑：“不急，咱们一会儿再聊，先吃饭。”

这时，有个男子走了过来。

“打扰两位了，”他说，“一会儿我要和我的女朋友求婚，麻烦你们配合一下。”

顾新橙眨了下眼，恍然大悟。

这间餐厅被布置成这样，原来是有人要准备求婚，有点儿浪漫。

“我们怎么配合啊？”顾新橙问。

“很简单，到时候吃饭吃到一半，餐厅会突然熄灯。”他说，“你们在原地不要动，我跟我女朋友求完婚，就大声说‘在一起’。”

顾新橙：“哦，行。”

看来他只是提前知会一声，防止因为餐厅停电发生混乱。

不过，这个男子这么精心策划了一场求婚，她这个路人当一下托，也算是一种祝福。

林云飞目送这位男子走远，旁敲侧击地问：“顾妹妹，你看这求婚创意能成吗？”

顾新橙说：“求婚只是走个过场吧，如果女方决定要结婚，什么形式都可以。”

林云飞又问：“那你说，要是傅哥这么跟你求婚，你会答应吗？”

顾新橙思索几秒，然后说：“我也不清楚。”

在她的设想里，她更喜欢两个人单独在一起，说说悄悄话。

这么多人共同见证，她会害羞的。

服务员开始上菜。林云飞还挺会点，虽然没问她的意见，但点

的东西都很合她的口味。

林云飞随便和她扯了几句生意经，顾新橙一边吃一边听。她没有关注那个男子的动向，一心想着怎么给林云飞提建议。

灯光突然一暗，场内响起一片惊呼声。

顾新橙放下筷子，心想，求婚仪式要开始了。

室内并非一片黑暗，巨幅的落地窗外灯火辉煌，光影交错着照进室内。

顾新橙淡定地喝着茶水，打算看看别人家男朋友是怎么求婚的。

然而，她等了一分钟，一点儿动静都没有。

有人大喊："快看外面！"

众人转过头，发出一阵感慨："哇！"

顾新橙撑着下巴，好整以暇地看向窗外。

鳞次栉比的高楼大厦拔地而起，璀璨的灯光聚在一处，直入云霄。

绚丽的城市夜景一览无余。

顾新橙的睫毛忽地一颤，对面三座大厦的玻璃外墙上流动的光停止了，取而代之的是一行醒目的红色大字——

*顾新橙，你愿意嫁给我吗？*

她的脑子里轰的一下，仿佛有粉色烟花次第炸开。

她的手颤抖着将杯子放回桌面，可惜还是有一部分茶水洒到了桌上。

她曾在夜晚无数次地看到这三座大厦，流光溢彩、灯火招摇。

她从未想过有一天北京这座城市会为她亮起一簇灯火。

这一刻，这些灯光是属于她的。

这场求婚仪式……是傅棠舟为她准备的？她根本没想到。

他人呢？顾新橙回过头，这才发现林云飞不知何时已消失得无影无踪。

果然，这是一个圈套。

她和傅棠舟的恋爱没有那么多轰轰烈烈，大部分时间里，她是默默无闻的那一个。

谁知道，他竟会用这么高调的方式跟她求婚？

喜悦、惊讶、羞耻、无措……这些情绪交织在一起，她顿时没了主意。

然而，顾新橙得承认，她是一个俗人。

换作任何一个女人，面对这种场面都难以产生抵抗力。

他真的这么迫切地想要和她结婚吗？她的心好像一杯被翻搅着的热可可，温暖又甜蜜。

“新橙。”熟悉的男声在她的耳边响起。她转过身，傅棠舟不知何时已来到她的身边。

荧荧灯火映亮他的面庞，光线勾勒着他硬朗的脸部线条，黑色的碎发像是被镀了一层薄金。

他今日穿得格外正式，黑色的燕尾西装配酒红色领结。

他牵起她的手，在她的手背上落了一个轻吻。

她曾经幻想过他们的未来，可当这未来真切地展现在眼前时，仍旧觉得像在做梦。

“顾新橙，很荣幸认识你。”傅棠舟郑重地叫她的全名。

这样一个骄傲的男人，现在竟然在她的面前单膝下跪。

他的膝盖磕到地面的那一刻，她的眸光颤动，像是有星星坠落。

他从怀里取出戒指盒，然后打开。

这是一枚成色上佳、质地通透的梨形钻戒，尺寸大到有些夸张。

“不知道你认识我的那一天有没有想过我们会经历这样的曲折。我们错过了许多时间，现在，我不想再错过你。”他说着这番话，像是在背台词，却又不是，“我希望你的回忆里都是快乐，如果不是，我保证以后会是。”

顾新橙单手捂着嘴巴，眼睛红了一圈。

“把你的眼泪交给我，你以后都别哭了，我想看你笑。”他说，“作为交换，我想把全部的我交给你。”

“顾新橙，我爱你。”傅棠舟目不转睛地看着顾新橙，“嫁给我，好吗？”

这是她第一次从他口中听到“我爱你”这句话。她恨自己没用，泪水模糊了眼睛。

曾经的她苦苦执着于这句话。现在，她完成了少女时期的心愿，

一切尘埃落定。

餐厅里的人纷纷起哄："嫁给他！嫁给他！"

林云飞扯着嗓门喊："顾妹妹，外面这字幕一分钟十几万啊。你快点儿答应，给傅哥省点儿钱！"

大家哄堂大笑。

顾新橙一听，哭笑不得。

她点了一下头，声音颤抖："我愿意。"

那枚戒指被套上了她的无名指，像是套牢了她的后半生。

他坚定地握紧她的手，将她拉到了怀里。在众人的欢呼声里，他们紧紧相拥。

顾新橙靠着他宽厚坚实的胸膛，听着他的心跳——原来，他也会心跳加速啊，他跟她是一样的。

他是紧张，还是兴奋？

傅棠舟搂着她，在她耳边轻声说："要接吻吗？"

顾新橙将脸埋进他怀里，小声说："不要。"

当着那么多人的面，她觉得太羞耻了。

他笑着抚弄她的长发："等会儿回家，关起门来让我亲个够。"

这天晚上，顾新橙忘记了她是怎么回家的。

难得高兴，她喝得有点儿多。傅棠舟曾对她说，只有一种情况下她可以喝多，就是他在场的时候。

因为他可以护她周全。

两个人半晌贪欢，一夜酣眠。

得亏第二天是周六，否则她还得和公司请假。

早晨一睁眼，顾新橙看到的便是傅棠舟的睡颜。

她枕在他的肩膀上，眼睛眯成一道缝儿，好似新月。

她抬起手，那枚钻戒还在，这不是在做梦。

阳光从半臂宽的窗帘缝隙里穿过，细小的光和尘静静地浮着。

钻戒在阳光下折射着五彩缤纷的光芒，璀璨夺目。

独自欣赏一番，她开心地勾了勾唇，又往傅棠舟的怀里蹭。

他慵懒的腔调在她的耳边响起："好看吗？"

她一抬头，发现他还闭着眼——他果然又在装睡。

想到方才的小举动被他一点儿不落地看进眼里，她蓦地羞臊起来，将手藏进被子里：“它硌着我了。”

钻石太大，也就这点儿不好。

起床之后，顾新橙发现她的微信被一通狂轰滥炸。昨天那场求婚仿佛被告知了全世界。

平时鲜有联系的同学朋友都发照片来问：“这是你吧？恭喜恭喜啊。”

照片上正是傅棠舟用来向她求婚的三栋大楼，那行红字在夜色中招摇着，无比刺眼。

“顾新橙”并非烂大街的姓名，熟人一看自然会想到她。

连着好几个人发来同样的照片，不得不令人生疑。她注意到照片下方有一小行微博水印，仔细一看，是个营销号。

对方说：“昨晚都上热搜了。”

顾新橙甚是无语。她打开微博，发现这条“北京求婚”的热搜还挂在热搜榜的尾巴上呢。

昨晚她和傅棠舟恩爱缠绵的时候究竟错过了多少事儿？

她点进热搜一瞧，是有人向营销号投了稿。

“坐标北京，今天晚上和同事在公司加班，被喂了一嘴狗粮……被求婚的女孩也太幸福了吧，有钱人的生活真是花样百出呢。”

底下的评论更是五花八门。

“我酸了，我酸了，我酸了……”

“现在改名来得及吗？我愿意！”

“我飘了，这都敢点进来。”

“我就想问问这楼体字幕要多少钱？”

“有钱人那么多，为什么不能加我一个？”

“有钱人终成眷属，没钱人有目共睹。”

顾新橙万万没想到，在有生之年，小说里女主角的桥段竟然发生在了她的身上。

她不禁碰了碰傅棠舟：“你怎么会想出这种主意？”

他翻身过来，压着单侧胳膊肘，手指抚上她光洁的肩膀，说道：“林云飞想的。”

顾新橙：“……”

好吧，果然不是傅棠舟的风格。

“不好吗？”傅棠舟问。

“也不是不好……就是有点儿太浮夸了。”顾新橙哭笑不得，“以后少听他的话，花的又不是他的钱。”

傅棠舟轻扬嘴角：“还没结婚，你就想着替我省钱了？”

顾新橙嘀咕着：“那也不能浪费啊。”

“一辈子就求一次婚，隆重点儿没事儿，”傅棠舟亲吻她的发旋，“我可没二婚的打算。”

顾新橙享受着他的甜言蜜语，心底甜丝丝的。

她想起一件事，于是推开傅棠舟：“我给我爸妈打个电话。”

她得和父母知会一声——他们的宝贝闺女快要嫁人了。

在此之前，她和父母通过几次电话，每次都不可避免地被问到和傅棠舟的交往情况。

夫妻俩的看法一致：“你要是觉得合适，能结婚就早点儿结婚。拖久了女孩子年纪大了，不好。”

他们这是在变相催婚。他们不好催傅棠舟，只能催她。

顾新橙会答应他的求婚，也是因为她的父母早已认定这个准女婿了。

顾新橙穿上睡衣，将纽扣严丝合缝地系好，然后下了床。

她把电话打过去，顾家夫妇没有特别震惊，仿佛这是水到渠成的事情。

顾承望生病住院期间，傅棠舟一直陪着他。两个人背着顾新橙说了不少悄悄话，其中不乏关于傅棠舟和顾新橙的未来的话题。

顾承望问：“你见过他的父母了吗？”

顾新橙说：“还没。”

“虽然将来是你们俩过日子，”顾承望语重心长地道，“但是结婚之前，还是得见见父母的。”

秦雪岚又嘱咐了几句上门拜访需要注意的礼节。顾新橙连连答

应，这才挂了电话。

顾新橙看向床那头的傅棠舟。他不知和谁通着电话，一直说着“嗯”“知道”“尽快”。

他不像是在和下属交代工作，更像是在和领导汇报工作。

他有领导吗？她没见过。

“明天带你回家一趟。”傅棠舟挂了电话，随手将手机丢到枕头上，“我父母的家。”

“叔叔阿姨……知道了吗？”

“他们消息很灵通。”

像傅家这样的家庭，家长说不在意儿子的婚事是不可能的。

傅棠舟公开带着顾新橙亮相的那一天,他们就明白是什么意思了。

由于傅棠舟在这件事上很强势，他们没法儿左右他的决定。但他们对顾新橙的看法也是傅棠舟难以左右的。

他们私底下早就调查过了，好些日子过去，傅棠舟也不见他们有什么说法——这说明傅家人对顾新橙很满意。

顾新橙的面色稍窘。她一点儿准备没有，难免会紧张。

傅棠舟见状打趣道：“你怕？”

“怕什么？丑媳妇总要见公婆。”

傅棠舟轻嗤，三步并作两步地走上前来抱住她，“哪儿丑了？我觉着挺漂亮。”

“别怕，”傅棠舟握住她的腰，往上一提，“有我给你撑腰。”

傅棠舟下午有个视频会议要开，一周前就约好了，走不开。

顾新橙出门给未来的公公婆婆置办礼物。作为即将嫁入傅家的儿媳妇，她得尽孝心。

傅棠舟给她写了个备忘录，说照着买就行，不会出错。

司机开车载着她前往王府井。买了几盒高档补品之后，她想给两位老人再买两条围巾，为即将到来的秋冬季节做准备。

她的选择范围有限，也就那几个宇宙大牌送得出手。王府井这儿有不少大牌的门店，她正好顺道把围巾一块儿买了。

顾新橙进了一家店，SA 笑着迎过来：“请问有什么可以帮您？”

“围巾，有吗？”

“您跟我来。”

架子上放置了不少围巾，顾新橙专心地挑着花纹款式。

身后有两个女人正在聊天，她们说话的声音飘进了她的耳朵里。

“昨晚的求婚，我听说是傅……那女的谁啊？”

“我哪儿知道？”

“他之前不是对你有意思吗？”

“哎呀，你好烦。”

顾新橙挑围巾的手一顿，她听出其中一个声音了，是窦婕。

她无意和窦婕碰面，也不想知道窦婕和傅棠舟究竟有什么过往——傅棠舟曾经跟她承诺过他和窦婕没有任何关系，顾新橙选择相信他。

顾新橙没找到合意的围巾，打算换一家店再逛逛。谁知她一转身，刚好和窦婕打了个照面。

她和窦婕曾有过一面之缘。她忘不了这个女人的长相，想必窦婕也是一样。

窦婕一下子就注意到顾新橙手上的那枚钻戒，大得令人头晕目眩。

顾新橙这一两年间变了挺多，气质里带着一种由内而外的自信，这让她看上去更漂亮从容了。

女人嘴上说不在乎，心底还是会暗暗较着劲。

傅棠舟是窦婕没能拿下的男人，她没法对他即将迎娶的女人熟视无睹。

窦婕的笑容很和善：“哟，真巧啊。”

顾新橙微笑着点头：“窦小姐。”

窦婕的朋友看向顾新橙，猜测着她是哪家的千金。

她的穿衣打扮和言行举止渐渐变得像名媛圈里的人，仔细看却不太像——大部分名媛靠的是父母或者丈夫，而顾新橙靠的是自己。

窦婕将女伴打发到一边，这才说：“恭喜顾小姐，佳偶天成。”

顾新橙对她的祝福照单全收：“谢谢。”

"顾小姐真是有本事，连棠舟哥都能拿下，实在令我佩服。"窦婕的手指貌似无意地抚着围巾的穗子，"棠舟哥这人吧，挑得很，一般的女人入不了他的眼。"

顾新橙细眉轻挑，棠舟哥……啧。

窦婕意味深长地看了她一眼："前些年他的身边有个女人，听说他们挺恩爱的。后来那个女人出了国，他就一直单身，等着她回来。"

顾新橙的嘴角勾起一抹嘲意，说道："是吗？"

她现在可以确信，窦婕和傅棠舟是真不熟。否则窦婕就不会拿傅棠舟过去的情史来刺激顾新橙了。窦婕不知道那个女人是谁。

不过，她说傅棠舟一直在等那个女人回国……顾新橙的心底暖了一下。

"放心，棠舟哥有了你，不会再去找那个女人的。就算……"窦婕顿了顿，假意安慰她，"也威胁不到你的位置。"

"哦？"顾新橙说，"不见得。"

窦婕抿唇一笑："顾小姐，你要对自己有信心。棠舟哥都跟你求婚了，那个女人怎么比得上你？"

"我对自己挺有信心的，"顾新橙云淡风轻地拨弄着无名指上的钻戒，"因为……你说的那个女人，就是我。"

第二天，顾新橙起了个大早。她洗了个澡，将头发吹得蓬松柔顺。

她在梳妆柜前化着妆，整体的妆容很清透，偏偏口红色号让她犯了难。

她正在口红架上挑挑拣拣，纤细的腰肢忽地被一双有力的臂膀环绕住。

傅棠舟疲倦的脸上睡意未消，他闭着眼睛用鼻尖蹭她的头发。她的发丝间充盈着一阵花果香，沁人心脾。

他低声呢喃着："好香。"

"好痒，"顾新橙躲着他，"化妆呢。"

傅棠舟睁开眼，看向镜中的她。

乌发如墨，肤白胜雪，她的眉眼间漾着江南人特有的丝丝柔情。

傅棠舟将她的唇含入口中，用牙齿轻咬，软糯馨香。

他的身边有她陪着，真好。她回来以后，他才觉得自己活得像个男人。

亲近一阵子，他也就收手了。今早不是他们做这种事的时候。

他瞥见桌上的一排口红，用指腹蹭了蹭她的下唇：“怎么没涂口红？”

“我不知道用哪个颜色好。”

他随便拣了一支，打开看一眼：“我看这个就不错。”

顾新橙拿来一瞧，砖红色。她抱怨着：“这颜色显老气。”

“显老气你买来做什么？”

“……”

口红这种化妆品对女人而言是一种特殊的存在。

甭管这色号适不适合自己，只要手里没有，女人就总想买下来。

傅棠舟将口红芯拧了出来，忽然产生了兴趣：“我试试。”

不容顾新橙抗拒，他已经将口红抹在了她的唇上。顾新橙一动也不敢动，生怕一动口红就蹭到了脸上。

眼前的男人眉目俊美、神情专注，竟和工作时毫无二致。

难怪古时有为妻描眉的典故，这事颇有几分别样的闺房情趣。

两片嘴唇都被涂上了口红，傅棠舟挪开挡住镜子的身子：“你看看。”

顾新橙看向镜子，愣了半秒——他涂得太厚，这双唇像是刚刚吃过人一样可怕。

“傅棠舟！”顾新橙气得直跺脚，“你看看你干的好事！”

他闷声低笑，眼底再也藏不住笑意。

顾新橙扯了一张化妆棉就要卸妆，他却摁住了她的手。

接着，又一个吻落了下来。

他亲得小心又仔细，在她的唇上辗转着。吻了好一阵子，他才撤离。

他的唇上沾了不少口红，他捏着她的下巴端详片刻：“现在可以了。”

顾新橙再次看向镜子，口红的色泽和厚度刚刚好。

这样一看，这颜色端庄大气，衬得她的皮肤又白了一个度——

她不得不说，他挑得对。

她用棉签把嘴唇边缘被不小心蹭出来的口红擦去，用蜜粉定了个妆，然后宣告此次的妆容圆满完成。

顾新橙去衣帽间换衣服，傅棠舟去浴室洗漱。

等两个人都忙完时，已是九点。司机在楼下等候，两个人上了车，一路向北而去。

顾新橙第一次去傅棠舟的父母家拜访，心中难免不安。

傅棠舟倒是随意。他握住她的手，在掌心里揉捏着。

她的手心里有一层薄汗，他说："别紧张，我爸妈又不会吃了你。"

"你爸妈是什么样的人？"顾新橙发问。

"嗯……不好说，"傅棠舟道，"一会儿见了你就知道了。"

车开到了目的地，保安问清楚之后才放行。

顾新橙观察着车窗外的景致。她从来不知道北京市内还有这样的地方。

绿水青树，风景如画。

孔雀悠闲地踱着步，小鹿蹦跳着跑过草坪，湖中栖息着黑天鹅和白鹤。

一只傻乎乎的羊驼和贴着窗的顾新橙打了个照面。

这里不像小区，更像一个野生动物园。

"你小时候住这里吗？"顾新橙好奇地问。

"大部分时间住这儿。"傅棠舟答。

这和顾新橙想象中的不太一样，只能说，贫穷限制了她的想象力。她叹了一口气。

"怎么了？"傅棠舟问。

"我好羡慕你。"顾新橙说。

她儿时也曾幻想，自己要是能住在童话中的城堡里就好了——她没想到真的有人可以做到。

"没什么可羡慕的。"傅棠舟淡淡地说，面无表情地看向窗外。

从小到大，他在物质上异常富足，在感情上却是一个穷光蛋。

顾新橙的家庭不算富裕，但她是在爱的氛围中长大的。如果不是遇到她，恐怕他这辈子也没法体会到什么是爱情。

在两个人短暂相处的那一年里，她像春夜的细雨潜移默化地影响着他。

她把爱给了他，后来却不再爱他了。好在上天眷顾，让她重新回到了他的身边。

想到这里，傅棠舟不禁攥紧了她的手。

车子左拐右拐，风景不停地变化，最终他们在一座临湖的别墅前停下。

下车以后，顾新橙吸了一口新鲜空气，忐忑的心逐渐平静。

她挽着傅棠舟的胳膊步入这座城堡般的别墅。

在这个季节，私家花园里的一株桂树开得正盛，米黄色的花粒藏在叶间，香气馥郁。树下还有一丛美人蕉，看得出这些花儿是被人精心侍弄的。

一个贵妇模样的女人披着丝巾坐在院内的小亭里。桌上摆着各色花枝，她正在插花。

顾新橙难以将这个优雅的女人与那一日和傅棠舟通话的女人联系起来。

顾新橙经历了许多事，知道不能简单地从外表来判断一个人。

可是，他的妈妈看上去的确不像是难以相处的人。

傅棠舟停下脚步，不高不低地叫了一声："妈。"

沈毓清停下手里的活儿，摘了眼镜，循声望去："棠舟，回来了。"

她款款走近，不动声色地将顾新橙打量一番，脸上挂着慈祥的笑容。

"阿姨好。"顾新橙落落大方地叫道。

"你就是顾新橙吧？进屋坐。"沈毓清说。

顾新橙诧异，他的妈妈竟然能准确无误地念出她的名字。

两个人走在沈毓清身后，顾新橙这才发现，沈毓清披着的那条丝巾好像就是当初她替傅棠舟挑的。

他说想带她见的客户……原来是他的妈妈啊。

那个时候，他就打算带她回家见父母了吗？

想到这儿，顾新橙的步伐欢快了些。

他们进屋之后，客厅内还有一人。

他端坐在沙发上，手里拿了一沓顾新橙不曾见过的报纸，一边品茶一边读报。

沈毓清说："棠舟回来了。"

傅安华泰然自若地放下茶杯，眸光一瞥，应声说："回来了。"

用人替他们倒茶，杯盏中的茶叶沉沉浮浮，落入杯底。

顾新橙端着茶杯，稍显拘谨，不敢多喝。

傅棠舟神色自若地品了一口："茶不错。"

"武夷山的大红袍，"傅安华说，"临走你捎点儿回去。"

"谢谢爸。"傅棠舟放下茶杯。

顾新橙在一旁察言观色，傅棠舟和父母的交流方式和她不同。

他面对父母更像是面对领导。

她的态度不得不更加恭敬起来。

可接下来的谈话过程并不是顾新橙想象中的那样。

她以为自己会被"查户口"，可他的父母压根儿不过问她的基本情况。

偶尔不经意地提起来，他们都了如指掌——想必事先他们已经了解过了。

傅安华年过六旬，却精神矍铄，一双眼睛炯炯有神，似乎能洞察一切。

傅棠舟的眼睛正是遗传傅安华。

"你们打算什么时候结婚？"傅安华问。

"今年年底，或者明年年初。"傅棠舟说。

"嗯，挺好。"傅安华的语气很平淡，听不出任何态度。

"小顾有什么要求吗？"傅安华问顾新橙。

顾新橙不解地眨了一下眼，傅棠舟为她做了阅读理解："婚礼的要求。"

"我没什么要求。"顾新橙说。

就算有要求，也不能当着长辈的面提，况且她还没想到这一步。

"有要求你就和棠舟说，让他去办。"傅安华道。

"嗯。"顾新橙点头。

整场对话中，他的父母没有闲扯家常，也没有探听隐私。

两个人即将成婚这件事情已是共识。

傅棠舟带她过来拜访的目的只是让他的父母见她一面。

顾新橙将精心挑选的礼物奉上，沈毓清说了一句“费心了”，然后就让用人妥帖地收了起来。

他们对儿子尚且是不亲不疏的态度，顾新橙也没指望他的父母对她能有多热情。

就像顾承望之前告诉她的一样，将来一起过日子的是她和傅棠舟，她和他的父母只需保持礼貌友好的往来即可。

这也是顾新橙所希望的。依她的性子，她不愿刻意去讨好迎合他的父母。

万一他们真把她当亲闺女一样看待，她反倒浑身不自在。

现在这样的距离，刚刚好。

中午，他们一起吃了午饭。

下午，傅棠舟陪傅安华下棋，顾新橙陪沈毓清去院子里看花儿。

沈毓清用剪刀修着花枝：“你养过花儿吗？”

顾新橙摇头：“我没养过。”

“棠舟也不爱养花儿。”沈毓清挑了一枝，插到瓶中。

顾新橙想到家里那株半米高的仙人掌，也不知当初他是用什么心情养着的。

傅棠舟下完棋后来找顾新橙：“困不困？”

“还行，”顾新橙说，“我看阿姨也不困。”

沈毓清：“你困了就去楼上休息，有现成的房间。”

顾新橙这才意识到，傅棠舟问她困不困是怕她太无聊，陪他休息总比陪沈毓清插花自在。

于是两个人上了楼，进了侧卧。傅棠舟将门反锁上。

这间卧室很干净，书架上有许多军事、体育类的书籍，墙上还挂了一个靶子。

傅棠舟坐到铺着深蓝色床单的床上，从床头柜里拿了一支飞镖，对准靶心，只听嗖的一声，正中红心。

这是……他以前住过的房间？

书架上还摆了一个相框，相框里的少年身着球衣，脚下踩着一

只足球。明媚的阳光下，他的笑容张扬又肆意。

眉眼之间，她能看出傅棠舟的影子。

原来他也曾是个干净的少年。

他和她以往认识的同龄男孩没有什么区别。

只不过，她认识他的时候他已不再年少。

顾新橙用手指抚过照片上的少年，像是隔空在和他问好。

她的心底生出一丝遗憾，她没见过他照片里的样子。

“这是我刚上初中的时候，”傅棠舟勾了下唇，“那会儿你还在上幼儿园？”

顾新橙算了算，纠正说：“我已经上小学一年级了。”

“小屁孩。”他笑笑。

顾新橙不服气：“你还不是在跟小屁孩谈恋爱？”

“不只是谈恋爱，”傅棠舟抱着她躺到床上，“我还要娶小屁孩过门。”

两个人躺在床上，望着天花板。

“你上初中的时候，有没有喜欢的女生？”

“没有。”

她甩开他的手，心底竟然浮起些醋意：“她漂亮吗？”

傅棠舟回想片刻：“忘了。”

顾新橙掐他的腰：“你刚刚还跟我说没有！”

“新橙，”傅棠舟抱着她笑，“我那时候也没想过我未来的老婆还在上小学一年级啊。”

“你怪我生得晚？”她佯装生气。

“不晚，”傅棠舟说，“刚刚好。”

早一刻，晚一刻，或许他们都无缘相见。纵使相见，他们也很难走到最后。

她在最好的年纪遇见了他，而两个人修成正果却是多年以后。

都说缘分天注定，可他们之间除了缘分，还有许多人为的努力。

“你还好意思说我，”傅棠舟搂着她的腰，“你还不是不学好，上学的时候就和别的男孩谈恋爱。”

“我那时候也没想过我未来的老公是你这样的啊……”顾新橙

小声说。

她十六七岁的时候，傅棠舟已经二十二三岁了。她当时不敢想象将来会发生这种荒唐的事情。

傅棠舟冷哼一声。

“你吃醋了？”顾新橙问。

“是啊，吃醋了。”傅棠舟说。

“那怎么办？”顾新橙趴到他的胸口上，脑袋蹭着他的脖子，“你还要我哄啊？”

“要哄，”傅棠舟说，“哄不好，我就一直在醋缸里泡着了。”

“那你泡着吧。”顾新橙得意地笑笑。

傅棠舟翻身将她压至身下：“昨晚没收拾你，皮痒痒了？”

“哎呀，你干吗？”顾新橙试图推他，“你爸妈在外头呢，不能做那种事情……”

“他俩最希望我们做那种事情，”傅棠舟慢条斯理地说，“刚刚我爸问我打算什么时候要孩子，要几个。”

“啊？”顾新橙蒙了。

“你说我怎么回答他？”

这一觉睡到了下午四点。顾新橙醒来时，傅棠舟正倚着窗向下俯瞰，高大的身形在地板上落下一道阴影。

她光着脚下床，走到他的身边。这窗户临湖，五颜六色的锦鲤在湖里游动着。

“你以前喂它们吗？”

“嗯，无聊的时候会喂。”

顾新橙看向他浓黑的眼眸。

临窗喂鱼的少年，脑子里想的是什么呢？

傅棠舟牵起顾新橙的手，嘴角有一丝浅浅的弧度。

他常常通过这样的方式排解愁闷。鱼儿不会说话，是最好的倾诉对象。它们吞下食物的时候，像是吞噬了他晦暗的情绪。

现在，他的情绪有了更好的出口。

新橙，新橙。

他今生何其有幸，觅得佳人相伴。

临走前，除了傅安华送的大红袍，沈毓清还送了顾新橙一只翡翠镯。

这镯子水色上乘，质地上佳，通透莹润，适合年轻女孩佩戴。

上车后，顾新橙算是圆满地完成了任务，长舒一口气。

她手中抱着丝绒首饰盒，靠上傅棠舟的肩膀，嘴角有一抹甜笑——见过了他的父母，婚事是真的定下了。

顾新橙发问："你爸妈对我还满意吗？"

傅棠舟轻笑，将首饰盒拿过来，取出翡翠镯，套在她纤细的手腕上。

"你说呢？"他用指尖轻点这只翡翠镯，磕碰出清脆的声响。

不管他们喜欢不喜欢，他都娶定了。更何况她已经得到了他的家人的认可。

国庆假期，傅棠舟陪顾新橙去了一趟深圳，出席她的室友冯薇的婚礼。

婚礼办得热热闹闹，新娘的手捧花不偏不倚地落到了顾新橙的怀里。

大家疯笑，纷纷恭喜她，说她是下一个结婚的女孩。顾新橙面带羞涩地笑笑，没有反驳。

傅棠舟把这束圆球形的手捧花拿在手里掂量。有些事情，不信邪不行。

他们回北京之后，婚礼被正式提上日程。

挑选场地、定制婚纱、宴请宾客……流程相当烦琐，所以他们把婚期定在来年春天，这样才有足够的时间筹备。

他们领证的时间要更早一些，十二月二十四日，平安夜。

这是他们在一起的第五年。

五年间，悲欢离合、酸甜苦辣，个中滋味，他们尝了个遍。

领证前，顾新橙特地咨询了律师婚前财产协议该怎么拟。

她一直记得傅棠舟曾经在致成科技的投资协议里加的那项条款。他告诫过她，不要把感情和利益混为一谈。

傅家肯定会在婚前做好万全的打算。依照傅棠舟的行事风格，

他不会忘记婚前财产协议这么重要的事儿。

顾新橙在咨询律师时态度格外淡然。她吃过亏，也长过记性，所以提前了解了解，无可厚非。

领证的日子一天天近了，傅棠舟却一直没跟她提婚前财产协议的事儿。

顾新橙按捺不住，主动问他："我们不做婚前财产公证吗？"

傅棠舟平静地瞥她一眼："做这个干什么？"

"不是要签婚前财产协议吗？"

"不需要。"

"为什么？"顾新橙不解，"你不是一直跟我说感情归感情，利益归利益吗？"

"我俩又不离婚，签了也白签。"傅棠舟很自信。

"你怎么知道？"

"我没想过离婚，"傅棠舟坐到沙发上，胳膊懒懒地搭上靠背，问道，"你以后想跟我离婚？"

"不怕一万，就怕……"顾新橙思忖一番，"万一我俩有人出轨呢？"

对于婚姻这件事，她有她的底线，出轨是不能容忍的。

"我没打算出轨，"傅棠舟漫不经心地说，"伺候你一个就够了，再来一个，我这把年纪也伺候不起了。"

男人三四十岁正是出轨的高发期，这话说得好像他已经七老八十了。

再说，她又没求着他伺候她，欲求不满的人明明是他。

顾新橙轻轻咳嗽一声："那万一我要是出轨了，要跟你离婚，怎么办？"

傅棠舟闻言一嗤："你想往哪儿出轨啊？"

"反正你年纪大了，"顾新橙开玩笑，"我没准儿在外面找个活力四射的'小狼狗'。"

"谁敢碰你，我断了他的腿。"傅棠舟狠狠掐住她的腰，嗓音低沉，补充一句，"第三条腿。"

顾新橙蓦地害羞，抓起一只抱枕丢过去。他顺势接住，把她按倒在沙发上。

“新橙，你要是出轨，就是我的错。”

“嗯？”

“一定是我平时没能满足你，才让你产生包养‘小狼狗’的想法，”傅棠舟卷起她的裙子，态度诚恳，“今晚我一定会满足你。”

“走开啊。”顾新橙想逃，却被他一把摁住了腰。

“你还找不找‘小狼狗’了？”他欺负她。

“不找了，”她呜咽着说，“你轻点儿。”

“轻不了，轻了你还不得出去找‘小狼狗’？”

顾新橙自食恶果。她发誓以后再也不提“小狼狗”的话题了。

一番折腾后，傅棠舟抱着她去浴室清洗。她坐在浴缸里，他往她的身上撩着水：“新橙，咱们不签婚前协议。”

听到这话，她疲倦地眨了眨眼：“真的？”

“不管将来发生什么，我的一半是属于你的。”他搓揉着泡沫，掌心在她的后背打着圈儿。

“那我的那一半也是属于你的。”她趴在缸边享受他的服侍，身子软得像一团泥。

“你的钱自己留着，或者用来做家庭投资，给咱们将来的孩子攒点儿零花钱。”

他怕她在即将到来的婚姻里找不到安全感，所以一开始就没有签婚前财产协议的打算。

女孩的青春很宝贵，她在他这儿蹉跎多年，这也算是他给她的某种补偿。

至于将来，他有信心一直陪在她的身边，和她携手走过后半生的风风雨雨。

“你之前非要在投资协议里加那种条款，”顾新橙嘟囔着，“我还以为你很看重这件事……”

傅棠舟哑然失笑：“我什么意思，你不懂？”

顾新橙撩水泼他：“哼，假公济私。”

“新橙，我是怕你受到伤害。”傅棠舟从后面抱住她。她整个人娇小玲珑，此刻就这么贴在他的胸口上，一团温热。

“什么伤害？”她问。

“你那时候太年轻，对别人太信任，很容易陷到感情里。”傅棠舟顿了顿，继续说，“万一你跟季成然有感情纠葛，你觉得你后来能干脆利落地走掉吗？”

当初她对他也是一样，交付了太多真心，换来的却是他对她无意识的伤害。他没想过要利用她，可要是有人想利用她的感情谋取利益，她很容易中招。

现在，他不担心这件事情了，因为她成长了许多。

顾新橙陷入沉思，傅棠舟真是在帮她？

她问：“你敢说你当时真的没有私心吗？”

他笑了：“当然有。我的媳妇儿我得看紧了，哪儿能便宜别人？”

“你太坏了。”顾新橙埋怨道。

“谁让我喜欢你呢？”傅棠舟大言不惭。

她咬着唇，心底兜满了甜蜜。

提到季成然，顾新橙顺便问了问他的近况。

据她听到的消息，致成现在的状况不妙。

“情况是不太妙，致成说不定要破产。”傅棠舟早已在高位退出致成科技，所以提起来也是云淡风轻。

致成在研发上投入了大量资金，好不容易出了成果，却被易思智造夺走了绝大部分市场。

市场不看好致成未来的发展。创业公司一旦出现估值下降的情况，离破产也就不远了。

顾新橙精神一振：“不如我们把致成收购了吧？我们现在把它买回来，就是白菜价啊。”

“你倒是会捡便宜，”傅棠舟笑笑，“真想让季成然给你当下属啊？”

“我倒是想，他也未必乐意啊。”顾新橙说。

她觉得季成然这点儿骨气是有的。她甚至相信他有能力在其他领域东山再起。

只不过……当初他质押了大量股权，现在债台高筑，想要东山再起，难度太大。

她不禁唏嘘。人的野心是一把双刃剑，功名转瞬尘与土。

而她现在是轻舟已过万重山。

不是每一年的平安夜都会下雪。

今年北京的平安夜只是一个稀松平常的冬夜。

天空湛蓝，阳光和煦。

大街小巷都装点着圣诞窗花，商场门口立着高大的圣诞树，树梢上挂着五颜六色的礼盒。

领证这一天，两个人换上了最简单的白衬衫。

顾新橙化好妆后，为傅棠舟挑了一条暗红色领带。

这领带的缎面摸上去丝丝滑滑的。

她起了兴致，非要替他系一次领带。

她回忆他平时打领带的模样，学他的样子绕了两圈，却是越系越糊涂。

“你当这是在系红领巾？”傅棠舟握住她的手，制止了她的动作，“我要喘不过气儿了。”

“那怎么系啊？”顾新橙问。

“像这样。”傅棠舟给她做演示。她像个小学生一样认真地看着。

“我学会了，”顾新橙将他打好的领带重新扯散，“让我试试。”

傅棠舟无奈地一笑，任由她胡闹。不过她很聪明，看了一次就把要领掌握得七七八八了。

“怎么样？”她向他邀功。

傅棠舟对着镜子稍作调整，在她的额头上奖励了一个吻：“系得不错，以后这活儿就归你了。”

顾新橙套上一件风衣。傅棠舟找出一条兔毛围巾，一圈一圈缠上她的脖子：“外边儿冷，别冻着。”

她不犟嘴说她不怕冻了，乖巧地让他系围巾。

收拾完毕，两个人出发，前往民政局。

到了民政局后，两个人坐在一起准备拍照，傅棠舟说：“嫁给我你不高兴？离那么远？”

“哪儿远了？”顾新橙挪了挪，“我不是怕挤着你吗？”

“不挤，”傅棠舟的手揽上她的腰，“看镜头。”

“笑得再开心点儿。”摄影师说。

顾新橙的嘴角咧得更开了，她甚至觉得自己笑得有点儿傻。

“哎，这样就对了。”摄影师满意地按下快门。

拿到新鲜热乎的小红本后，顾新橙在朋友圈里晒了照片。

顾新橙：傅先生，余生拜托你了。

一石惊起千层浪，亲朋好友纷纷留言恭喜、祝福。

傅棠舟非常淡定，只是高冷地点了一个赞。

顾新橙：“你怎么不留言？”

傅棠舟：“不需要。”

别人对她拍马屁献殷勤，而他只用一个轻飘飘的赞就能宣示他的地位——他可是她的正牌老公。

傅棠舟从不发朋友圈，可还是为了结婚这件头等大事破了例。

傅棠舟：已被套牢。

他以前在圈子里是出了名的不想结婚的人，这条朋友圈一发，他可被那些狐朋狗友狠狠损了一通。

但他早已不在意了，把朋友圈的背景图也换成了顾新橙的照片。

照片里，在一家餐厅的露台上，她一只手托腮，另一只手拿着小勺，侧过头看远处的风景。

风抚过她的秀发，她的嘴角的笑容浅浅的，侧脸曲线柔和，无名指上的钻戒在阳光下折射着七彩的光。

顾新橙：“哎，你放我照片做什么？”

傅棠舟：“漂亮，能辟邪。”

听听，这说的是人话吗？

“辟什么邪？”

“防止有人对你老公心生不轨。”

“……”

顾新橙是他的领地里的女王，她的旗帜早已插满他心底的每一个角落，寸土不让。

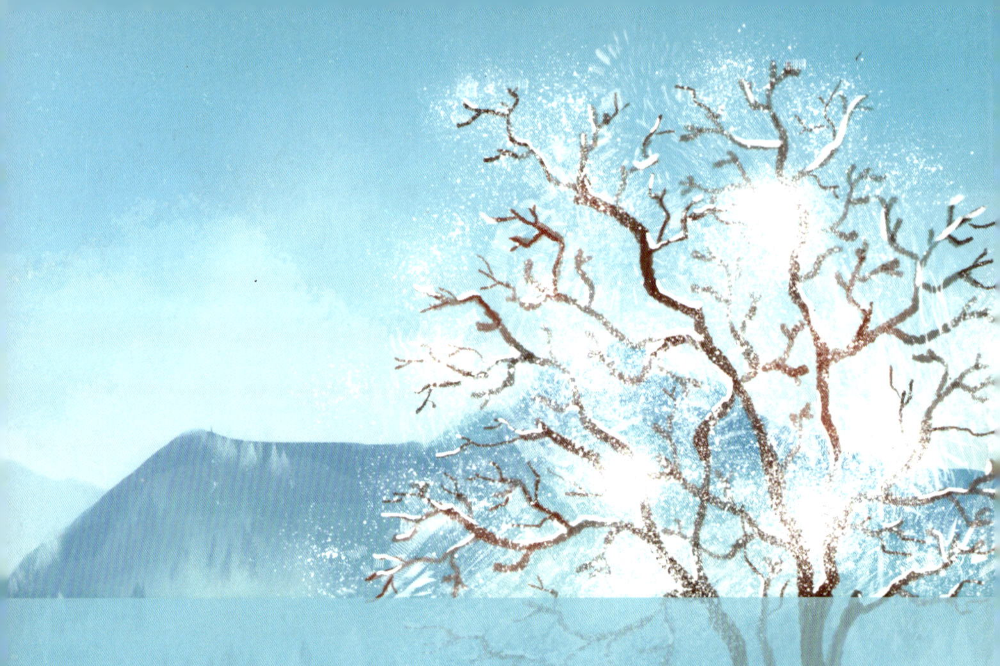

“新橙，刚刚我逗你呢。”傅棠舟敛去眼底浮着的戏谑笑意，态度端正了些，“你要去当伴娘，我没意见。”

“可是……”下一秒，他暧昧地抚上她的腰，“我怕新娘有意见。”

顾新橙疑惑：“为什么？”

傅棠舟的指尖像弹奏钢琴似的在她的后背上跳跃着。他低声说：“长得太漂亮，抢了新娘的风头，不好。”

上架建议：畅销 · 青春文学

ISBN 978-7-5552-9267-8

定价：69.80元（全2册）